LES CHEMINS DE LA LIBERTÉ, TOME I
est le quatre cent soixante-dix-septième livre
publié par Les éditions JCL inc.

Catalogage avant publication de Bibliothèque et Archives nationales du Québec et Bibliothèque et Archives Canada

Fahmy, Jean Mohsen, 1942-

Les chemins de la liberté

Sommaire: t. 1. Marie et Fabien.

ISBN 978-2-89431-477-7 (v. 1)

1. Déportation des Acadiens, 1755- Romans, nouvelles, etc. I. Titre.

PS8561.A377C42 2013 C843'.54 C2013-940252-7

PS9561.A377C42 2013

Édition originale: avril 2013

Les Chemins de la liberté

Tome 1

Marie et Fabien

Les éditions JCL inc.
930, rue Jacques-Cartier Est, Chicoutimi (Québec) G7H 7K9
Tél. : (418) 696-0536 – Téléc. : (418) 696-3132 – www.jcl.qc.ca
ISBN 978-2-89431-477-7

Cet ouvrage est aussi disponible en version numérique.

Jean Mohsen FAHMY

Les Chemins de la liberté

Tome 1
Marie et Fabien

ROMAN

LES ÉDITIONS JCL

DU MÊME AUTEUR :

ESSAIS

Voltaire et l'amitié, Montréal, 1972, 173 p.

Études Rousseau Trent (en collaboration), Ottawa, Éditions de l'Université d'Ottawa, 1980, 312 p.

Jean-Jacques Rousseau et la société du XVIIIe *siècle* (en collaboration), Ottawa, Éditions de l'Université d'Ottawa, 1981, 173 p.

Voltaire et Paris, « The Voltaire Foundation », Oxford University Press, Oxford (England), 1981, 265 p.

Canada et bilinguisme (en collaboration), Rennes, Presses universitaires de Rennes, 1997, 234 p.

ROMANS

Amina et le mamelouk blanc, Ottawa, Les Éditions L'Interligne, 1998, 448 p. Réédition 1999

Ibn Khaldoun – L'honneur et la disgrâce, Ottawa, Les Éditions L'Interligne, 2002, 377 p. (Prix littéraire de la Ville d'Ottawa)

L'Agonie des dieux, Les Éditions L'Interligne, Ottawa, 2005, 303 p. (Prix Trillium, Prix littéraire Le Droit)

Alexandre et les trafiquants du désert, roman jeunesse, Les Éditions L'Interligne, 2007, 160 p.

Frères ennemis, roman, Montréal, VLB éditeur, 2009, 355 p.

RÉCITS

Le Désert et le Loup, Sherbrooke, Éditions Naaman, 1985, 104 p.

Le Berger du soleil, Ottawa, CFORP, 2011, 48 p.

Nous reconnaissons l'aide financière du gouvernement du Canada par l'entremise du Fonds du livre du Canada pour nos activités d'édition. Nous bénéficions également du soutien de la SODEC et, enfin, nous tenons à remercier le Conseil des Arts du Canada pour l'aide accordée à notre programme de publication.

Gouvernement du Québec – Programme de crédit d'impôt pour l'édition de livres – Gestion SODEC

À Alain, Solange et Sonia,
avec toute mon affection.

A Jean-Marie,
Une épopée d'amour
et de courage, sur les
routes du destin!
Bonne lecture!
Jean
Mars 2014

Chapitre 1

Autour de moi, la mer flambait.

Je crachais, je toussais... Quand, quelques instants plus tôt, j'avais été projetée dans l'eau, je m'étais enfoncée, enfoncée... Affolée, j'avais ouvert les yeux: des reflets glauques, inquiétants, dansaient autour de moi une sarabande ondoyante. Là-haut, une clarté bleutée diminuait d'intensité. Je m'enfonçais dans le noir.

Une terreur panique m'a tordu les entrailles: j'étais en train de me noyer. J'ai réagi instinctivement: quand je barbotais dans la Gartempe, j'avais appris à nager. J'ai battu des pieds furieusement; les miroitements qui m'entouraient sont devenus verdâtres, puis bleu-vert, la clarté au-dessus de ma tête était de plus en plus brillante. J'ai fini par sortir la tête de l'eau. J'ai regardé à droite, à gauche.

Tout autour de moi, la mer flambait, en cette belle journée ensoleillée de l'été 1779.

L'explosion du navire avait dispersé partout sur l'eau des morceaux de bois enflammés; des tronçons de mâts, des planches de la coque dérivaient paresseusement sur l'océan, brûlant d'une flamme qui crépitait vivement avant qu'une vague ne l'éteigne.

À l'horizon, les voiles des autres navires s'amenuisaient avant de se dissoudre dans la brume qui fusionnait le ciel et l'eau. Les frégates anglaises qui nous avaient bombardés fuyaient devant les vaisseaux de guerre français. Le *Fier-Roderigue*, bombardé sans pitié et criblé de boulets, se traînait sur l'eau.

J'avais fini de tousser et d'aspirer goulûment de grandes bouffées d'air et, soudain, je me rendis compte du calme qui régnait autour de moi. Maintenant que les canons avaient cessé de tonner et de m'assourdir et que le bourdonnement de mes oreilles s'était calmé, un grand silence m'entourait, que soulignait à peine le chuintement des vagues sur lesquelles je me balançais.

J'étais seule, toute seule sur le vaste océan. Seule? Une question terrible me fit m'arquer dans l'eau. Où était Fabien? Que lui était-il arrivé? Avait-il péri dans l'explosion? Était-il au fond de la mer?

Une onde de peur et de désespoir me submergea. Je faillis couler à nouveau, et seuls les battements involontaires et désespérés de mes jambes me retinrent à la surface de l'eau.

Les planches enflammées autour de moi s'éteignaient l'une après l'autre. Le soleil éclatant plombait la mer de grandes plaques mauves. Je commençais à remarquer par-ci par-là un corps qui flottait à la surface de l'eau ou, au contraire, des mouvements de bras désespérés qui indiquaient un autre survivant, un autre nageur.

Je me tournai vers l'est. Je ne distinguais pas la ligne mince de la plage qui se confondait avec l'horizon, mais je savais que la terre était là. Avant la bataille, quand la vigie avait crié: « Terre à l'horizon! », un vieux matelot avait grommelé: « Grenade! C'est la Grenade! Il était temps... Ses négresses sont parmi les plus appétissantes des Antilles! »

Je me mis à nager avec rage, avec désespoir. Je

constatai bientôt que d'autres survivants nageaient aussi vers l'île. Je savais que j'atteindrais la plage, que je serais sauvée. Mais aussitôt des larmes brûlantes, pressées, venaient m'obscurcir la vue et, se mêlant à l'eau salée, m'empêchaient d'avancer. «Je serai sauvée, me répétais-je, mais Fabien, lui, il est mort... »

À force de me débattre dans l'eau, je finis par distinguer, droit devant moi, une ligne blanchâtre. Ce devait être des vagues qui se brisaient sur un récif. La grève n'était plus très loin.

Soudain, à quelques brasses à ma droite, je distinguai un homme accroché à un rondin énorme – c'était probablement la base du grand mât –, qui se débattait d'un bras tout en soutenant un marin de l'autre. Je crus reconnaître cette silhouette solide, épaisse: oui, c'était bien Ambroise, ce bon, ce placide Ambroise! Et le naufragé qu'il retenait d'une main..., c'était Fabien, Fabien dont la tête était affalée sur le rondin, et que la poigne solide d'Ambroise empêchait de couler au fond de l'eau.

Fabien était là. Il semblait vivant. De soulagement, je me mis à hoqueter de gros sanglots, et cette fois-ci, j'avalai tellement d'eau que je faillis m'étouffer pour de bon.

Je me mis à nager vigoureusement vers Ambroise. Il m'avait vue, lui aussi, et se dirigeait vers moi. Dès qu'il fut à portée de voix, et comme s'il avait compris mon angoisse, il me cria:

— Ne vous inquiétez pas, Mademoiselle, Monsieur Landry est bien vivant! Votre... frère est vivant!

Brave Ambroise! Dans l'eau, dans les circonstances les plus dramatiques, il gardait son calme, et ce sourire plein d'amitié qu'il avait déjà quand je l'avais rencontré avec Fabien, sur les quais de La Rochelle, plus de deux mois plus tôt.

Il avait brièvement hésité, et même souri, en me disant: « Votre frère! » Il avait donc percé notre secret. Il avait deviné que Fabien n'était pas mon frère. Comment l'avait-il su? Notre attitude sur le navire, nos regards, nos sourires nous avaient-ils trahis? Je n'avais guère le temps de m'attarder à ce mystère.

En me débattant de plus belle dans l'eau, je les rejoignis bientôt. Entre deux halètements, Ambroise m'apprit que Fabien avait été éjecté du navire et avait reçu un gros paquet de corde sur la tête, qui l'avait assommé. Au moment où il allait disparaître sous la surface de l'eau, Ambroise, qui était tout près, l'avait saisi par la chemise et l'avait sauvé.

Il n'aurait cependant pas pu le garder indéfiniment sur les vagues s'il n'avait croisé ce gros tronçon de mât. Depuis, il tâchait d'avancer vers le rivage tout en empêchant Fabien, encore inconscient, de couler.

Je m'accrochai à un bout de l'énorme bille qui dérivait sur l'eau et j'aidai Ambroise à y maintenir Fabien, chaque fois qu'il allait glisser dans l'eau. Nous nageâmes ainsi pendant une autre longue heure. Je commençais à m'épuiser. Heureusement, la rive était maintenant bien visible. Nous nous apprêtions à passer entre deux brisants, lorsqu'une barque plate s'approcha de nous. Deux hommes vigoureux nous hissèrent à bord. Il était temps: je ne sais si j'aurais pu continuer ainsi encore longtemps.

Nous apprîmes plus tard que les habitants de la Grenade, attirés par la canonnade, s'étaient massés sur les plages pour assister à la bataille. Quand ils avaient vu les navires marchands de Monsieur de Beaumarchais poursuivis et bombardés par des navires anglais, ils avaient mis leurs barques de pêche à l'eau pour aller recueillir d'éventuels naufragés qui auraient survécu au carnage.

Sur la plage, nous fûmes entourés par une grande foule, curieuse et jacassant à en perdre haleine. Il y avait là quelques blancs basanés, des marins français affalés sous des cocotiers, mais surtout des nègres qui nous entouraient en souriant de toutes leurs dents.

Ambroise fit signe à un grand gaillard, à qui il montra Fabien, toujours inconscient. Deux hommes le soulevèrent et nous amenèrent dans une petite hutte, non loin de là.

Fabien gémissait maintenant. Je me penchai sur lui, caressant doucement son visage sans prêter attention à ceux qui m'entouraient. Mes habits mouillés collaient à mon corps, révélant mes hanches et mes seins. Mais je n'en avais cure: de toute façon, Ambroise m'avait percée à jour.

Fabien ouvrit bientôt les yeux. Il avait le regard vague. Je me penchai vers lui, je murmurai à son oreille qu'il ne devait pas s'inquiéter, que nous étions sains et saufs, que tout allait bien.

Mon ami se réveilla complètement. Il se redressa. Un mal de tête lancinant le faisait grimacer, mais il n'avait rien de cassé. Ambroise et moi lui racontâmes ce qui s'était passé.

Le nègre qui nous avait amenés à la hutte nous offrit d'y passer la nuit. Il parlait français avec un accent chantant. Nous nous étendîmes sur des paillasses qui m'intriguèrent: j'apprendrais le lendemain qu'elles étaient faites de feuilles de cocotier. L'épuisement nous fit sombrer rapidement dans le sommeil.

Quand je me réveillai, le soleil était déjà haut à l'horizon. Fabien et Ambroise s'étirèrent bientôt. Nous sortîmes. Nous étions à la lisière d'une petite ville qui grouillait de monde.

— C'est Saint-George, nous dit Ambroise, qui avait déjà navigué dans les Antilles.

Nous allâmes nous promener dans les allées poussiéreuses de la ville. Des marins français y déambulaient, déjà à moitié ivres. Nous arrivâmes bientôt devant une petite rade qui servait de port. Une grande quantité de navires français y mouillaient. Au milieu d'eux, nous distinguâmes le *Fier-Roderigue*. Il était mal en point: son mât avait été haché par la mitraille, ses voiles pendaient lamentablement, de nombreux trous dans la coque témoignaient de la férocité du bombardement auquel il avait été soumis.

Fabien se pencha vers moi:

— Le *Fier-Roderigue* est hors de combat, notre navire a coulé, les autres vaisseaux ont été dispersés, et les Anglais les ont peut-être coulés ou capturés. Décidément, les affaires de Monsieur de Beaumarchais vont plutôt mal!

Nous n'eûmes pas le temps de méditer sur ce sombre diagnostic: des marins de notre vaisseau, et d'autres du *Fier-Roderigue*, qui nous avaient reconnus, s'approchèrent, nous entourèrent. Mille exclamations, mille rires fusaient. Les survivants étaient heureux de ne pas se retrouver seuls dans ce pays si différent de la France.

Ils nous confirmèrent ce que nous avions déjà appris, ou deviné. Nous voguions tranquillement vers notre destination, lorsque l'amiral d'Estaing, qui naviguait par là avec sa flotte, avait vu passer le *Fier-Roderigue*. Impressionné par ses soixante canons, il l'avait réquisitionné. Et c'est ainsi que le navire sur lequel nous nous trouvions, l'*Andromède*, s'était retrouvé, sans protection aucune, en compagnie des autres navires de commerce.

La flotte anglaise nous avait bombardés. Un boulet avait traversé la coque sous la ligne de flottaison et avait mis le feu aux barils de poudre. Une énorme explosion avait détruit le navire. J'avais été projetée dans l'eau.

Après le naufrage, les vaisseaux de guerre français s'étaient attaqués aux navires anglais. L'amiral d'Estaing avait remporté une grande victoire, et c'est ainsi que les marins français avaient débarqué à Saint-George : nous en avions délogé les Anglais, et Grenade redevenait française.

Le soir, je me retrouvai seule avec Fabien, devant la hutte qui allait dorénavant nous servir d'abri. Nous avions ramassé quelques branches, puis allumé un feu sur la grève. Le soleil se couchait sur la mer, l'éclaboussant d'une flamboyante symphonie de pourpre et de carmin.

Fabien et moi étions mélancoliques. Il me dit :

— Nous n'avons guère de chance. Ce n'est pas ici que nous devions arriver. Que va-t-il se passer maintenant?

Je restai un moment silencieuse. Je comprenais ses inquiétudes. Pourtant, il était d'habitude si courageux, si déterminé! Il reprit :

— Toute cette fortune à l'eau... Et les messages que je devais transmettre à Monsieur Carabasse...

Je le regardai avec tendresse. Je savais qu'il était sincère : les responsabilités que lui avait confiées Monsieur de Beaumarchais l'inquiétaient. Mais je savais aussi qu'au plus profond de lui, autre chose l'angoissait. Je lui dis :

— Nous finirons bien par trouver moyen de rejoindre le Cap-Français.

Il se détendit, se tourna vers moi, me sourit. Je repris :

— Il ne faut pas perdre de vue notre vraie destination. Notre but ultime.

Il me dit, dans un souffle :

— L'Acadie... Tu as raison. C'est l'Acadie qui est importante. C'est l'Acadie qu'il ne faut pas oublier. D'ailleurs, je sais que tu ne l'oublies pas...

Il se tourna vers moi. Il avait retrouvé sa vivacité :

— Te rends-tu compte, Marie? Nous sommes ici sur une plage de la Grenade, perdus quelque part sur le vaste océan. C'est loin de La Rochelle, c'est loin de Paris. C'est surtout loin des Huit-Maisons. Tu te souviens, Marie, des Huit-Maisons? Tu te souviens, quand je t'ai vue la première fois? Tu te souviens?

*

Je me souvenais.

C'était il y a à peine quelques années, et pourtant, comme cela me semblait loin. Comme si des siècles s'étaient écoulés depuis la première fois que j'avais vu Fabien. C'était autour d'un feu, près de l'abbaye de Saint-Savin, au printemps de 1774. Les flammes projetaient autour de moi un cercle doré. J'avais levé la tête et je l'avais vu...

J'étais, à l'époque, épuisée, abrutie. Depuis plusieurs mois, nous n'avions cessé de bouger, de nous déplacer de ville en ville, de hutte en entrepôt, de tente en grange.

L'été précédent, mon père et ma mère nous

avaient rassemblés, mon grand-père, mes frères et moi. Mon père avait pris un ton solennel:

— Le père, les enfants, nous partons! Nous allons quitter Saint-Malo. Le Roi, dans sa bonté, a décidé de nous concéder des terres. Nous allons donc recommencer bientôt à planter, semer, moissonner.

— Comme jadis, comme là-bas..., a soufflé ma mère.

— Oui, comme en Acadie, a répondu mon père avec brusquerie. Nous n'allons plus rester ici à mendier pour ne pas mourir de faim. Pour la première fois depuis le Grand Dérangement, nous allons retrouver des champs, cultiver la terre, pousser la charrue.

— Et ces champs, ils sont situés où? demanda Isaac.

Isaac est mon frère aîné. Il avait dix-huit ans et était solide comme un chêne. Mais il était sournois et trouvait pesante la tutelle de mon père. Souvent, le soir, il s'éclipsait dans les tavernes de Saint-Malo. Ma mère le craignait.

— Nous allons dans la province du Poitou, répondit mon père sèchement. Le Roi a décidé d'y créer une colonie acadienne.

Le Poitou? Je n'en avais jamais entendu parler. Le nom était nouveau pour moi et me semblait étrange. Était-ce un pays lointain, comme Paris? Les fillettes avec qui je jouais dans les rues de la ville et sur ses murailles parlaient souvent de Paris. J'avais compris que c'était un endroit bien plus grand que Saint-Malo. Pour moi, Paris se perdait dans une espèce de halo lumineux. Le Poitou était-il aussi beau que Paris?

Quelques semaines plus tard, nous embarquâmes sur un petit voilier avec trois ou quatre autres familles acadiennes et nous quittâmes Saint-Malo. Sur la mer, je regardais avec inquiétude s'éloigner les murailles de la ville. Je n'avais jamais quitté l'enceinte de Saint-Malo, depuis que j'y étais arrivée avec mes parents à l'âge de deux ans.

Ma mère m'avait appris que j'étais née en Angleterre, où mes parents avaient échoué après avoir quitté l'Acadie, ce mystérieux «là-bas» qu'ils évoquaient à tout bout de champ et qui me semblait nimbé de la même auréole que le Paris qui faisait s'exclamer les garnements de Saint-Malo. Mais ils n'avaient pas voulu vivre dans le pays des conquérants qui les avaient chassés du paradis perdu et avaient traversé la Manche pour s'installer à Saint-Malo.

Pour le moment, devant la vaste mer qui s'ouvrait devant moi, j'étais angoissée. J'allai me blottir contre mon grand-père, qui avait tout deviné. Il me caressa doucement les cheveux.

Cependant, la mer tout autour de nous, les vagues qui secouaient notre embarcation, les nuages qui jouaient avec le soleil finirent par me fasciner. Je quittai mon grand-père, je m'approchai des matelots qui hissaient d'autres voiles et halaient des cordes, je leur posai des questions, et l'un d'entre eux, un vieux marin aux favoris blancs, me regarda avec amusement et me dit:

— Tu as l'air bien délurée, dis donc, pour une petite fille.

Au bout de six jours de navigation, au cours desquels nous n'avions guère perdu la côte de vue, nous arrivâmes à La Rochelle. D'autres familles acadiennes y étaient arrivées avant nous, d'autres encore arriveraient le surlendemain et les jours suivants. Un campement de tentes fut érigé sur les quais, non loin de la tour de la Chaîne.

Au bout de quelques semaines, nous vîmes arriver, un beau matin, un grand convoi de charrettes bâchées. Notre famille s'entassa dans deux d'entre elles. Les Rochelais, debout sur les quais, nous regardèrent partir en silence. Je crus déceler sur leurs visages du soulagement, sinon de la goguenardise.

Les quelques semaines qui suivirent furent pénibles. Les charrettes avançaient lentement dans un paysage de verdure et d'eau. Nous traversions un pays plat, de vastes champs et d'énormes marécages. Le soir, nous nous arrêtions auprès d'un bosquet et nous dormions à même le sol, enroulés dans des couvertures. La nuit, j'entendais mon grand-père gémir. Il souffrait davantage de la goutte dans l'humidité de la campagne.

Au fur et à mesure que l'automne avançait, les nuits devenaient froides. Nous frappions aux portes des fermes. C'étaient des maisons basses, misérables. Plus d'une fois, on nous ferma la porte au nez. Le plus souvent, on nous indiquait, d'un geste de la main, l'étable voisine. Nous dormions dans la paille, dans le remugle du fumier, au milieu du meuglement des vaches qui rêvaient.

Après nous être arrêtés dans une ville beaucoup plus grande que Saint-Malo, qu'on appelait Poitiers, nous arrivâmes dans un vaste pays vallonné. Un bruit courut dans le convoi :

— Le Poitou! Nous sommes en Poitou!

Je croyais que nous allions nous installer immédiatement dans une ferme, mais on nous mena tout d'abord dans une autre ville, Châtellerault, où on nous entassa dans un vaste entrepôt. J'entendais mon père grommeler, ma mère soupirer et mon frère ricaner.

Ce ne fut qu'au printemps suivant que nous quittâmes enfin la ville pour nous rendre plus loin, à la campagne, dans un tout petit village.

Cela se passa un beau matin. On ouvrit grand les portes de l'entrepôt où nous venions de nous réveiller, et je vis dans la rue un superbe carrosse arrêté. Une rumeur courut, je vis les femmes commencer à ramasser nos hardes, les hommes se précipiter dehors.

Un homme descendit du carrosse. Il était habillé de rouge, avec des bottes de cuir montant jusqu'aux cuisses; il portait sur la tête un grand chapeau avec de longues plumes de toutes les couleurs. Il souriait en nous regardant. Trois ou quatre hommes, debout sur une espèce de marchepied à l'arrière de sa voiture, se précipitèrent pour lui ouvrir un chemin. Mon grand-père me dit que c'étaient ses «valets». Je ne comprenais pas très bien: étaient-ce ses enfants?

Il s'avança au milieu du cercle des Acadiens qui se pressaient autour de lui. Il nous harangua longuement. Je compris l'essentiel de ce qu'il disait, car il parlait français. En effet, depuis notre arrivée dans ce pays du Poitou, je ne comprenais à peu près rien de ce que disaient ses habitants, qui baragouinaient une espèce de patois inintelligible.

L'homme au chapeau à plumes nous remerciait de notre patience. Il avait fallu, dit-il, bien préparer notre établissement. Il était heureux de nous annoncer que tout était prêt, maintenant, à nous recevoir. Il allait emmener lui-même un premier groupe au lieu-dit Village-de-Louis-XVI.

Il remonta dans son joli carrosse. Une douzaine de familles, dont la nôtre, s'entassa à nouveau dans des charrettes, et le convoi s'ébranla.

Nous quittâmes Châtellerault par un beau chemin qui semblait avoir été remis à neuf récemment. Nous traversâmes un gros village appelé Archigny et arrivâmes bientôt devant un hameau de huit fermes.

L'homme au chapeau descendit de son carrosse. Il nous mena devant les habitations et, avec un geste large, il nous dit :

— Voyez donc ce que la bonté du Roi, que j'ai eu l'honneur de mettre en œuvre, a fait pour vous. Ces habitations sont neuves.

Les gens descendirent de leurs charrettes, se précipitèrent vers lui. Des hommes soulevaient leur bonnet crasseux et se courbaient bien bas en murmurant :

— Merci, Monsieur le marquis. Grâces vous soient rendues, Monsieur le marquis.

Notre famille hérita d'une maison au centre du hameau. Nous étions dix au total : mon grand-père, mes parents, mes frères et sœurs, moi, et la petite Rosalie, une orpheline de cinq ans que nous avions recueillie à Saint-Malo quand ses parents étaient morts de phtisie.

C'était une belle et grande maison, comme je n'en avais jamais encore habité. La pièce principale, où un grand âtre permettait de cuisiner, était flanquée d'une chambre. Aux deux extrémités, il y avait un cellier et une écurie.

Le village comprenait huit fermes, qui s'échelonnaient à égale distance l'une de l'autre, de chaque côté du grand chemin. À la lisière du village, il y avait un puits et, au milieu des fermes, une toute petite promenade plantée d'arbres entourait une mare. Je m'émerveillai devant ces bâtiments nouveaux, cet ordre, ces arbres majestueux. J'avais l'impression qu'une vie nouvelle commençait pour ma famille et moi.

Le marquis nous avait dit que le hameau s'appelait Village-de-Louis-XVI. J'entendis souvent les plus vieux se plaindre, dans les jours suivants, qu'on ne l'ait pas appelé Village-de-Louis-XV, car c'était ce bon Roi, disaient-ils, qui s'était penché avec sollicitude sur le sort des Acadiens, qui avait voulu les « attacher à la glèbe de France », et qui avait donné des ordres impératifs à cet égard.

Hélas! répétait-on, le bon Roi venait de mourir, et l'on avait donné à notre établissement le nom de son successeur. Certains en auguraient du bien : le nouveau Roi serait ainsi flatté et continuerait de nous accorder sa protection. D'autres n'en étaient pas si sûrs :

— Il est bien jeune, répétaient-ils, et il ne pensera pas à s'occuper de quelques centaines d'Acadiens, arrivés en proscrits dans son royaume il y a une quinzaine d'années, et perdus dans une lointaine province.

Au bout de quelques semaines, toutes les discussions sur le nom de notre village cessèrent. En effet, les autres Acadiens installés dans la région prirent bientôt l'habitude de désigner notre lieu sous le nom de Huit-Maisons. Et quand je pense à cet endroit qui allait devenir le centre de mon univers pendant plus de deux ans, le seul nom qui me vienne à l'esprit est celui-là.

Dès le lendemain de notre installation dans notre nouvelle habitation, nous commençâmes la tâche pour laquelle le marquis nous avait amenés dans son pays et sur ses terres : il fallait défricher une trentaine d'arpents qui n'avaient jamais été cultivés jusqu'alors.

Dès l'aube, nous partions aux champs. Mon père et mes frères aînés arrachaient des bruyères, des buissons et des ronces, et déterraient de grosses pierres qu'ils transportaient dans des sortes de brouettes, ou encore dans un tombereau tiré par un cheval offert à chaque famille par le marquis.

Ma mère restait à la maison pour cuisiner. À l'exception de Rosalie et de mes deux plus jeunes sœurs, nous accompagnions tous mon père aux champs. Pendant qu'il s'échinait avec mes frères plus âgés aux travaux les plus durs, nous le suivions pour ramasser les petits fagots, les bottes d'herbe, déplacer les pierres les plus petites, tirer à deux ou trois une brouette plus légère.

C'était un travail éreintant, que n'interrompait à midi qu'une courte pause. Le soir, au coucher du soleil, nous revenions en silence à la maison en traînant les pieds. Ma mère avait préparé une soupe de navets ou de radis, que nous mangions avec du pain de froment qu'elle découpait en larges tranches.

Et pourtant, malgré toute ma fatigue, je ne cessais de regarder autour de moi avec curiosité. Quand j'avais un moment libre, je courais aux confins du village, j'explorais les bosquets, je cueillais des baies inconnues que je ramenais à la maison. Les gens du voisinage m'appelaient « la curieuse », et les commères ajoutaient, avec un ricanement que je ne comprenais pas :

— Elle ira loin, celle-là!

Quelquefois, ma mère me demandait de rester avec elle pour l'aider à la cuisine. Elle voulait préparer un repas un peu spécial, et j'épluchais alors des plantes potagères et surveillais la marmite sur l'âtre où cuisait lentement un potage dans lequel elle avait jeté un morceau de gras. Pendant ce temps, elle préparait une tarte aux petits fruits.

Ma mère restait souvent silencieuse, mais mon grand-père, qui s'était pris d'affection pour moi, me disait en souriant:

— Marie, tu me rappelles mes sœurs, quand nous vivions encore là-bas et qu'elles aidaient notre mère.

Il se taisait un peu, puis reprenait:

— Tu sais de quoi je parle, n'est-ce pas? Je te l'ai déjà souvent mentionné. C'est le pays de nos ancêtres, que nous avons dû quitter.

Je hochais la tête. Je savais que ce mystérieux là-bas s'appelait l'Acadie. Mon grand-père ne cessait de me répéter à quel point ce pays où il avait vécu était beau, vaste et libre.

— Il y avait la mer partout, me disait-il. Et nous étions maîtres de notre destin. Nous étions pauvres, mais libres.

Mon grand-père pouvait passer des heures à me parler de son pays, pendant que je remuais inlassablement la louche dans la marmite noire accrochée au-dessus du feu. Et il concluait toujours son discours en me répétant

— Nous sommes ici exilés. Malgré toutes les bontés du roi de France, nous ne sommes pas chez nous. Notre vrai pays, c'est là-bas. C'est l'Acadie. Et nous y retournerons un jour. Peut-être pas moi, mais sûrement toi, Marie. N'oublie pas cela: tu retourneras un jour dans notre pays.

Ce discours, ou plutôt ce ronronnement, me berçait. J'aimais beaucoup mon grand-père.

Quand j'étais aux champs, je voyais arriver quelquefois l'homme au chapeau à plumes. Mon grand-père m'avait appris qu'il s'appelait le marquis de Pérusse des Cars, qu'il était non seulement marquis, mais aussi duc de Châtellerault – je devinais vaguement que ce mot de duc était encore plus important, plus impressionnant que celui de marquis – et qu'il possédait toutes les terres sur lesquelles nous travaillions.

Le marquis aimait parler aux Acadiens qu'il avait fait venir sur son domaine. Il n'hésitait pas à descendre de cheval, à marcher dans la boue des champs, à s'approcher de mon père, qui se montrait obséquieux, presque craintif. Le marquis s'enquérait des progrès de notre travail. Pourrions-nous bientôt créer dans ces landes un pré où pourraient paître deux ou trois vaches? Mon père se répandait en balbutiements.

Chaque fois que le marquis abordait mon père – ou, à deux ou trois reprises, mon grand-père –, je me rapprochais d'eux, curieuse. Je suivais leur conversation et je regardais avec fascination, de très près, ce grand homme dont les gens du village ne parlaient qu'avec révérence. Il avait dû remarquer ma mimique, car, un jour, il se tourna vers moi avec le sourire :

— Comment t'appelles-tu, petite?

Mon père et moi répondîmes du même souffle :

— Marie.

Le marquis fit semblant de ne pas remarquer l'intervention de mon père, car il continua de s'adresser à moi :

— Marie, quel âge as-tu?

— Quatorze ans bien sonnés, répondis-je avec fierté.

— Eh bien, Marie, tes quatorze ans ont l'air effectivement bien sonnés, répondit-il avec le sourire, et tu es déjà très jolie.

Quelquefois, quand mon père ne trouvait pas de réponse à une question du marquis et commençait à bafouiller, je m'avançais hardiment et répondais à sa place. J'expliquais ce que j'avais pu voir, je donnais des précisions et je m'aventurai même quelquefois à avancer une ou deux idées très pratiques sur des problèmes que le marquis avait soulevés.

Le marquis semblait s'intéresser beaucoup à ce que je disais. Dorénavant, chaque fois qu'il venait inspecter ses terres, après avoir dit à mon père: «Bonjour, le père Guillot», il se tournait vers moi et me disait:

— Et bonjour à toi, Marie.

J'étais très fière de l'intérêt qu'il me portait, et je ne prêtais aucune attention aux ricanements sournois et aux chuchotements d'Isaac.

Un jour, le marquis me dit:

— Sais-tu lire, Marie?

Je lui expliquai fièrement que mon grand-père m'avait appris à déchiffrer quelques mots dans les gazettes de Saint-Malo. Il resta songeur un instant puis dit, comme s'il se parlait à lui-même:

— Déchiffrer des mots n'est pas suffisant. Seule la connaissance peut dissiper les ténèbres de l'ignorance et amener les lumières dans les jeunes âmes.

Je n'avais jamais entendu un tel langage. Je restai silencieuse. Le marquis sourit de nouveau:

— Il faudra peut-être remédier un jour à cela, me dit-il, et te permettre de faire mieux que de déchiffrer des mots. Nous verrons…

Trois ou quatre fois l'an, lors des grandes fêtes religieuses, nous interrompions notre travail harassant pour aller assister aux cérémonies de l'abbaye Saint-Savin et participer à la foire qu'on y tenait.

Nous partions en charrette dès l'aube. Avant midi, nous atteignions l'abbaye. Une grande foule se pressait déjà dans l'église.

Jamais, même à Saint-Malo, je n'étais entrée dans une église aussi grande. Pendant que les moines s'installaient dans les stalles, j'admirais au plafond de belles peintures. Mais elles étaient si hautes qu'on avait de la peine à deviner ce qu'elles représentaient. Puis je me laissais bercer par les psalmodies des moines, l'éclat des centaines de bougies, l'odeur de l'encens...

Après les prières, nous sortions sur le parvis de l'église. Les Acadiens se tenaient ensemble, car ils avaient grand-peine à comprendre le patois des gens de la région. Quelquefois même, afin d'échapper aux oreilles des indiscrets, ils échangeaient entre eux quelques mots en anglais, qu'ils avaient appris en Acadie avant le Grand Dérangement, et les Poitevins, abasourdis, s'émerveillaient de voir ces sujets du Roi, venus de l'autre côté de la mer, parler deux langues.

Les gens déambulaient entre les charrettes surchargées de légumes, de quelques fruits, de hardes et de tonneaux de vin. Malgré les difficultés de langage, des marchés étaient conclus, les Acadiens et les Poitevins se décrispaient. On débouchait un tonneau, et de grands éclats de rire soulignaient la bombance du repas du soir.

Pendant que nos parents se promenaient lentement sur le terrain de la foire, j'allais, avec mes plus jeunes sœurs, sur le bord de la Gartempe, derrière l'abbaye. Je m'aventurais sur la rive pour admirer de loin la flèche de l'abbatiale qui semblait jaillir vers le ciel en un élan irrésistible.

Puis je retournais vers le pont qui enjambait

la rivière à cet endroit. Des garçons, Acadiens et Poitevins mêlés, grimpaient sur le parapet du pont pour se jeter dans la rivière, où ils barbotaient en se bousculant et en riant.

Les filles n'osaient pas sauter de si haut. Mais je me débarrassais bientôt de mes sabots et, suivie de deux ou trois autres audacieuses, j'entrais dans l'eau. À quelques reprises, je me laissai surprendre par le courant et je dus me débattre afin de retourner à la rive. Cependant, je finis par apprendre à nager, ce qui me permettait de m'éloigner quand je voyais les garçons, que notre présence dans l'eau émoustillait, s'approcher de nous avec des ricanements bêtes.

Le soir, nous dressions des tentes dans la grande cour de l'abbaye, ou bien alors nous dormions sous des bâches montées sur nos charrettes.

Avant la nuit, on allumait des feux. Les Acadiens des Huit-Maisons et des autres villages du domaine du marquis se mettaient alors en cercle pour chanter des mélopées, dans lesquelles il était toujours question du pays de jadis et de la quête du paradis perdu.

Ce fut un de ces soirs, autour du feu, que je vis pour la première fois Fabien. Les flammes crépitaient bien haut, et leur halo doré se confondait avec les dernières lueurs du jour, se transmuait en une poussière de lumière rose, bleue et mauve. Je chantais de tout cœur. Prise par la mélancolie du moment, je ne prêtais guère attention à ce qui m'entourait. Soudain, je levai la tête. Assis en face de moi, de l'autre côté du cercle, de grands yeux noirs me fixaient dans la pénombre grandissante.

Chapitre II

J'ai vu Marie pour la première fois un soir, à Saint-Savin.

Nous étions arrivés, quelques semaines plus tôt, dans la province de Poitou. Nous nous étions installés dans le village de La Bourdonnaye, tout près des Huit-Maisons.

J'avais grandi au Havre, où mes parents avaient échoué après le Grand Dérangement. Depuis quelque temps, nous entendions parler de l'établissement en Poitou désiré par le Roi. J'avais assisté à des débats passionnés entre mes parents et les autres Acadiens du Havre. Certains souhaitaient accepter l'offre du Roi. D'autres s'y opposaient avec véhémence :

— Si nous nous installons dans le royaume de France, disaient-ils, nous ne retournerons jamais en Acadie.

Les opinions variaient selon l'humeur du moment et les rumeurs qui se répandaient dans notre petite communauté et qui la faisaient pencher tantôt d'un côté, tantôt de l'autre, comme un fragile arbrisseau pris dans un tourbillon de vent.

Un jour, quelques voyageurs arrivèrent. Ils nous parlèrent de la Louisiane : c'était un pays fertile et chaud, où les bonnes terres abondaient et où le gouvernement nous accorderait volontiers de vastes domaines.

— Fertile peut-être, grommelèrent quelques vieux, mais sûrement trop chaud pour nous, Acadiens, qui avons grandi dans le climat froid et vivifiant de notre pays. Et s'il faut vraiment quitter Le Havre, pourquoi ne pas nous installer à Saint-Pierre-et-Miquelon où, au moins, nous pourrions pratiquer la pêche comme nos aïeux?

Les rumeurs, puis les informations, les offres pour nous rendre en Poitou se multiplièrent. Nous restions méfiants. Un jour cependant, nous avons appris que des Acadiens de Saint-Malo et de Belle-Île-en-Mer avaient fait le saut et étaient partis s'installer pour de bon au cœur de la France.

Depuis lors, les bruits les plus contradictoires nous parvenaient. Certains affirmaient que les Acadiens n'étaient pas heureux dans leur nouveau pays, que la terre était inculte et stérile, et le travail, éreintant. D'autres, au contraire, soulignaient la bonté du seigneur du lieu, évoquant les nouveaux villages qu'il avait fait jaillir du sol et les habitations propres qu'il fournissait à ses colons.

Je ne sais ce qui a fait pencher la balance dans l'esprit de mes parents et de nos voisins, mais, un beau matin, nous avons quitté Le Havre sur un petit navire, qui nous a amenés à La Rochelle. Nous avons fait un long et pénible voyage avant d'arriver au village de La Bourdonnaye, qui allait devenir notre nouveau pays. C'était un hameau de cinq feux. Les habitations, comme on nous l'avait promis, étaient toutes neuves.

J'avais dix-sept ans, j'étais vigoureux, et mon père comptait sur moi pour défricher les trente arpents qui nous avaient été accordés. Il avait pu remarquer que je savais me débrouiller, ou, comme disait ma grand-mère, que j'étais « vif d'esprit ». Au début, je me mis donc avec enthousiasme au travail. Mes parents, ma grand-mère me stimulaient en me rappelant que nos aïeux avaient jadis défriché un nouveau pays, de l'autre côté de l'océan.

Mais ce travail me rebuta bien vite. Pendant toute mon enfance au Havre, j'avais été oisif, courant de la ville au port, jouant tout autant avec de petits Acadiens qu'avec les Havrais. En fait, je m'étais beaucoup ennuyé, mais ma grand-mère, qui m'aimait tendrement, me consolait en me racontant de belles histoires et me décrivait longuement le pays de sa naissance, avec ses forêts vierges, ses baies admirables, ses marais asséchés qui donnaient généreusement du sel.

J'avais donc grandi sans faire beaucoup d'efforts, et je me retrouvais soudain obligé de soulever de lourdes pierres, de déraciner des souches énormes et de travailler du lever au coucher du soleil. Au bout de quelques semaines, j'étais fatigué, écœuré par ce rythme infernal, cet épuisement continuel. Aussi, lorsqu'on nous dit que nous allions passer un jour ou deux à Saint-Savin, je me réjouis de cette pause dans nos vies monotones et abrutissantes.

À Saint-Savin, j'ai découvert avec ahurissement une abbaye splendide, une église aux murs d'une hauteur vertigineuse et une rivière qui coulait paresseusement, au pied des peupliers indolents. Et le soir, autour du feu qu'on venait d'allumer, j'ai vu Marie.

J'appris plus tard qu'elle s'était baignée dans la Gartempe, ce qui expliquait sa robe plaquée sur elle. Elle regardait pensivement le feu et j'admirais au reflet des flammes son front bombé, ses pommettes hautes et la courbure à peine visible de ses seins.

Jusqu'alors, je ne m'étais pas beaucoup intéressé aux filles. Au Havre, il est vrai, certains des garnements avec qui je jouais ricanaient en voyant passer dans les rues des filles aux bonnets blancs et aux guimpes empesées. Quelquefois, ils les abordaient pour leur conter fleurette. Elles riaient en faisant semblant de les repousser. Mais je restais indifférent à ces jeux, même si je sentais quelquefois, depuis deux ou trois ans, d'étranges faims qui me tenaillaient, de soudaines flambées de désir qui m'asséchaient la gorge quand je voyais lentement passer sur les quais une silhouette fluide et ondoyante.

Mais quand j'ai vu Marie, je suis resté interdit. L'obscurité croissante la dérobait de plus en plus à mes yeux, et seuls de brusques sursauts de la flamme révélaient une mèche de cheveux qu'elle relevait machinalement, une jupe qu'elle lissait autour de ses jambes, une douce courbure de sa nuque penchée vers le feu. Mais quelque chose dans sa physionomie, dans sa silhouette, dans la lenteur grave de ses gestes m'hypnotisait.

Elle sortit soudain de sa rêverie et releva la tête. Elle me surprit en train de la regarder intensément. Un tressaillement presque imperceptible témoigna de son étonnement. Gêné, je détournai les yeux.

Le reste de la soirée et le lendemain, quand nous nous préparions à reprendre la route pour retourner dans nos villages, je ne cessai de la fixer. Elle aussi me dévisageait, intriguée par mon insistance. Au moment où notre charrette allait s'ébranler, elle profita d'un moment de cohue pour s'approcher de moi. Elle me dit:

— Je vois bien que tu es acadien. D'où viens-tu?

— Du village de La Bourdonnaye.

— La Bourdonnaye? Mais c'est par chez nous! s'exclama-t-elle, et je crus remarquer comme une lueur dans ses yeux.

Après un moment de silence, elle reprit:

— Comment t'appelles-tu?

— Fabien.

Je me sentais bête. Je ne savais que dire. Pour la troisième fois, ce fut elle qui rompit le silence:

— Eh bien, Fabien, nous nous reverrons peut-être au puits… ou ailleurs.

De retour au village, notre vie de travail reprit. J'étais écrasé par la tâche, mais je m'évadais en pensant à celle que j'appelais dorénavant dans ma tête « la fille de Saint-Savin ». Je me blâmais de ma sottise: quand elle m'avait adressé la parole, je n'avais pas pensé à lui demander son nom.

N'empêche! Quand je pensais à ses yeux, ses cheveux, son regard surtout, je me sentais remué d'étrange façon.

Deux mois plus tard, c'était la Pentecôte. Nous retournâmes à Saint-Savin. Dès que nous arrivâmes dans la cour de l'abbaye, je la vis. Elle semblait surveiller avec attention le flot des charrettes qui amenaient les paysans à la grand-messe, laquelle serait suivie d'une foire. Quand elle me vit, son visage s'éclaira.

Cette fois, je n'hésitai pas. Je me dirigeai vers elle. Sans préambule, je lui dis:

— Et toi, comment t'appelles-tu?

Elle se mit à rire.

— Marie… Et puis, Fabien, tu te plais à La Bourdonnaye?

Pendant les vingt-quatre heures suivantes, je profitai de chaque moment pour m'approcher d'elle, bavarder avec elle. Une joie obscure et puissante m'envahit quand je me rendis compte que, de son côté, elle recherchait également ma compagnie.

Je fis le fanfaron. L'après-midi, je me jetai dans

la Gartempe, sous les regards admiratifs de trois ou quatre filles; mais je n'avais d'yeux que pour Marie, descendue dans l'eau pour nager elle aussi.

J'appris d'elle que sa vie était aussi lisse, éreintante et monotone que la mienne. Elle me parla de son grand-père, je mentionnai ma grand-mère. Elle me répéta les discours que son grand-père lui faisait sur la patrie perdue, le bonheur, la douceur et l'innocence du passé. Je m'exclamai: ma grand-mère tenait exactement les mêmes propos. Je le lui dis, et nous éclatâmes tous deux de rire.

Avant de la quitter pour retourner à La Bourdonnaye, je lui demandai de m'indiquer à quel moment elle se rendait au puits qui était à la lisière des Huit-Maisons et qui donnait aussi de l'eau à notre village. Elle me dit que cette tâche revenait plutôt à certaines de ses sœurs plus jeunes, mais qu'elle les remplaçait quelquefois, quand les travaux de défrichement ralentissaient un peu.

Les jours et les semaines qui suivirent, je surveillai le puits de loin. Quand je voyais la silhouette de Marie s'avancer entre les fermes des Huit-Maisons, une grande jarre à la main, je me précipitais vers le puits. Autour de la margelle, pendant que nous tirions le seau accroché à une vieille chaîne rouillée, nous parlions.

Mais nos conversations étaient brèves. Que pouvions-nous nous dire? Nos vies étaient comme la plaine qui nous entourait: monotones et arides. Quant aux histoires que nous racontaient ma grand-mère et son grand-père, elles finissaient par se répéter et se ressembler, et nous avions l'obscur pressentiment que le paradis dont ils nous rebattaient les oreilles n'était peut-être qu'un mirage qu'ils embellissaient un peu plus chaque jour.

Mais ce n'étaient pas nos conversations qui comptaient pour moi. La présence de Marie, son sourire, le souple mouvement de son corps quand elle se penchait vers le puits, tout m'émouvait, tout me troublait. Elle s'était habituée à me voir la dévorer des yeux et elle riait de mon insistance, mais j'avais le sentiment que, de son côté, elle était heureuse de mon indiscrétion et se plaisait en ma compagnie.

Un jour, elle mentionna le marquis des Cars. Je savais qu'il nous avait fait venir en Poitou pour mettre en valeur ses terres incultes, et qu'il payait une espèce de rente à mon père, qui nous permettait de survivre. Marie m'apprit que certains Acadiens avaient donné à leur village le nom du marquis, par déférence pour lui, et vivaient donc au lieu-dit Pérusse.

Je connaissais le marquis de vue. Il ne cessait de parcourir ses terres, et je l'avais souvent aperçu à la lisière de nos champs. Mais quand Marie m'apprit qu'elle avait bavardé avec lui et qu'il lui avait témoigné des bontés, je ne sais pourquoi j'éprouvai un pincement au cœur.

Quand, quelques jours plus tard, je le vis descendre de son cheval et examiner avec curiosité un amas de ronces, d'arbrisseaux et de mûriers sauvages que nous avions arrachés et entassés dans un coin en vue de les brûler, je m'approchai de lui.

Lorsqu'il se tourna vers moi, je soulevai mon bonnet, comme j'avais déjà vu certains paysans riches le faire devant le prieur de Saint-Savin. Il se mit à rire:

— Comment t'appelles-tu, mon garçon? me dit-il.

— Fabien, Monsieur le duc.

— Fabien...?

— Fabien Landry, Monsieur le duc.

Je venais de me rappeler qu'il était marquis et

duc, et même si, dans les conversations que j'entendais autour de moi, on évoquait toujours « le marquis », une impulsion soudaine m'avait poussé à lui donner son autre titre. Il me regarda avec intérêt et amusement.

— Où donc as-tu lu, Fabien, que j'étais duc?

— Je ne l'ai pas lu, Monsieur, répondis-je avec hésitation.

— Tu ne l'as pas lu… Tu as donc entendu cela? me dit-il.

Soudain, comme s'il venait de comprendre quelque chose, il reprit:

— Tu n'as pas lu… Sais-tu lire, au moins?

Je hochai la tête en signe de dénégation. Le marquis reprit:

— Décidément, toi aussi… Tu m'as pourtant l'air bien vif d'esprit. Et puis, on m'avait dit que les Acadiens… Il va falloir remédier à cela.

Je ne saisissais qu'à moitié ce que marmonnait le marquis. Quand il remonta à cheval, je le saluai de nouveau bien bas.

Les journées de ce premier été que je passai à La Bourdonnaye furent longues et chaudes. Le soir s'étirait à l'infini, dans une langueur douce. La lumière, après le coucher du soleil, était mauve. Malgré les fatigues du défrichement de l'âpre lande poitevine, un regain de vie s'était emparé de « l'Établissement du Poitou ». Les familles des six ou sept villages acadiens que le marquis avait créés entre Châtellerault et Saint-Savin ne rentraient plus, à la fin de la journée, s'écraser de sommeil dans leurs maisons neuves.

Souvent, l'après-midi, les femmes se mettaient à filer du coton ou de la laine, que les valets du marquis leur avaient remis. On vit même des femmes et des filles vêtues de robes nouvelles qu'elles avaient elles-mêmes cousues, à la place des hardes usées jusqu'à la corde qu'elles portaient depuis le départ de Saint-Malo ou du Havre.

Le soir, on se réunissait à l'orée des villages pour fumer une pipe et bavarder un peu; on évoquait la brande, la terrible brande de ce pays qu'il fallait combattre à la sueur de son front; on maudissait les bruyères, les ajoncs, les ronces et les fougères qui s'agrippaient au sol avec la ténacité d'un diable griffu, et qu'il fallait arracher à coups de grands ahans. Une cruche de mauvais cidre commençait à circuler. On allumait un feu, et les plus vieux se mettaient à évoquer l'Acadie perdue. Les gars et les filles en profitaient pour s'éclipser dans les fourrés touffus de la lande poitevine.

Nous nous éloignions discrètement, Marie et moi, dans l'obscurité d'un bosquet. Au loin, nous pouvions entrevoir, à travers les branches de quelques arbres, les vacillements de la flamme autour de laquelle nos parents continuaient leurs mélancoliques palabres.

Nous nous asseyions sur le sol recouvert de fougères. Nous nous serrions l'un contre l'autre. Nous n'avions pas grand-chose à nous dire, nos journées étant les mêmes, et nos horizons, étroits. Mais la douce chaleur de sa hanche contre la mienne m'amollissait. Je me sentais envahi par un tourment curieux, j'avais des envies qui me tenaillaient et m'inquiétaient tout à la fois.

Un jour, j'entourai son épaule de mon bras. Je sentis contre ma poitrine son sein, doux et ferme à travers le tissu rugueux de sa robe. J'étais dans un état de grand trouble, qu'elle dut sentir à mon souffle plus court, mais elle ne dit rien. Surtout, elle ne me repoussa pas. Je me penchai vers elle dans l'obscurité et l'embrassai.

Les jours suivants, je recommençai. Au début, elle restait passive, puis, un soir, je sentis ses lèvres remuer sous les miennes. Nous nous embrassâmes à en perdre haleine. Mais quand je commençai à caresser sa poitrine dans l'obscurité, elle me repoussa fermement.

Tous les matins, le dur labeur recommençait. Les hommes ne cessaient de maugréer; quelques-uns avouaient même leur désarroi devant des problèmes concrets qui rendaient leur vie encore plus misérable. J'intervenais alors quelquefois, je proposais de nouvelles façons de faire, et ces hommes qui avaient l'âge de mon père et de mon grand-père regardaient, d'abord avec irritation, puis avec une certaine admiration, ce jeune garçon qui leur soufflait des solutions qu'ils trouvaient hardies.

Un jour, les femmes se plaignirent: l'eau du puits était soudain devenue boueuse et le demeurait même après qu'on l'eut laissée reposer. Je me souvins alors d'un gros orage qui m'avait surpris dans un petit bois proche, et j'avais remarqué que la pluie pénétrait difficilement le feuillage touffu d'un arbuste.

J'allai ramasser quelques branchettes du petit arbre et je confectionnai une espèce de filtre végétal tressé serré. Je proposai alors de passer l'eau à plusieurs reprises; au bout de quelques heures, elle était redevenue claire. Les femmes du village me remercièrent avec profusion et les hommes me regardèrent avec un mélange d'étonnement et de sournoiserie.

L'affaire parvint aux oreilles du marquis, qui vint me rencontrer. Se dirigeant vers moi, il me sourit et dit:

—Je ne suis guère surpris, Fabien. Je t'observe et j'ai constaté que tu examines tout autour de toi. Tu me fais l'effet d'un garçon intelligent.

Je me gonflai d'orgueil devant les autres jeunes du village.

L'été passait ainsi tranquillement. Malgré notre fatigue, nous commencions à entrevoir les fruits de notre labeur. La plupart des familles avaient réussi à défricher quelques arpents. On envisageait de semer bientôt du blé, pour obtenir le froment qui assouvirait enfin notre faim.

Au début de l'automne, deux ou trois valets du marquis firent le tour des villages. Ils convoquèrent les chefs de quatre ou cinq familles, dont mon père. Monsieur des Cars souhaitait leur parler.

Une grande inquiétude s'empara de tous. Que leur voulait cet homme puissant? Était-il insatisfait de notre travail? Quelques pessimistes se mirent même à propager de noires idées: le marquis avait peut-être perdu trop d'argent dans l'entreprise acadienne. Songerait-il à reprendre ses terres? Allions-nous devoir partir encore une fois, quitter ce pays auquel nous nous habituions tranquillement malgré son austérité? Ne cesserions-nous donc jamais d'être déracinés? Notre destin serait-il donc d'être d'éternels exilés, d'éternels errants?

Mon père lui-même semblait soucieux en se rendant à la convocation de celui qui avait, sur notre misérable petite communauté, droit de vie et de mort.

Quand il revint au village, il souriait. C'était l'une des rares fois où je le voyais se détendre.

Le marquis s'était adressé avec bonté aux cinq ou six hommes réunis devant lui. Il leur avait tenu un discours qu'ils n'avaient compris qu'à moitié. Il leur avait parlé de régénération par l'agriculture, de lumières qu'il fallait diffuser dans le peuple, de l'ignorance qu'il fallait combattre pour le bien de la nation.

Ma mère s'impatientait devant l'incohérence du compte rendu de mon père. Elle finit par l'interrompre :

— Et puis, qu'est-ce qu'il nous veut donc, le marquis?

— Il veut que certains de nos enfants apprennent à lire, à écrire et à compter.

— Nos enfants? s'exclama ma mère.

— Oh! pas tous. Le marquis pense que Fabien a ce qu'il faut pour cela, pour acquérir des... lumières. Je ne sais trop de quelles lumières il parle, d'ailleurs.

Ma grand-mère souriait. Elle murmura :

— Fabien? Cela ne m'étonne guère.

Mais ma mère, tout à sa surprise, ne lui prêta pas attention. Elle reprit :

— Fabien va-t-il nous quitter?

— Non. Le marquis sait bien que nous avons besoin des bras vigoureux des jeunes. Il a donc décidé de demander à un vieux chanoine de Châtellerault de venir s'installer ici. Quand les travaux des champs le permettront, il enseignera la lecture et l'écriture à ceux que le marquis a choisis.

J'étais resté silencieux pendant tout cet échange, mais un vaste horizon s'ouvrait soudain devant mes yeux.

Mon père et ma mère ne savaient guère lire. Les troubles qui avaient précédé le Grand Dérangement les avaient empêchés d'apprendre, affirmaient-ils. C'est tout juste s'ils parlaient français et baragouinaient l'anglais, appris dans leur enfance. Mais ma grand-mère déchiffrait – lentement, il est vrai –

les textes imprimés. Au Havre, elle me montrait des gazettes et me lisait à haute voix des titres, de courtes dépêches, des nouvelles qui parlaient du Roi et de son royaume, des grands de ce monde, de Paris – j'avais fini par comprendre qu'il s'agissait d'une grande ville où tout ce qui était important, même notre sort, se décidait.

Mais les gazettes évoquaient d'autres noms et d'autres lieux, plus mystérieux pour moi : l'Angleterre, les princes allemands, le pape, les colonies d'Amérique... Et même, une fois, ma grand-mère m'avait lu, la voix entrecoupée par l'émotion, un bref entrefilet qui mentionnait l'arrivée en Acadie de nouveaux colons anglais.

J'avais fini par comprendre que ces signes obscurs, mystérieux et magiques sur lesquels se penchait ma grand-mère, déployaient devant elle un vaste monde, dont je ne connaissais rien. Et voilà que le marquis des Cars souhaitait nous ouvrir une fenêtre sur cet univers nouveau.

Quand je vis Marie, un ou deux jours plus tard, je pris mon air le plus mystérieux et le plus fanfaron pour lui dire :

— Tu ne devineras jamais ce qui m'arrive.

— Et quoi donc?

— Je vais apprendre à lire. Le marquis des Cars en a décidé ainsi. Je pourrai alors t'expliquer ce qu'il y a dans les gazettes et dans les livres, ajoutai-je d'un petit ton protecteur et suffisant.

Elle éclata de rire. J'étais désarçonné, mais elle ne cessait de rire de plus belle. Quand enfin elle se fut calmée, elle se tourna vers moi :

— Tu n'auras guère besoin de m'expliquer quoi que ce soit, car je vais, moi aussi, apprendre à lire.

Je restai sans voix. Elle me dit que son père aussi

avait été convoqué par le marquis. Quand celui-ci avait évoqué des leçons, son père avait mentionné le nom d'Isaac, son frère aîné. Mais le marquis avait bien spécifié qu'il avait choisi Marie, car, avait-il ajouté avec emphase, « dans le monde nouveau qui est en train de naître, les femmes seront les mères et les mamelles de la nation ». Du moins, c'était ce que son père avait cru comprendre. Le marquis avait bien parlé devant ses colons d'agriculture, de femmes, de mères, de mamelles et de nation, mais l'agriculteur acadien, tout aussi ignorant que mon père, n'était pas sûr de restituer le discours du marquis dans le bon ordre.

Quelques semaines plus tard, un chanoine à la retraite, vieux, chenu, au collet jaunâtre de saleté, vint s'installer dans un hameau proche.

Deux fois par semaine, vers le milieu de l'après-midi, il réunissait les six jeunes choisis par le marquis pour leur enseigner les rudiments de la lecture. Il y avait là Marie et moi, ainsi que trois autres garçons et une fille. Nous avions de douze à dix-sept ans, et j'étais le plus âgé.

Au début, l'aspect un peu repoussant du chanoine, ses chuintements – il avait perdu une bonne partie de ses dents, et les mots sortaient de sa bouche en sifflant – nous avaient rebutés. Mais l'homme était patient, il savait nous intéresser en nous racontant mille histoires amusantes, quand nous butions sur une syllabe difficile ou que nous ne comprenions pas un mot que nous voyions pour la première fois.

Nous fîmes rapidement des progrès. Puis le chanoine Belleau – c'était son nom –, amena un jour des plaques d'ardoise. De la pointe de tisons éteints, il nous fit tracer des lettres, puis des mots, que nous effacions ensuite avec un linge mouillé. Nous découvrions avec stupéfaction que nous pouvions, à notre tour, écrire. Sous nos doigts malhabiles naissait un monde nouveau. Nous ressuscitions, par quelques traits cabalistiques, l'univers qui nous entourait, les sentiments qui nous habitaient, les émotions qui nous agitaient. Nous écrivions le mot « arbre » et se déployaient soudain devant mes yeux les arbres du Poitou, et ceux que nous avions croisés sur notre route en arrivant au Poitou, et tous les arbres que mes yeux avaient vus et que ma mémoire avait enregistrés.

Un jour, j'écrivis, en tournant le dos au chanoine Belleau, le mot « amour », et ce fut le visage de Marie qui jaillit devant moi.

Une autre fois, Marie et moi écrivîmes, chacun sur son ardoise, le mot « Acadie ». Nous avions décidé de le montrer, elle à son grand-père et moi à ma grand-mère.

Quand nous nous revîmes plus tard, nous apprîmes que la réaction de nos grands-parents avait été la même. Tous deux s'étaient mis à pleurer, et nous ne savions pas si leur émotion venait de l'évocation de leur pays ou du spectacle de leurs petits-enfants qui commençaient à maîtriser l'écriture.

D'ailleurs, Marie et moi ne cessions de nous répéter ce que nos grands-parents ressassaient tout le temps devant nous : ce pays qui les avait vus naître devait être magnifique. Notre peuple, nos familles avaient perdu quelque chose d'irrémédiable en le quittant. Et nous en vînmes peu à peu à nous dire que la seule quête importante, la tâche essentielle de nos vies devait être le retour au paradis, la reconquête de ce pays de cocagne que nos grands-parents faisaient miroiter à nos yeux.

Ce rêve commun, et la conquête lente, laborieuse quelquefois, mais irrésistible, grisante, de la lecture et de l'écriture, nous rapprochaient encore plus, Marie et moi. Quand nous nous retrouvions seuls, nous pouvions maintenant parler d'autre chose que du temps qu'il faisait et des travaux qui nous attendaient. Nous nous rappelions tel mot que nous avions appris, telle expression nouvelle que nous avions réussi à écrire sans fautes. Et ces mots et ces expressions nous emmenaient sur des sentiers nouveaux, nous faisaient découvrir un monde inconnu, stimulant.

Cette communion nous faisait aussi vibrer d'une sensibilité nouvelle, nous rapprochait dans une véritable complicité sensuelle. Nos baisers avaient maintenant une violence qui couvait des orages. Je m'effrayais moi-même du désir qui me tendait vers mon amie, et je craignais, quand je la serrais contre moi, qu'elle ne sente mon trouble. Mais quand, dans une espèce de vertige, je tentais de glisser ma main sous sa robe, elle me repoussait fermement.

Un jour, le chanoine Belleau commença à nous parler d'additions et de soustractions. Autant la conquête de la lecture m'avait intéressé, autant la découverte du calcul me passionna. C'était encore plus grisant. Quelque chose de profond, d'enfoui en moi s'épanouissait devant la précision des chiffres, l'harmonie des calculs, l'exactitude des additions. Tout un univers ordonné se déployait devant moi, un univers sans bavures, un monde sans surprises, où tout était à sa place, dans une harmonie prédéterminée et reposante.

Marie, quant à elle, était moins à l'aise en calcul. Elle se débrouillait bien, mais s'y adonnait sans grande passion.

— C'est bien beau, le calcul, me confiait-elle, mais rien n'y est laissé au hasard, à la chance, à l'imprévu. Les additions sont toujours prévisibles.

Je ne comprenais pas très bien ce qu'elle voulait dire. Le calcul n'était-il pas justement fait pour dompter le hasard?

Le marquis s'intéressait beaucoup aux progrès de notre petit groupe. Il venait quelquefois nous visiter. Le chanoine bondissait alors sur ses pieds et se confondait en révérences obséquieuses. Monsieur des Cars nous interrogeait et souriait d'aise quand il obtenait des réponses exactes.

Le chanoine l'assurait que Marie et moi faisions des progrès rapides. Il nous désignait nommément, ignorant les autres, qui peinaient davantage et s'essoufflaient à le suivre. Le marquis prit donc l'habitude de parler avec Marie et moi. Une espèce de familiarité se développa entre nous, respectueuse de notre part, bonhomme de la sienne. Il semblait aimer l'idée de bavarder avec certains de ses colons acadiens d'autre chose que de défrichement et de semailles.

Il nous demanda un jour de quoi nous parlions en famille. Pris de court, nous ne savions comment lui dire que, dans nos familles, les conversations étaient brèves, sans suc. Marie eut soudain une impulsion:

— Grand-père me parle de l'Acadie.

Je renchéris:

— Moi aussi, ma grand-mère ne cesse de m'en parler.

— Ah! L'Acadie! soupira le marquis. Mes colons n'ont que ce mot à la bouche, mais quand je leur demande ce qu'il évoque pour eux, ils se mettent à bafouiller. Et vous, vos grands-parents, qu'en disent-ils?

Enhardis par cette question, Marie et moi lui répétâmes les mille récits de nos grands-parents sur le pays perdu.

— Vous n'êtes pas nés en Acadie, n'est-ce pas? nous demanda Monsieur des Cars.

Nous répondîmes tous deux par l'affirmative.

— Alors, reprit-il, qu'en pensez-vous?

La question me surprit. De nouveau, Marie fut la première à réagir :

— C'est comme si je connaissais l'Acadie. Mes parents, et surtout mon grand-père, me décrivent avec tant de détails leur village de là-bas que c'est comme si je l'avais visité, ou même comme si j'y avais vécu.

Le marquis sourit. Enhardi par sa bienveillance, je pris à mon tour la parole :

— Marie et moi avons bien l'intention d'y retourner un jour.

— Ah! Vous voulez y retourner? dit le marquis. Vous savez sans doute que c'est un pays très lointain. Il faut traverser l'océan. Et ces terres appartiennent maintenant aux Anglais. De toute façon, continuez à apprendre à lire et à écrire. Cela vous facilitera bien des choses à l'avenir.

Malgré la dureté de notre vie, qui continuait à être abrutissante, j'éprouvais une véritable griserie. Le chanoine Belleau m'avait pris sous son aile et je faisais des progrès rapides dans toutes les matières. Surtout, j'aimais Marie, je la désirais, je n'attendais que l'occasion propice pour enfin vivre cet amour au grand jour.

Marie aussi semblait heureuse. Or, un orage que nous craignions, mais que nous espérions éviter, allait s'abattre sur nous.

Isaac, le frère aîné de Marie, enrageait d'avoir

été écarté par le marquis au profit de sa sœur. Esprit lent et tortueux, il n'avait ni l'intelligence ni la subtilité pour comprendre que le marquis avait bien deviné ce qui se cachait en Marie, et à quel point les leçons du chanoine Belleau allaient tomber en terrain fertile.

Il ne cessait de se plaindre auprès de son père : Marie ne faisait pas sa part, les heures qu'elle passait auprès de Belleau étaient autant de pris sur le travail, leur mère à tous deux souffrait de l'absence de sa fille... Sa sœur n'était au fond qu'une fainéante, qui profitait de la bonté du marquis pour se défiler.

Excédé, le père de Marie se plaignait à son tour à sa femme. Peu à peu, les plaintes et les jérémiades de sa famille rendirent l'atmosphère suffocante.

Le tout prit un tour encore plus grave quand Isaac découvrit notre amour. Oh! ce n'était guère difficile, dans notre petit village, de deviner les sentiments que nous éprouvions. À quelques reprises, il nous avait surpris en train de nous embrasser. Il ricanait alors avec méchanceté. La mère de Marie se mit à tancer sa fille: s'il fallait qu'elle tombe enceinte...

Les mois se traînaient dans ce climat d'hostilité. Notre consolation, nous la trouvions dans les leçons du chanoine et dans l'amitié que nous témoignait le marquis. Sa bienveillance à notre égard nous attirait mille avanies de la part des autres villageois, et même des Acadiens des autres villages, jaloux de ces marques de faveur.

Au début de 1776, deux ans environ après mon arrivée en Poitou, le marquis convoqua à nouveau mon père et celui de Marie. Il demanda aussi que nous soyons présents.

— Vos enfants, dit-il, ont fait de grands progrès dans leur instruction.

— Merci, Monsieur le marquis, balbutia mon père, qui semblait flatté.

— Vous n'avez guère besoin de me remercier, reprit Monsieur des Cars. C'est eux qu'il faut féliciter, car Monsieur Belleau m'affirme qu'ils sont attentifs et assidus. Ils maîtrisent parfaitement la lecture, ils savent fort bien écrire et faire des calculs.

Nos parents, qui ne savaient où le marquis voulait en venir, restaient silencieux. Ce dernier reprit:

— La colonie semble enfin sur la bonne voie. Je suis satisfait de mes colons acadiens. Ils n'ont guère rechigné à la tâche. On peut donc entrevoir l'avenir.

— L'avenir? reprit machinalement le père de Marie.

— Oui, l'avenir. Il va falloir que votre établissement ait des chefs et que ces chefs soient issus de votre communauté. C'est pourquoi je souhaite que vos enfants rencontrent d'autres gens que leurs voisins et Monsieur Belleau, qu'ils voient autre chose que ce petit coin de pays, qu'ils découvrent la France, qu'ils rencontrent des Français, et surtout ceux qui dirigent l'opinion et façonnent justement l'avenir.

Nos parents semblaient perdus. Pour ma part, je ne savais quoi penser de ce long discours. Je regardai Marie. Elle était pâle et crispée.

— Mais, Monsieur le marquis, reprit mon père après un moment de silence, comment voulez-vous que nos enfants... découvrent tout cela?

— Eh bien, reprit Monsieur des Cars avec le sourire, je dois me rendre bientôt à Paris. Je pense y emmener Fabien et Marie. Je suis sûr que nombre de personnes là-bas, qui entendent tout le temps parler de l'Acadie et de l'Établissement acadien que j'ai fondé, seraient heureuses de rencontrer des Acadiens en chair et en os.

J'étais, comme mes parents, foudroyé par ce que j'entendais. Mon père finit par balbutier:

— Paris? Mais, Monsieur le marquis...

Il se tut. Il ne savait pas comment exprimer ses émotions, ses craintes.

— Oui, je sais, reprit le marquis. Paris vous semble loin. Et Fabien est un grand et solide gaillard. Tiens, Fabien, dit-il en se tournant vers moi, quel âge as-tu?

— Presque dix-neuf ans, Monsieur le marquis.

— Je sais que ce jeune homme vous est d'un grand secours aux champs. Je vais payer le salaire d'un journalier, qui vous donnera un coup de main pendant son absence.

Il se tourna vers le père de Marie.

— Quant à vous, lui dit-il, je m'assurerai qu'une servante aide votre femme à la ferme.

— Mais, Monsieur le marquis, ce sont nos enfants... balbutia le père Guillot.

— Mais je ne vous les enlève pas, loin de là, reprit le marquis en éclatant de rire. Ils s'absenteront quelques semaines, au plus quelques mois. Quand ils reviendront, ils seront capables de mieux vous aider et d'aider vos voisins.

Personne ne dit mot. Nous restions silencieux, abasourdis.

— Alors, Guillot, alors, Landry, êtes-vous d'accord? dit le marquis.

Je sentis dans sa voix une pointe d'agacement. Il avait beau être un homme affable, il n'avait probablement jamais eu de sa vie à négocier quoi que ce soit avec ses métayers et ses colons. Le silence de nos parents l'impatientait. Il reprit encore:

— Êtes-vous d'accord, Guillot et Landry, pour que j'emmène Fabien et Marie à Paris pendant quelque temps?

Accablés, incapables de réfléchir, intimidés par ce seigneur qui leur parlait un langage fleuri, nos parents finirent par acquiescer de la tête.

— À la bonne heure! s'exclama le marquis des Cars. C'est une sage décision.

Puis, se tournant vers Marie et moi, il ajouta:

— Préparez-vous. Nous partons dans quelques jours. Nous allons à Paris.

Chapitre III

La première fois que j'ai vu Paris, la ville était recouverte d'un voile noir.

La journée était froide et sombre. D'épais nuages faisaient régner une faible pénombre sur la campagne où nos voitures cahotaient. Des éclairs silencieux striaient le ciel de rapides fulgurations et dessinaient à l'horizon d'éphémères et belles figures géométriques.

Nous grimpions depuis longtemps une pente relativement douce et nos chevaux ahanaient bruyamment. Puis, nous sommes arrivés au sommet de la montée. Le marquis des Cars a fait arrêter son carrosse, en est descendu et nous a appelés, Fabien et moi.

— Nous sommes arrivés, s'est-il exclamé avec un large sourire. Voici Paris!

Il désignait, d'un ample mouvement de la main, tout l'horizon devant nous.

Je n'ai vu, dans une espèce de vaste cuvette qui s'étendait à l'infini, qu'un vague brouillard noir, partie nuages et partie fumée, que transperçait, ici et là, un clocher dont on ne voyait que le haut de la tour, ou encore une flèche qui flottait dans le vide et tremblait dans la brume comme une apparition fantomatique. Un brusque coup de vent révélait parfois un obscur moutonnement de toits, un enchevêtrement de maisons et de rues qui serpentaient dans tous les sens. Une odeur de soufre et de bois brûlé flottait dans l'air. Je me souviens de m'être dit: « Est-ce là ce Paris dont le marquis n'a cessé de nous rabâcher les beautés? Qu'allons-nous donc faire ici, Fabien et moi? »

Nous avions quitté les Huit-Maisons deux semaines plus tôt. Tous les Acadiens des villages environnants s'étaient réunis pour voir partir les deux jeunes que le marquis avait distingués. Nos parents semblaient hébétés. Le marquis des Cars ne cessait de leur répéter que notre absence ne durerait que quelques mois tout au plus et que nous ne tarderions pas à revenir aux Huit-Maisons.

Nous étions trop fébriles, trop énervés par ce départ et les horizons qu'il nous ouvrait pour bien nous rendre compte de l'inquiétude de nos parents. J'avais fait un grand sourire à mon père et à ma mère, mais quand mon grand-père m'avait prise dans ses bras et m'avait serrée contre son cœur, j'avais été saisie d'une grande émotion. En me libérant de son étreinte, il m'avait glissé dans l'oreille:

— N'oublie pas que tu es acadienne!

Le marquis voyageait avec son secrétaire dans un carrosse, tandis qu'une espèce de chariot recouvert d'une bâche nous transportait, Fabien et moi, en compagnie d'un valet qui surveillait les effets de son maître.

Monsieur des Cars nous témoignait beaucoup de bontés. Très souvent, il nous faisait monter dans son carrosse et nous montrait du doigt la campagne environnante, qu'il décrivait avec enthousiasme, ou encore un château ou une église dont il tâchait de nous montrer les beautés.

Le soir, nous nous arrêtions dans une auberge. Enroulés dans des couvertures, nous dormions,

Fabien et moi, dans une mansarde, ou dans la salle principale quand il n'y avait pas de place libre.

Nous traversions des bourgs qui nous semblaient infiniment plus grands que les Huit-Maisons, et le pays environnant était plus cultivé que la campagne autour de notre village poitevin. Un jour, nous vîmes de vastes champs où l'on avait moissonné le blé. Le marquis nous apprit que ce pays s'appelait la Beauce.

Un soir, le marquis nous avait dit :

— Nous allons bientôt arriver à Paris. On ne vous y connaît guère, et il est donc préférable que vous passiez pour frère et sœur. C'est ainsi que j'ai l'intention de vous présenter.

Après un bref repos au sommet du monticule d'où nous avions vu la capitale, le marquis décida qu'il était temps de s'y rendre. Malgré la pénombre qui nous entourait, ce n'était que le milieu de l'après-midi. En approchant de la ville, nous nous trouvâmes pris dans un encombrement de voitures, de diligences et de chariots. Des cochers faisaient claquer leur fouet, et des charretiers juraient abondamment.

J'étais stupéfaite. Jamais de ma vie je n'avais vu autant de monde en un même endroit. Le marquis des Cars restait impassible, même s'il semblait ennuyé. Je compris qu'il était habitué à cette cohue.

Nous arrivâmes à une barrière où nous nous arrêtâmes.

— C'est l'octroi, dit le marquis.

Je ne comprenais pas ce qu'il voulait dire par là, mais je remarquai que tous les voyageurs semblaient se diriger vers cet endroit avant de pénétrer dans la ville.

Deux hommes vinrent demander au cocher qui

nous étions. Le marquis se pencha à la fenêtre et donna son nom. À ma grande surprise, les deux hommes ne se confondirent pas en salutations et en révérences devant lui, comme tout le monde en Poitou. Ils se contentèrent de soulever une espèce de coiffure, mi-chapeau, mi-bonnet, qu'ils portaient sur la tête, et firent signe au cocher d'avancer tout en criant :

— Au suivant, au suivant! L'octroi va bientôt fermer!

Le carrosse où nous étions avec le marquis s'engagea dans un dédale de rues. Je m'émerveillais de voir le cocher mener son attelage dans ces passages étroits, qui avaient parfois à peine la largeur nécessaire pour que nous y passions. Il ne cessait de faire claquer son fouet et, à plusieurs reprises, je crus qu'il avait écrasé des passants qui n'avaient eu que le temps de s'aplatir contre un mur ou de s'esquiver dans un renfoncement.

Nous arrivâmes bientôt devant une auberge qui me parut magnifique. L'aubergiste, voyant le marquis descendre du carrosse, se précipita vers lui. Il le connaissait certainement, car il se confondit en salutations.

En nous désignant de la main, Monsieur des Cars déclara que nous étions ses « pupilles ». L'aubergiste nous amena dans une mansarde qui allait nous servir de logement. Fabien et moi, brisés de fatigue, ébahis par tout ce qui nous entourait, étourdis par le bruit, vaguement inquiets devant cette ville animée, noire et tentaculaire, ne tardâmes pas à nous endormir.

Le lendemain, le marquis nous accueillit dans la salle principale de l'auberge.

— Je serai occupé pendant les prochains jours,

nous dit-il, et je ne pourrai vous voir que de temps en temps. Vous n'avez cependant pas besoin de moi pour découvrir Paris. Vous verrez qu'il n'est pas aussi terrible qu'il en a l'air. Nous sommes dans le faubourg Saint-Honoré. C'est un faubourg tout neuf, et je suis certain que vous aimerez l'explorer.

Fabien et moi quittâmes bientôt l'auberge. Nous fûmes tout de suite happés par un tourbillon de sensations, de sons, de mouvement et d'odeurs.

Nous apprîmes très vite qu'il fallait, avant tout, faire attention aux voitures et aux cavaliers. Le sort qui, la veille, avait menacé les passants que notre carrosse croisait pouvait maintenant être le nôtre. L'enchevêtrement permanent de gens, de voitures et de chevaux était arbitré à coups de fouet, et Fabien, au bout de dix minutes, s'était vu deux fois cingler le dos par un cocher irascible et un cavalier hautain.

Nous fîmes comme les autres Parisiens : nous dansions perpétuellement dans la rue, sautant le ruisseau, nous aplatissant contre un mur, détalant dans un renfoncement, nous réfugiant dans l'encadrement d'une porte, regardant à droite et à gauche, et aussi vers le haut pour éviter le contenu des vases de nuit qui aspergeait quelquefois les passants et éclaboussait le pavé sans autre avertissement. Pour traverser la rue ou la venelle, nous devions nous faufiler entre deux cavaliers, mais le plus sûr était de suivre tout bonnement un carrosse qui nous ouvrait le chemin.

Au bout d'un jour ou deux, nous pûmes enfin circuler dans Paris sans être constamment sur le qui-vive, car nous avions fini par adopter les habitudes des Parisiens, dans ce ballet constant auquel nous ne prêtions même plus attention. Et ce que nous découvrions autour de nous nous plongeait dans la plus grande stupéfaction.

Monsieur des Cars avait raison: son auberge était située dans le nouveau quartier du faubourg Saint-Honoré, et nous admirions à tout bout de champ un hôtel particulier tout neuf, une demeure majestueuse que l'on venait de terminer, ou encore une rue qu'on voulait percer.

Un jour, nous avions arpenté tout le faubourg jusqu'à son extrémité. Nous nous trouvâmes devant un vaste terrain vague que des ouvriers s'affairaient à déblayer.

— C'est pour y construire une nouvelle église, nous dit poliment un bourgeois qui avait remarqué notre air perplexe.

Puis il ajouta, en nous regardant avec curiosité:

— Vous n'êtes pas de Paris, n'est-ce pas?

Comme nous hochions affirmativement la tête, il reprit avec enthousiasme:

— Ah! Vous ne connaissez donc pas notre nouvelle rue en l'honneur du feu Roi? Suivez-moi donc.

Sans attendre de réponse de notre part, il nous précéda dans une large avenue qui s'amorçait juste devant le terrain vague où nous nous trouvions.

Je fus émerveillée par ce que je voyais. Une succession ininterrompue de maisons, toutes de la même hauteur, arborant de splendides façades et percées de vastes fenêtres, s'alignaient des deux côtés de la voie. Au rez-de-chaussée, des boutiques accueillantes s'ouvraient largement sur l'avenue, où se pressaient des milliers de Parisiens.

Notre guide impromptu ne cessait de s'exclamer devant telle maison, de nous montrer du doigt telle autre, nous donnant mille détails sur leur construction et leurs propriétaires. Son bavardage finit par me lasser. Je le suivais poliment, en compagnie de Fabien, mais j'étais surtout attirée par la devanture des boutiques et le chatoiement des tissus qu'on entrevoyait par les portes ouvertes, dans la lumière tamisée de leur intérieur. J'étais fascinée par la multitude de rubans, de dentelles, de chapeaux et de châles que les Parisiennes lissaient amoureusement ou essayaient devant leurs amies avec mille gestes de coquetterie.

J'avais, jusqu'alors, grandi en ne portant qu'une seule robe pendant plusieurs années, jusqu'à ce qu'elle devienne trop étroite et que je la passe à l'une de mes jeunes sœurs, et je me trouvais heureuse quand je pouvais, avec un morceau de tissu nouveau, rapiécer les parties les plus usées. Devant une telle opulence, devant cette avalanche de tissus, de robes, de chapeaux et de colifichets, j'étais ahurie, un vertige me saisissait, je ne savais où porter mes regards, et le sentiment qu'un monde nouveau, que je n'avais fait qu'entrevoir dans mes rêveries les plus folles, existait vraiment, que je m'y trouvais plongée, et que, peut-être, je pourrais en faire partie, me remplissait d'exaltation et d'une obscure angoisse.

Il y avait quelques jours seulement, j'étais aux Huit-Maisons, prise dans l'épuisante routine des champs à défricher, et maintenant, j'étais ici! Puis, soudain, le souvenir de mon village me rappela mon grand-père. Jusqu'à la dernière minute avant mon départ, il n'avait cessé de me parler de l'Acadie, qu'il fallait absolument retrouver, et qui était, si je devais l'en croire, un vrai coin de paradis.

Paris me semblait aussi le paradis, pendant que je me promenais dans cette nouvelle rue Royale.

L'Acadie était-elle ici? Paris était-il l'Acadie? Étions-nous, Fabien et moi, arrivés à bon port? Étions-nous au bout de cette quête que, depuis quelques années, je sentais obscurément devoir être mon destin?

Je rêvassais à tout cela en admirant le défilé tentateur des nouvelles boutiques, les soieries qui luisaient dans leur pénombre et les bijoux qui brillaient au cou et aux mains des Parisiennes, lorsque nous arrivâmes au bout de la rue. Deux magnifiques bâtiments, qui se ressemblaient en tous points, la bordaient des deux côtés. Et, devant moi, apparaissait une vaste étendue largement dégagée, entourée par un fossé qu'encerclait une belle balustrade de pierre. De petits pavillons coquets en ponctuaient le pourtour à intervalles réguliers. Au centre de ce grand espace se dressait la splendide statue d'un homme à cheval.

— C'est le feu Roi, Louis le Quinzième, nous dit notre guide.

Autant la rue Royale m'avait éblouie, autant cette place, avec la belle statue en son centre, m'ébahit. Je me dis que je n'avais rien vu d'aussi beau de toute ma vie.

Quand nous revînmes à l'auberge, Fabien et moi, nous étions silencieux. Nous avions le sentiment d'être enfin arrivés à Paris et de commencer à l'apprivoiser. Et, les jours suivants, nous nous enhardîmes à nous éloigner de plus en plus de l'auberge, à quitter le faubourg Saint-Honoré, à nous rendre dans des quartiers nouveaux.

Partout, nous restions bouche bée devant la profusion d'églises, d'hôtels particuliers, de jardins et de palais. Nous ne savions où donner de la tête devant tant de splendeur. Nous nous laissions bousculer par les Parisiens, toujours pressés, qui maugréaient en se moquant des « provinciaux », et qui n'hésitaient pas à nous traiter de « niais » ou encore de « benêts ».

Éblouie par tant de beautés, je n'en avais cure. Et puis, autre chose s'insinuait en moi, au fil de mes promenades avec Fabien. Je savais que, lui aussi, était émerveillé par la grande ville. Au début, nos exclamations voulaient attirer l'attention de l'autre sur tel détail, telle sculpture au fronton d'une église, telle statue au détour d'une rue. Puis, nous cessâmes de nous récrier à haute voix, et un simple regard, un sourire, un geste de la main témoignèrent de l'émerveillement commun qui nous saisissait.

Cette communion plus intime entre Fabien et moi me réchauffait le cœur. Je sentais obscurément qu'en admirant ensemble les mêmes beautés, en nous émerveillant devant les mêmes chefs-d'œuvre, nous nous rapprochions l'un de l'autre. Nous n'avions plus besoin de paroles. Dans la foule pressée et l'infernale cohue de Paris, je me trouvais seule avec lui, épaule contre épaule, bras contre bras.

Le soir, à l'auberge, après notre repas, nous montions dans la mansarde que nous partagions, puisque nous étions censés être frère et sœur. À la lueur blafarde d'un quinquet qui fumait et nous empestait, nous nous rappelions notre promenade de la journée, nos découvertes, notre commune émotion. Fabien s'approchait de moi. Il me disait :

— C'était beau, hein?

En voyant ses yeux qui brillaient dans la pénombre, en entendant la vibration de sa voix, en sentant la douce chaleur de son corps tout près du mien, je me sentais mollir. Je lui répondais :

— Oh oui! C'était bien beau.

Il me prenait alors dans ses bras, il m'embrassait, et un vertige me saisissait. La douceur de ses lèvres sur les miennes me ramenait à la douceur de notre promenade de la journée, quand, tendrement serrés l'un contre l'autre, nous arpentions les rues de Paris. Dans mon cœur et dans ma tête se mêlaient et tourbillonnaient l'ivresse de la découverte de la ville, l'éblouissement de la beauté que nous avions admirée et le trouble qui m'alanguissait dans les bras de Fabien.

Mais quand j'entendais soudain son souffle se précipiter et que, libérant ses mains qui m'enlaçaient, il se mettait à chiffonner ma robe avec de plus en plus de frénésie, qu'il tentait de me pétrir la poitrine à travers le tissu ou qu'il voulait insinuer sa main entre mes cuisses, je le repoussais et j'attendais que sa respiration redevienne régulière. Dans l'obscurité croissante, je devinais plus que je ne voyais ses yeux qui me regardaient avec reproche :

— Je vois bien que tu ne m'aimes pas, me disait-il.

— Oh oui, je t'aime, lui disais-je, et mes mots étaient plus un élan qu'une réponse.

— Alors, pourquoi me repousses-tu?

Je restais quelques instants silencieuse. Puis je répondais, d'une voix si basse qu'il tendait le cou pour m'entendre :

— Je..., je ne sais pas.

C'était la vérité. Je ne savais pas pourquoi je repoussais encore Fabien. Mais ce que je savais avec certitude, c'était que je l'aimais. Je savais qu'il m'aimait aussi, et que l'amour, c'était aussi ces caresses qu'il souhaitait, cette union des corps que je connaissais fort bien, puisque je l'avais devinée et sentie dans nos maisons quand, à Saint-Malo ou aux Huit-Maisons, dans l'obscurité de la chambre commune où nous dormions tous, nos parents bougeaient et gémissaient dans le noir.

Mais quelque chose d'obscur et d'informulé me retenait encore. Nous nous jetions alors chacun sur notre matelas, la fatigue de la journée nous plombait les membres et les yeux, et, le lendemain matin, revigorés, nous repartions à l'assaut de Paris et des mille merveilles qu'il recelait, heureux d'être ensemble, heureux d'admirer la ville ensorcelante. Et je me disais quelquefois que cette découverte commune de tant de beautés, cet émerveillement qui faisait battre nos deux cœurs en même temps, cela aussi, c'était l'amour.

*

Il y avait huit ou neuf jours que nous étions arrivés à Paris et nous ne voyions que fort peu le marquis des Cars. Il demeurait dans un appartement de deux chambres à l'étage de l'auberge et quand, le matin, nous descendions de notre mansarde, il était souvent déjà parti.

Un jour, cependant, nous le vîmes alors qu'il allait monter dans un fiacre. Il vint à nous avec la même aménité que de coutume, nous sourit et nous demanda si nous étions heureux de découvrir Paris, et ce que nous avions fait la veille. Nous lui racontâmes nos déambulations et nous n'hésitâmes pas à lui mentionner l'église qui nous avait particulièrement plu, la rue qui nous avait vraiment séduits, le palais ou la place qui nous avait ébahis. Le marquis s'exclama :

— Ma foi, vous en avez fait des visites! À ce rythme-là, vous allez bientôt connaître Paris mieux que moi!

Puis il ajouta:

— Profitez-en, car il se peut que vous ne puissiez plus bientôt vous promener à votre guise et disposer librement de vos journées.

Devant nos mines surprises, il expliqua:

— En effet, je ne vous ai pas amenés à Paris seulement pour le plaisir de la découverte. Je vous avais dit et j'avais dit à vos parents que je voulais que vous appreniez autre chose que l'agriculture. Or, je n'ai pas oublié ma promesse.

Il se tut quelques instants. Intimidés, nous nous tûmes aussi. Puis il ajouta:

— J'ai d'ailleurs quelques idées. Mais, pour le moment, conclut-il avec un large sourire, poursuivez donc vos promenades.

Vers le dixième jour, en descendant le matin de la mansarde, nous vîmes le marquis assis dans un coin de la salle. Il avait fini de manger. Devant la porte ouverte, on voyait le fiacre arrêté dans la rue. Manifestement, Monsieur des Cars nous attendait. Il nous fit signe d'approcher:

— Je vous ai dit, la semaine dernière, que j'avais quelques idées afin que vous profitiez de votre séjour ici et que vous appreniez des choses utiles. Eh bien, je crois qu'il est temps que nous en parlions.

Nous attendions en silence, intrigués et un peu inquiets.

— J'ai un bon ami à Paris, reprit le marquis. Je lui ai parlé l'autre jour de vous deux. Il m'a semblé intéressé par ce que je lui disais. Il m'a posé quelques questions. Je lui ai confirmé que vous saviez lire et écrire.

Puis, se tournant vers mon ami, le marquis ajouta:

— Tu n'as pas oublié comment calculer et compter, n'est-ce pas, Fabien?

— Non, Monsieur le marquis. En fait, pendant mes promenades dans les rues de Paris, j'ai calculé le nombre de maisons par rue, la quantité de boutiques, leur disposition dans les quartiers.

— Fort bien, reprit le marquis en éclatant de rire. J'avais bien deviné ton tempérament, et je n'en attendais pas moins de toi. Cet ami, donc, recherche des commis.

— Des commis? demandai-je spontanément.

Soudain, consciente de mon audace, je me mis à rougir.

Le marquis avait remarqué l'étonnement sur mon visage et sur celui de Fabien.

— Oui, des commis. Il s'agit d'employés qui peuvent tenir des livres, faire des calculs, recopier des lettres ou en écrire, ranger des documents, bref, faire tout ce qu'il faut dans des bureaux.

Fabien et moi ne comprenions vraiment rien à ces propos. Je n'avais jamais entendu parler de commis et d'employés. Quant aux bureaux, je n'en avais qu'une vague idée. Le marquis reprit:

— Tout cela est bien nouveau pour vous, n'est-ce pas? Mais mon ami me fait confiance, et je l'ai assuré que tu pouvais lui rendre service, Fabien, car je connais ton intelligence et la souplesse de ton caractère, qui te permettront d'apprendre très vite. Il veut donc t'engager. Tu logeras dans un petit réduit dans les bureaux dont il est responsable. Tu auras de modestes gages, au début, mais je suis sûr que tu te tireras bien d'affaire et que tu me feras honneur.

Fabien était aussi étourdi que moi. Il hocha faiblement la tête. Le marquis reprit:

— Fort bien, nous irons donc rencontrer mon ami demain.

Je me secouai soudain, comme sortant de l'espèce d'engourdissement dans lequel m'avaient plongée ses paroles. Je me tournai vers lui :

— Et moi, Monsieur le marquis, je vais être aussi un commis?

Le rire du marquis fusa de nouveau :

— Non, Marie, les commis de bureau sont tous des hommes.

À peine avais-je eu le temps de me rembrunir qu'il reprenait :

— Mais tu n'as pas besoin de t'inquiéter, car je ne t'ai guère oubliée non plus. Mon ami travaille pour un important armateur, qui est aussi négociant. Or, ils ont besoin d'une servante pour nettoyer les bureaux. D'autre part, la femme de cet important négociant n'hésiterait pas à te prendre comme femme de chambre.

Je savais parfaitement ce qu'une servante devait faire : chez nous, aux Huit-Maisons, je n'avais cessé, avec ma mère, de balayer, épousseter, nettoyer, laver, rincer et récurer. Mais une femme de chambre? Devait-elle rester tout le temps dans une chambre? J'étais aussi vaguement déçue : je me serais bien vue passer la journée aux côtés de Fabien, dans un bureau, à recopier méticuleusement une lettre. J'aimais être avec lui, mais j'aimais encore plus travailler avec lui, apprendre avec lui. Mais le marquis, qui n'avait rien perçu de mes états d'âme, poursuivait :

— Tu pourras loger chez ta maîtresse. Fabien et toi seriez ainsi tout proches.

Il nous regardait avec un pétillement dans les yeux.

— N'est-ce pas que vous seriez bien si vous viviez presque sous le même toit? N'est-ce pas ce que vous désirez?

Nous acquiesçâmes, un peu confus: le marquis avait tout deviné, tout compris. Il reprit:

— De toute manière, si vous n'êtes pas heureux dans vos emplois, nous pourrons toujours aviser. Allons, je dois vous quitter, car on m'attend. Demain matin, donc, vous viendrez avec moi rencontrer mon ami. Il s'appelle Monsieur de la Brenellerie, et je suis certain que vous allez le séduire.

Au moment où il allait quitter l'auberge, il se tourna une dernière fois vers nous.

— Ah! J'allais oublier. Ce négociant-armateur dont je vous parlais, l'ami de Monsieur de la Brenellerie, est aussi un homme de lettres. Il est connu et très populaire à Paris. Sa dernière pièce, *Le Barbier de Séville*, a fait beaucoup rire. Il s'appelle Monsieur de Beaumarchais.

*

Le lendemain, nous descendîmes du fiacre dans une rue qu'assombrissaient le mois de février et un ciel bas où stagnaient des amoncellements de nuages noirs. Monsieur des Cars nous dit qu'elle s'appelait rue Vieille-du-Temple. Nous étions devant un magnifique portail, et l'on devinait derrière lui un édifice impressionnant.

— C'est l'hôtel de Hollande, nous dit le marquis. C'est là que nous avons rendez-vous avec Monsieur de la Brenellerie, et c'est là que vous allez vivre dorénavant.

Le portail était flanqué de deux statues de femmes

assises. Le marquis, qui semblait s'amuser et même se réjouir de notre étonnement, nous apprit qu'elles représentaient la Paix et la Guerre.

Un portier nous fit pénétrer dans une vaste cour. J'eus à peine le temps d'entrevoir une multitude de bas-reliefs et de médaillons sculptés sur les murs qui l'entouraient et les vantaux du portail en bois. Le marquis nous entraînait déjà vers le fond de la cour où s'ouvrait dans une façade majestueuse un passage qui débouchait dans une autre cour, plus petite.

Nous empruntâmes un escalier qui nous mena à l'étage. J'étais étourdie par la magnificence que je voyais autour de moi. La pièce dans laquelle nous pénétrions avait un plafond peint et des lambris dorés. Des représentations de fleurs, de plantes et d'oiseaux projetaient partout de vives couleurs. Une porte magnifique, peinte aussi, menait dans une autre pièce splendide, quoique plus petite. Nous y pénétrâmes à la suite du marquis.

Un homme mince, au chapeau à plumes, se leva de derrière un bureau et s'avança vers le marquis, les bras ouverts :

— Cher Pérusse, je suis heureux de vous revoir.

Le marquis lui rendit son embrassade :

— Bonjour, mon cher Gudin, je suis moi aussi fort aise de vous retrouver.

Puis, se tournant vers nous, il ajouta :

— Voici ces deux jeunes Acadiens dont je vous ai entretenu. Ils ont l'esprit vif et même subtil, ils ont appris à lire et à compter, et ils pourront rendre de fiers services à Monsieur de Beaumarchais et à sa maison de négoce.

— Je vous remercie bien, Louis-Nicolas. Nous avons en effet bien besoin de toute l'aide et de tout le secours que nous pourrons obtenir. Beaumarchais a créé une maison de commerce, Roderigue Hortalez et Cie. Il vient de louer cet hôtel pour y installer ses bureaux et il a également l'intention d'y loger.

— Eh bien, Paul, vous ne travaillez certes pas dans un taudis! s'exclama le marquis en regardant autour de lui.

— Oh non! répondit en souriant Monsieur de la Brenellerie. Vous connaissez Beaumarchais. Le faste lui est une seconde nature. Et puis, il a besoin de beaucoup d'espace et d'un décor digne pour ses entreprises, qui sont grandes et nombreuses.

— On dit, chuchota le marquis d'un ton mystérieux, qu'il a surtout l'intention de commercer avec l'Amérique.

— Oui. Il veut envoyer dans nos îles des Antilles du vin, de l'eau-de-vie, des denrées comestibles, des cordages, de la vannerie, des marchandises sèches, et en ramener du tabac, du riz et de l'huile de morue.

— Quand je parlais de commerce avec l'Amérique, je pensais à du négoce avec les Américains, et non pas avec nos compatriotes des îles, précisa le marquis avec un sourire entendu.

— Oh! vous savez, mon cher Pérusse, on dit beaucoup de choses à Paris, répondit La Brenellerie, dont le sourire forcé m'intrigua. Pour commercer avec les colonies d'Amérique, il faut, comme vous le savez, passer par Londres, et la révolte des Américains ne va en rien faciliter le commerce avec eux.

Le marquis semblait avoir perçu, lui aussi, le malaise de son interlocuteur, son hésitation à en dire plus sur les activités de Roderigue Hortalez et Cie. Il changea donc de sujet.

— De toute façon, je suis bien heureux que la

venue de ces jeunes gens vous agrée. Je vous remercie de leur permettre de vous être utiles, et d'apprendre ainsi à être plus tard utiles aux leurs.

— Vous savez que je ne peux rien vous refuser, mon cher Pérusse. Et puis, nous avons vraiment besoin de commis, car l'entreprise grandit sans cesse.

— Ainsi donc, Fabien travaillera avec vous? Il travaillera à cet étage?

— Oh non, répondit Gudin avec le sourire. Beaumarchais me fait l'honneur de son amitié, mais je suis rarement ici à ses bureaux. En fait, votre jeune protégé travaillera dans la salle principale du rez-de-chaussée, où sont réunis tous les commis, sous la supervision de notre ami, Théveneau de Francy, ainsi que de mon frère, Gudin de la Ferlière.

— Ah! Votre frère, Philippe-Jean, travaille lui aussi avec Beaumarchais?

— Oui. Beaumarchais l'aime beaucoup. Il lui fait pleinement confiance. Il l'a chargé de superviser toute sa comptabilité. Quant à Théveneau, il est responsable du secrétariat, du courrier... et de bien d'autres choses aussi. Ainsi donc, votre protégé fera ses premières armes avec lui.

— Et cette jeune fille?

Monsieur de la Brenellerie me fixa quelques instants. Devant ce regard, je me mis à rougir.

— Vous savez que Madame de Willers vit également ici. Beaumarchais a voulu l'installer avec lui. Elle occupe l'étage d'en haut. Elle est au courant de l'arrivée de votre... pupille et elle l'attend.

— Eh bien, reprit gaiement le marquis, allons donc présenter ce jeune homme à votre frère, et cette demoiselle à la dame de céans.

Chapitre IV

La salle bourdonnait en permanence. Des agents et des courriers y entraient avec un air affairé, chuchotaient aux oreilles des commis et ressortaient en coup de vent. Les employés fouillaient dans des cartons rangés tout autour de la pièce, le long des murs, y compulsaient des dossiers, cherchaient des documents qu'ils ne trouvaient pas, appelaient d'autres commis, d'un bout de la salle à l'autre, dérangeant ceux qui, assis à une table, rédigeaient des factures ou préparaient des bordereaux de marchandises. Un chassé-croisé permanent de gens, de bruits, d'interpellations et de rires évoquait un champ de foire bien plus qu'un bureau.

La veille, avec le marquis et son ami, j'étais descendu du premier étage au rez-de-chaussée où se trouvaient les bureaux. La salle principale était vaste, et il fallait regarder attentivement pour découvrir, derrière les cartes accrochées aux murs et qui représentaient la France, l'Amérique et les Antilles, des traces de lambris, des dorures, du bois sculpté.

De belles tables d'acajou couraient le long des murs. Des commis étaient assis derrière elles, à moitié cachés par des amoncellements de papiers, de dossiers, de gazettes et de livres.

Deux pièces s'ouvraient au fond de la salle. Gudin de la Brenellerie nous montra l'une d'elles :

— C'est le bureau de Beaumarchais, dit-il, mais

vous ne le rencontrerez pas aujourd'hui, car il est en voyage et ne revient que dans quelques jours.

Il poussa l'autre porte, entra dans une vaste pièce et dit:

— Mon cher Théveneau, voilà notre ami Pérusse des Cars qui vient vous saluer et qui nous amène des renforts. Ce jeune homme sait, m'assure notre ami, compter et écrire, et il pourra vous être utile. Quant à cette jeune fille, elle sera au service de Madame de Willers.

Un homme jeune au visage avenant, cheveux bouclés, sourire franc, se leva de derrière un bureau et salua le marquis avec beaucoup d'amabilité. Puis il se tourna vers moi:

— Vous êtes acadien, n'est-ce pas?

J'acquiesçai de la tête.

— Votre sœur également?

Marie fit oui de la tête en ébauchant une espèce de révérence maladroite, qu'elle avait vu faire par les Parisiennes.

— Eh bien, reprit Théveneau de Francy, vous êtes les premiers Acadiens que je rencontre, et je crois même que vous êtes les premiers qui viennent à Paris. Vous allez susciter bien de la curiosité, car, grâce surtout à votre protecteur, Monsieur des Cars, les ministres de Sa Majesté et le Roi lui-même s'intéressent beaucoup à votre établissement en Poitou.

Le marquis souriait en se rengorgeant discrètement.

— Allons, trêve de bavardages! Je vais vous présenter à Monsieur Lecouvreur, notre premier commis, qui vous indiquera vos tâches.

Il allait sortir lorsqu'il sembla soudain se souvenir de quelque chose:

— Ah! et puis... nous savons que vous n'avez pas vraiment de domicile à Paris. Comme vous ne pouvez rester indéfiniment à l'auberge, nous avons aménagé pour vous un petit logis attenant à cette salle, que l'on vous montrera tantôt. Quant à votre sœur, elle logera chez Madame de Willers.

Il m'accompagna ensuite dans la grande salle et me conduisit à la table la plus proche de son bureau, pour me présenter au premier commis :

— Monsieur Lecouvreur, voici donc le nouveau commis dont je vous parlais hier. Vous voudrez bien expliquer à ce jeune homme ce qu'il doit faire.

Je vis une tête chenue se relever d'un document qu'un homme semblait scruter avec désespoir, le nez presque collé dessus. Monsieur Lecouvreur avait le sommet du crâne dégarni, avec une couronne de cheveux gris qui lui encadraient la tête et retombaient sur ses épaules en mèches droites et raides. Il était vêtu de noir de la tête aux pieds, ce qui accentuait son aspect lugubre et lui donnait l'air de venir d'un autre âge. Mais les yeux qui me fixaient par-dessus des lunettes épaisses accrochées au rebond ultime du nez, avant l'enflure des narines, n'avaient rien de vieux. Le regard était acéré, et j'eus l'impression d'avoir été jaugé et jugé en quelques instants. « Diable, me dis-je en me rappelant le mot que j'avais appris de l'aubergiste du marquis, qui ponctuait chacune de ses remarques d'un "Diable!" tonitruant, ce Monsieur Lecouvreur n'a pas l'air très commode. Gare à toi, Fabien! » Je me trompais du tout au tout, comme je devais le réaliser dans les jours et les semaines suivants.

Le premier commis m'amena devant une table sur laquelle s'entassaient plusieurs amoncellements de dépêches.

— Tu vas me trier tout cela, me dit-il. Classe-les par dates, en commençant par les papiers les plus récents, puis tu les rangeras dans ces dossiers.

Il désignait du doigt un meuble à compartiments d'où dépassaient des cartons. Au moment où il s'apprêtait à retourner à son bureau, il se ravisa, me jeta un coup d'œil vif et me dit :

— Et si jamais tu découvres quelque chose de curieux ou d'inattendu, tu me le feras savoir immédiatement.

Je me mis au travail, ne sachant trop ce que ce « quelque chose de curieux ou d'inattendu » pouvait bien signifier, mais j'oubliai vite ces mots, car la tâche me sembla facile, sinon fastidieuse.

Au moment où je m'attaquais à la première pile de documents, Monsieur des Cars sortait du bureau de Théveneau de Francy, suivi de Marie. Il me fit un grand sourire et m'annonça qu'il allait accompagner « ma sœur » chez Madame de Willers. J'éprouvai un pincement au cœur, car c'était la première fois en deux semaines que nous allions nous séparer. Je me rendis compte que je m'étais habitué à sa présence, à son sourire, à sa curiosité et à son courage.

Je m'absorbai dans ma tâche. Les factures, les lettres et les bordereaux que je rangeais semblaient venir de tous les coins de la France, et même de Londres. Au début, je ne prêtais attention qu'aux dates des documents, comme me l'avait demandé Monsieur Lecouvreur. Mais, peu à peu, j'en vins à jeter un coup d'œil aux articles pour lesquels les fournisseurs demandaient paiement. Je crus d'abord que j'avais mal compris, mais au fur et à mesure de mes lectures, ma surprise ne cessa de croître.

La maison Roderigue Hortalez et Cie, qui, je le pensais, exportait surtout des marchandises sèches aux îles des Antilles, avait commandé des milliers de pieds cubes de bois de marine, des fusils, des canons, de la poudre à canon, des boulets, du drap pour « habits de soldats », des boutons « pour soldats », et bien d'autres articles et produits qui, tous, servaient à équiper des combattants et à faire la guerre.

Je ne comprenais rien... Je m'apprêtais à aller demander des explications à Monsieur Lecouvreur, lorsque je me ravisai. Il était manifeste que la douzaine de commis qui s'affairaient dans la salle savaient parfaitement la nature du commerce de Monsieur de Beaumarchais, et ne s'en inquiétaient guère. Je me dis qu'il était donc plus prudent pour moi de ne pas poser trop de questions. J'avais en effet déjà compris qu'à Paris il fallait être circonspect, ouvrir beaucoup les yeux et les oreilles, et tâcher de comprendre par soi-même, sans faire preuve de naïveté.

Le soir venu, les commis quittèrent l'un après l'autre. Il ne resta bientôt plus que Monsieur Lecouvreur et moi. Le premier commis vint vers moi :

— Fabien, je suis satisfait de toi, me dit-il.

— Merci, Monsieur.

— Je t'ai vu accomplir ta tâche avec beaucoup de sérieux et de diligence.

— Vous m'aviez bien expliqué ce qu'il fallait faire, Monsieur.

— Et surtout, j'ai bien remarqué que tu ne posais pas de questions...

— Je sais que vous me donnerez des instructions et des explications quand le moment sera venu.

— Fort bien. Tu es un garçon intelligent. Monsieur de Beaumarchais sera content de toi.

Il se tut un moment.

— Allons, reprit-il, il faut que je t'indique ton logement.

Il me conduisit au bout de la salle, du côté opposé à celui où se trouvaient les bureaux de Monsieur de Francy et de Monsieur de Beaumarchais, et sortit une minuscule clé de sa poche. C'est alors que je découvris une petite serrure, presque invisible dans les boiseries du mur. Il ouvrit une porte discrète, et nous pénétrâmes dans un couloir qui débouchait dans une vaste pièce aux murs nus. Dans un coin, je vis une table sur laquelle se trouvait une cruche et qu'encadraient deux chaises. Dans l'autre, un lit était recouvert de ce qui me sembla être un matelas neuf.

— Voilà, me dit Monsieur Lecouvreur, c'est là que tu logeras, du moins provisoirement. Il y a ainsi quatre pièces qui donnent sur la salle principale et qui servent d'archives pour certains de nos papiers et même d'entrepôts pour des échantillons de nos marchandises. Nous avons vidé l'une de ces pièces pour que tu puisses y vivre.

— Merci, Monsieur.

— Oh! Ce n'est pas moi qu'il faut remercier, mais bien le marquis de Pérusse. C'est grâce à son crédit auprès de Monsieur de Francy que cette faveur t'est faite. Je dis bien faveur, car nous n'avons jamais laissé quelqu'un s'installer dans les bureaux et y rester seul.

Il se tut un moment, puis sortit de sa poche quelques pièces d'argent.

— Voilà, me dit-il, tu en auras besoin pour te nourrir et t'acheter des habits. Il y a, pas trop loin d'ici, quelques auberges, cabarets et tavernes où tu pourras manger décemment. Tu trouveras aussi, plus loin, des friperies honnêtes.

Il s'apprêtait à me quitter lorsque je m'enhardis à lui demander:

— Et Marie, quand est-ce que je vais... la revoir?

— Ta sœur? me demanda-t-il machinalement.

— Oui, répondis-je après un silence de quelques instants.

Il avait dû sentir mon hésitation, car il me lança un regard bref et aigu.

— Eh bien, elle a dû, elle aussi, se familiariser avec ses nouvelles tâches. Mais je suis certain que Madame de Willermaulaz lui permettra bientôt de te revoir et de passer du temps avec toi.

— Madame de Willermaulaz? dis-je avec surprise. Mais je croyais...

Lecouvreur sourit. C'était la première fois que je le voyais se détendre, et le plissement de son visage remonta ses besicles sur son nez.

— Tu croyais que ta... sœur était au service de Madame de Willers, n'est-ce pas? Eh bien, Madame de Willers et Madame de Willermaulaz, c'est la même personne.

Il se tut une minute, puis reprit avec brusquerie, comme s'il venait de se décider:

— Autant que je te le dise: Beaumarchais préfère donner à Madame le nom de Willers. Peut-être estime-t-il que cela est plus français que Willermaulaz? Quoi qu'il en soit, ici, nous l'appelons de Willers.

Le lendemain, après une nuit où j'avais eu de la difficulté à m'endormir à cause de la multitude de découvertes faites dans la journée et qui tourbillonnaient dans ma tête, je repris le travail commencé la veille. Monsieur Lecouvreur semblait apprécier ce que je faisais, car les autres commis étaient bien trop affairés pour ranger systématiquement l'avalanche de papiers qui atterrissaient chaque jour sur leurs bureaux.

Le bruit se répandit bien vite que le nouveau venu était acadien. Certains avaient une vague idée de ce qu'était l'Acadie, d'autres ignoraient complètement son existence. On vint me poser des questions, et lorsque je précisai que l'Acadie était en Amérique, il y eut des exclamations, des sourires, des clins d'œil entendus. J'entendis l'un des commis murmurer :

— L'Amérique? On comprend donc pourquoi Théveneau l'a engagé. Le patron souhaite-t-il avoir à ses bureaux quelqu'un de là-bas? Cherche-t-il des intelligences avec d'autres Américains?

Je ne comprenais rien à tout cela, mais je me rappelai que j'avais décidé de ne pas poser de questions et de me contenter d'ouvrir grand les yeux et les oreilles.

Le soir, au moment où les derniers commis quittaient, je vis Marie à la porte. Je me précipitai vers elle et la serrai dans mes bras. Nous nous rendîmes dans une auberge proche pour dîner.

Elle me raconta sa première rencontre avec sa patronne. Madame de Willers lui avait demandé à brûle-pourpoint si elle connaissait Monsieur de Beaumarchais, si elle l'avait déjà rencontré. Devant la mine surprise de Marie, elle s'était radoucie et l'avait interrogée sur son enfance et sa jeunesse, et sur les circonstances de sa venue à Paris.

Madame de Willers était enceinte, et Marie me dit que son ventre commençait déjà à s'arrondir. Elle avait tout le temps faim, et Marie lui préparait de nombreux en-cas. Le reste du temps, elle aidait la servante à épousseter l'appartement, et la cuisinière à éplucher les légumes et à peler les fruits.

Marie était contente de son sort. Dès le début, Madame de Willers l'avait traitée avec bonté. Son travail n'était guère difficile, et sa patronne, apprenant que son « frère » travaillait dans les bureaux de la compagnie, lui avait promis de la libérer tous les deux ou trois jours pour le revoir.

Le soir, lorsque nous revînmes à l'hôtel de Hollande, je trouvai les bureaux vides : tout le monde était parti. J'invitai Marie dans mon réduit. Nous nous retrouvâmes seuls, comme dans notre mansarde de l'auberge, et je l'embrassai à en perdre haleine. Il fallut cependant bientôt qu'elle me quitte, afin d'éviter que sa patronne ne s'inquiète de son retard.

Deux ou trois jours s'étaient ainsi écoulés, et je commençais à m'habituer à ma routine, lorsqu'un matin, en triant une nouvelle liasse de factures, j'en découvris une qui n'avait pas été ouverte. Au début, je crus que je m'étais trompé. Mais j'avais beau la manipuler dans tous les sens, je devais me rendre à l'évidence : le cachet de cire était intact, et la dépêche n'avait pas été ouverte. Je la montrai à Monsieur Lecouvreur.

Le premier commis fronça les sourcils, me remercia et me dit de retourner à ma place. Je le vis qui se levait et se dirigeait vers un jeune commis; il se pencha pour lui murmurer quelques mots. Le jeune homme s'appelait Lambert, et j'apprendrais plus tard qu'il avait été engagé quelques semaines avant moi.

Monsieur Lecouvreur avait beau tâcher de baisser la voix, nous l'entendîmes tous qui rabrouait le commis en lui montrant la dépêche. Le bourdonnement des conversations cessa quelques instants, et tous les regards se tournèrent vers Lambert.

Lecouvreur revint vers moi et me remit la dépêche, qu'il avait décachetée :

— Fabien, me dit-il, va donc remettre cette facture à Monsieur de la Ferlière.

En quittant les bureaux, je vis Lambert qui me suivait des yeux. Son regard était hargneux. Je compris que je venais de m'en faire un ennemi.

Monsieur de la Ferlière était le principal comptable de Roderigue Hortalez et Cie. Son bureau se trouvait à l'entresol de l'hôtel de Hollande, juste au-dessus du portail qui donnait sur la rue Vieille-du-Temple. Il prit la facture, me remercia et se tourna vers l'un de ses aides:

— Allons, dit-il, il faut se hâter de faire le paiement, sinon nous serons en retard.

Ce fut le lendemain de cet incident que je rencontrai Beaumarchais pour la première fois.

Les bureaux bruissaient comme d'habitude de mille conversations, de mille rires. Intrigué par un silence soudain, je levai la tête: les commis s'étaient tous mis debout, et Monsieur de Francy marchait vers la porte, le sourire aux lèvres.

Un homme venait d'entrer dans la salle. Il se dirigea d'un pas vif vers Francy, qu'il serra dans ses bras. Puis il salua Lecouvreur familièrement et, se tournant vers les autres commis qui le regardaient respectueusement, il dit d'une voix haute:

— Allons, Messieurs, il faut vous remettre au travail. Les nouvelles sont bonnes, et Roderigue Hortalez et Cie est promis à un brillant avenir. Théveneau, Lecouvreur, venez donc à mon bureau.

Les commis se remirent au travail. Moi qui trouvais que les bureaux de la compagnie étaient déjà fort actifs, je ne me doutais pas de ce qui allait suivre. La présence de Beaumarchais avait déclenché un véritable ouragan d'activités et de mouvement. Régulièrement, Lecouvreur entrait dans le bureau du patron et en ressortait avec de nouvelles instructions, qu'il dictait avec fébrilité à d'autres commis. Francy s'enfermait souvent avec Beaumarchais et écrivait mille nouvelles lettres. Un défilé ininterrompu de gens, négociants, nobles, banquiers, que je n'avais pas vus jusque-là, frappaient à la porte de l'hôtel de Hollande. D'autres individus, dont les fonctions étaient moins claires et qui refusaient de donner leur nom, s'enfermaient longuement avec Beaumarchais dans son bureau. Des conciliabules se tenaient dans les coins, on se serrait les mains, on échangeait des mots sibyllins. Des sourires entendus tenaient lieu d'accord.

Pendant les rares accalmies, le patron lui-même n'hésitait pas à sortir de son bureau pour poser une question, demander un renseignement, fouiller un carton. C'est lors d'une de ses incursions dans la salle des commis qu'il me remarqua:

— Ah! me dit-il, tu dois être Fabien... Théveneau m'a parlé de toi, et Lecouvreur me fait tes éloges. Il paraît que tu es diligent et discret. C'est ce dont nous avons besoin, à Roderigue Hortalez.

Confus, je me mis à rougir. Beaumarchais éclata de rire:

— Bon, il va falloir que tu m'expliques un jour ce que tu sais de l'Acadie, puisque tes parents sont nés là-bas, et tu me parleras des Anglais qui nous en ont chassés. Mais nous avons, pour le moment, d'autres chats à fouetter. Au travail, mes amis, au travail!

Et il disparut dans son bureau aussi vite qu'il en était sorti, tandis que les commis griffonnaient furieusement.

Même s'il ne m'avait adressé la parole que brièvement, j'avais eu le temps de bien observer Beaumarchais. Il avait un visage ovale, un front immense, un nez droit et un menton carré qui s'affirmait et attirait les regards. Ses lèvres étaient minces et ses yeux papillotaient tout le temps.

Pendant les trois années où j'ai vécu près de lui, presque dans son intimité, je l'ai rarement vu au repos. Il était toujours en mouvement, toujours affable, toujours pressé, toujours occupé, l'esprit plein de projets qu'il menait tambour battant. Autour de lui, les gens s'essoufflaient, les commis couraient, les courriers galopaient et les femmes se pâmaient.

Marie me raconta plus tard qu'à son retour de voyage, il était monté voir Madame de Willers avant de se rendre aux bureaux de la compagnie. Il l'avait embrassée avec affection :

— Comment va ma ménagère? avait-il demandé.

Puis il lui avait tapoté le ventre :

— Et l'enfant? Il sera fort? Il sera vigoureux? Ou peut-être aurons-nous une fille! Alors, il faudra qu'elle soit aussi belle que sa maman.

Puis il était reparti en coup de vent. Madame de Willers n'avait pas eu le temps de dire deux mots. À peine avait-il tourné le dos que Marie l'avait entendue soupirer et avait vu ses yeux se remplir de larmes.

Beaumarchais était à son bureau dès l'aube. Un matin, il me vit sortir de ma chambre. Il sembla surpris, puis se souvint :

— Ah oui! On m'a dit que tu logeais ici.

Comme aucun des commis n'était encore arrivé et qu'un calme exceptionnel régnait dans les bureaux, il se mit à m'interroger :

— Es-tu heureux, ici?

— Oui, Monsieur.

— Que fais-tu donc?

Je lui expliquai les tâches que m'avait confiées Monsieur Lecouvreur.

— Fort bien, fort bien, dit-il machinalement.

Il se tut un instant. Il semblait réfléchir.

— Tu sais recopier des papiers, n'est-ce pas?

— Oh! Monsieur, répondis-je avec une pointe de vanité, non seulement je sais recopier, mais je sais également écrire.

— Fort bien, fort bien, répéta Beaumarchais. Puisque tu loges ici, j'aurai peut-être recours à tes services.

Il allait me tourner le dos quand il se rappela quelque chose. Il sourit:

— Chaque fois que je monte chez Madame de Willers, je vois ta sœur. Elle est aussi jolie que tu es avenant. Les Américaines sont-elles toutes aussi séduisantes?

Et, avant que je puisse sortir de ma stupéfaction, il avait éclaté de rire et s'était enfermé dans son bureau.

Beaumarchais ne tarda pas à avoir recours à mes services, comme il l'avait dit. Un soir que je m'étais déjà retiré dans ma chambre, il vint cogner à la porte.

— Fabien, me dit-il, je dois sortir immédiatement. Mais j'ai une missive urgente à envoyer demain matin. Assieds-toi donc ici...

Je m'assis devant une écritoire. Il me montra un papier sur lequel il avait griffonné quelques phrases, ainsi que quelques noms, et me dit:

— Voilà. Tu mettras cela au net et tu déposeras la lettre sur mon bureau.

À peine avais-je hoché la tête qu'il était déjà parti.

Même si les indications qu'il m'avait données

étaient sommaires, la lettre ne me causa pas trop de peine, sauf quand je me penchais sur l'écriture de mon patron. Beaumarchais avait dû écrire très vite et je déchiffrais péniblement certains mots.

Il demandait à l'un de ses fournisseurs de reporter la livraison de la marchandise « *à cause de certains embarras temporaires* » et lui demandait de l'entreposer dans un endroit connu de lui seul et dont il l'informerait avec discrétion, « *afin d'éviter la curiosité de nos amis de Londres, qui sont de plus en plus actifs à Paris et dans toute la France* ».

Beaumarchais dut aimer la manière dont j'avais tourné la lettre, car il eut de nouveau recours à moi les jours suivants. Il me dictait rapidement des lettres que je rédigeais ensuite à partir des quelques indications qu'il me donnait.

J'avais fini par saisir que Roderigue Hortalez et Cie tentait de déjouer la curiosité de ceux qui voulaient percer la nature exacte de son négoce. Ces « amis de Londres » qu'avait évoqués Beaumarchais étaient tous anglais. Et il ne fallait pas être grand clerc pour comprendre que les bureaux de la rue Vieille-du-Temple servaient de quartier général à un vaste commerce d'armes et de fournitures militaires.

Bientôt, Beaumarchais ne se contenta pas de me dicter des lettres d'affaires. Un soir, il me dit :

— Fabien, je devais souper ce soir avec une dame de mes amies. Hélas! Un de mes correspondants vient d'arriver de Londres, et je dois le voir immédiatement. Écris donc un bref mot d'excuse que tu remettras à Jacques. Il saura à qui le remettre.

Jacques était l'homme à tout faire du bureau, une espèce de valet qui faisait les courses et se rapportait à Lecouvreur.

La demande de mon patron me causa quelque

souci. Comment devais-je m'adresser à cette « amie » de Beaumarchais? Je finis par lui écrire quelques mots fort solennels, par lesquels je l'informais que Monsieur de Beaumarchais, « *retenu par des matières pressantes* », s'excusait « *de ne pouvoir lui baiser les mains ce soir* ». Marie m'avait en effet appris, quelques jours plus tôt, que Beaumarchais avait dit la veille à Madame de Willers : « Je te baise les mains, chère âme, mais je dois te quitter pour des affaires pressantes. Je te reverrai demain soir. »

Le surlendemain, Beaumarchais, tout sourire, vint me donner une claque amicale sur l'épaule.

— Fabien, me dit-il, tu t'en es fort bien tiré avec la lettre à mon amie. Elle m'a même demandé qui de mes employés avait une écriture si ronde et une telle délicatesse de sentiments.

Il me chargea bientôt d'écrire d'autres missives à cette amie. Je ne tardai pas à apprendre son nom : elle s'appelait Madame de Godeville. Je devinai, aux courts billets qu'il rédigeait furieusement et que je recopiais, que Beaumarchais allait chez elle presque tous les soirs, et que, lorsqu'il en était empêché, soit parce qu'il tenait un conseil de guerre avec Francy et Lecouvreur, qu'il écrivait un mémoire urgent à un des ministres du Roi ou au Roi lui-même, ou encore qu'il avait un rendez-vous secret avec des inconnus, Madame de Godeville s'en plaignait amèrement. Mon patron prenait toujours le temps de lui répondre et de se raccommoder avec elle.

Un jour, il était en train d'écrire lorsqu'un personnage mystérieux, que je n'avais jamais vu, vint lui chuchoter quelque chose à l'oreille. Il se leva, tout pâle. Il était tard, j'étais seul au bureau. Il me dit :

— Fabien, je dois partir immédiatement. Cependant, Madame de Godeville attend ce billet, que je n'ai pas eu le temps de terminer. Pourrais-tu le recopier et le lui faire parvenir?

En me regardant dans les yeux, il ajouta:

— Je te confie mes secrets les plus intimes, Fabien. Je sais maintenant que je peux te faire confiance.

La missive était fort longue. Elle brûlait aussi d'un feu incandescent. Beaumarchais s'excusait de ne lui avoir pas rendu visite depuis trois jours et de ne lui avoir pas écrit non plus. Il expliquait: *Chaque lieu a son protocole, et il me paraît ridicule d'écrire au milieu de trois commis. Mon cher cœur, je t'adore; tu me tournes la tête malgré mes résolutions. Sois bonne, sois indulgente! Appelle le plaisir par le tableau du désir. Échauffe une imagination glacée par l'étude et le travail, rends-moi la vie que le dégoût m'arrache, parle à mes sens, réveille-les, et puisque tu es assez heureuse pour avoir un brasier dans le cœur, un lac brûlant dans les reins, et un volcan dans la tête, sois bonne, sois indulgente. Dis-moi ce que tu sens, ce que tu veux, ce que tu désires, ce que tu espères, ce que tu te fais et ce que je devrais te faire. Ce n'est jamais en vain que tu parlais à mes sens; c'est un malade qu'il faut conforter, ranimer; rends-moi le désir que je perds avec les forces. Tu veux un amant? Fais-le…*

La lettre se poursuivait ainsi longtemps. Beaumarchais affirmait qu'il était « *un amant trop charnel pour être délicat* » et évoquait des caresses torrides, des baisers enflammés, des jouissances que sa plume ressuscitait crûment.

Quand j'eus fini de recopier la lettre, j'étais essoufflé et en nage. Mille images tourbillonnaient dans ma tête, des images neuves pour moi, car, si j'aimais Marie, je n'avais jamais envisagé l'amour tel que l'évoquait mon patron dans sa lettre à sa maîtresse.

Certes, quand j'embrassais mon amie, un grand trouble se saisissait de moi, un trouble qui m'embarrassait quelquefois. Mais Beaumarchais avait mis un nom sur ce trouble, l'avait dépeint avec précision, avait esquissé des caresses que je ne connaissais pas, évoqué des brûlures que je n'avais pas encore ressenties, décrit des voluptés qui m'étaient inconnues.

La nuit suivante, je me tournai et retournai dans ma couche. Je rêvai que je tenais Marie dans mes bras, que je l'entraînais dans une alcôve et que soudain Monsieur de Beaumarchais entrait dans la pièce, me bousculait et se glissait à côté de Marie, sous les draps. J'étais dans un coin de la pièce, terrifié, incapable de bouger, tandis que je le voyais se coucher sur elle et que les bras de Marie se refermaient sur son dos. Je voulais m'arracher à ma catalepsie, me précipiter sur lui, libérer Marie, mais soudain toute une farandole de ses commis tournait autour de moi, menée par un Monsieur Lecouvreur grimaçant et hideux, et m'empêchait d'atteindre le lit, tandis que Lambert, le jeune commis dont j'avais dénoncé l'incurie et qui me détestait, se glissait dans le lit, de l'autre côté, s'agrippait à Marie et à Beaumarchais... Je me réveillai, oppressé, haletant dans le noir.

Le lendemain soir, tout le monde avait quitté les bureaux. Marie devait me rejoindre, comme elle le faisait tous les deux jours, pour passer quelque temps avec moi, avant de nous rendre à une petite taverne au bout de la rue où nous avions pris l'habitude de prendre notre repas en nous tenant la main, sous l'œil bonasse et attendri du patron.

Tout imprégné de la lettre que j'avais recopiée et de mes rêves de la nuit, quand je la vis, je n'attendis même pas d'être dans ma chambre, je la saisis dans mes bras, je me penchai sur elle avec une ardeur brûlante et je me saisis de ses lèvres. Surprise par mon impétuosité, elle mit ses mains sur ma poitrine pour me repousser. Soudain, une voix éclata dans notre dos:

— Ah! Tudieu! que vois-je ici?

Nous nous tournâmes tous deux d'un seul mouvement. C'était Monsieur de Beaumarchais. Il sortait de son cabinet dont la porte était fermée jusqu'alors. J'avais cru à tort qu'il avait quitté les bureaux, lui aussi, et que j'étais tout seul.

Le patron éclata soudain d'un grand rire:

— Fabien, ne me dis pas que tu t'adonnes à des plaisirs interdits! Tu ne sais donc pas ce que Yahweh dit dans le Lévitique, à propos de l'inceste: «*Si quelqu'un prend pour femme sa sœur, fille de son père ou fille de sa mère, c'est une infamie, ils seront mis à mort sous les yeux des enfants de leur peuple*»?

Devant ma mine effarée et l'air effrayé de Marie qui s'accrochait à mon bras, il cessa de rire.

— Allons, allons, je vois bien que vous ne connaissez pas le Lévitique. C'est pourtant, ma foi, un ouvrage fort instructif. Mais, trêve de badinage! Vous n'avez rien à craindre de moi, car, primo je ne suis pas Yahweh, et secundo j'avais déjà pressenti quelque chose: chaque fois que je te parlais de Marie, ton regard, ton tressaillement n'étaient pas ceux d'un frère. Marie n'est donc pas ta sœur?

Nous baissions la tête, confus. Je répondis:

— Non, Monsieur...

— Alors... C'est ta cousine?

— Non, Monsieur, c'est... une bonne amie.

Il se remit à rire.

— Une bonne amie? Apprends, Fabien, que

l'amitié n'est qu'un sentiment austère et fait pour les gens de même sexe. Dans toute amitié pour une femme, il y a un arrière-goût d'amour. Tu aimes Marie, n'est-ce pas? Et elle t'aime aussi?

Nous répondîmes tous les deux d'une même voix:

— Oui, Monsieur.

— À la bonne heure. Je vous souhaite donc beaucoup d'amour, c'est-à-dire beaucoup de désir, donc de plaisir. Mais je vous laisse... Et ne vous inquiétez pas: vous serez frère et sœur tant que vous le souhaiterez, et ce n'est pas moi qui vais vous dénoncer.

Chapitre V

La journée avait pourtant commencé comme d'habitude…

J'avais aidé Madame de Willers à faire sa toilette. Sa grossesse était en effet bien avancée, et elle avait de plus en plus de difficulté à se mouvoir et à s'habiller toute seule. J'avais donc pris l'habitude, le matin, de passer quelques heures avec elle, de l'aider à enfiler ses robes et à mettre ses châles. Je coiffais ensuite longuement ses cheveux, tandis qu'elle se regardait dans le miroir, et je lisais dans ses yeux une mélancolie qui m'attristait.

Madame de Willers s'était habituée à moi. Elle me témoignait beaucoup de bonté. Elle avait été surprise et charmée d'apprendre que je savais lire et écrire : aucune de ses servantes n'en était capable. Depuis, elle me demandait parfois de la rejoindre pour lui faire la lecture. Je prenais un poème ou une pièce de Monsieur de Voltaire, ou un roman de Monsieur de Crébillon, dont la verdeur me faisait rougir. Je lisais, pendant que ma patronne regardait pensivement par la fenêtre. M'écoutait-elle? Je ne saurais le dire. Peut-être ma voix la berçait-elle et adoucissait-elle le chagrin qui lui voilait le regard.

Ma patronne soupirait souvent. Je m'enhardissais quelquefois à lui en demander la raison :

sa grossesse la faisait-elle souffrir? Elle me regardait en souriant, ne me répondait pas ou répondait par d'autres soupirs.

Pourtant, au fil des semaines, elle s'était peu à peu confiée à moi. Elle souffrait à cause de Monsieur de Beaumarchais. Elle savait qu'il l'aimait. Mais pourquoi, alors, la délaissait-il?

Oh! Il était bien occupé. Ses projets, ses entreprises, le service du Roi, la haine de ses ennemis l'obligeaient à travailler sans cesse, à courir d'un endroit à l'autre. Elle comprenait cela. Elle admirait d'ailleurs son indomptable énergie.

Un jour, se tournant vers moi, elle me dit:

— Pourtant, Marie, quand il vient me voir, tu le sais bien, il arrive en coup de vent, il me serre dans ses bras avec tendresse et il m'embrasse. Mais il repart tout de suite.

— Je sais, Madame, que ses commis, dans les bureaux du premier, l'attendent toujours pour le presser de questions. Un torrent de visiteurs, d'importuns et de quémandeurs se pressent toujours à sa porte.

— C'est bien vrai, mais… ce n'est pas seulement cela, Marie.

— Ce serait quoi, Madame?

— Tu es bien jeune, Marie. Tu ne connais pas les hommes…

Je me tus, car elle avait raison.

— Vois-tu, reprit-elle, les sentiments, pour eux, ne sont qu'un prélude.

Elle s'arrêta, hésita, comme si elle cherchait ses mots. Puis, elle se lança:

— Ils brûlent tout le temps d'un feu qui les tourmente.

— Un feu, Madame?

— Oh! Marie, ce feu a bien des noms. Appelons-le désir, appelons-le plaisir. Nos amants, nos maris en sont insatiables. C'est comme un grand feu de bois. La flamme brûle longtemps, puis jaillit en gerbes d'étincelles qui crépitent, brillantes et vives, pendant quelques instants, puis s'affaiblissent et meurent. On croit alors que le feu est éteint, mais les braises sont encore ardentes et, si un grand vent se lève, il flambe à nouveau.

Un grand vent? Des braises ardentes? Je ne comprenais pas. Ma patronne remarqua mon air étonné.

— Marie, il suffit qu'une autre femme paraisse, qu'un autre désir naisse, qu'un autre amour chatoie, pour qu'ils se détournent de nous.

Je me souvins alors de ce que Fabien m'avait raconté à propos de l'amie de Monsieur de Beaumarchais, qu'il visitait chaque fois qu'il pouvait dérober une heure ou deux à ses occupations et à laquelle il écrivait des lettres quotidiennes, que mon ami recopiait souvent. Madame de Willers ne quittait que fort peu son appartement, surtout depuis que sa grossesse avançait, mais elle était perspicace. Connaissait-elle l'existence de cette femme? Était-ce à elle qu'elle pensait quand elle évoquait des désirs qui naissent et des feux qui flambent à nouveau?

Ma patronne reprit ses ruminations:

— Mon état n'invite guère aux manifestations de… tendresse. Oh! Je sais bien que Monsieur de Beaumarchais est heureux de me savoir grosse. Il se réjouit de cet enfant qui va naître. Mais ses sens ne sont pas… aptes au repos…

Elle se tut, comme si elle estimait avoir trop parlé, ou qu'une pudeur soudaine la retenait. Au bout d'un long moment, elle sourit avec mélancolie:

— Allons, Marie, relis-moi donc ce passage de Monsieur de Crébillon où les dames savent si bien satisfaire la volupté de leurs amants.

Je repris machinalement ma lecture, mais ma pensée dérivait vers certains soirs, quand j'étais descendue chez Fabien et que j'avais croisé Madame de Godeville. Était-ce elle qui pouvait, comme disait ma patronne, « ranimer les braises du désir » chez Monsieur de Beaumarchais?

Quelques semaines auparavant, j'étais avec Fabien, et nous sortions de sa chambre pour aller dîner lorsqu'une femme était entrée dans les bureaux vides. Monsieur de Beaumarchais s'était avancé vers elle, la main ouverte, un grand sourire au visage. Il nous avait vus, Fabien et moi, nous avait fait un petit signe de la main et nous nous étions éclipsés avec discrétion.

Fabien m'avait raconté que son patron était encore plus occupé que d'habitude. Il avait donc écrit à sa maîtresse pour lui suggérer de venir, certains soirs, le rencontrer à ses bureaux, afin qu'il n'ait pas à se rendre jusque chez elle. Il avait ajouté qu'elle trouverait à l'hôtel de Hollande tout le calme nécessaire pour poursuivre avec lui leurs *« ardentes conversations »*.

Elle avait donc pris l'habitude d'y venir une ou deux fois par semaine, après le départ du dernier commis. Fabien l'avait déjà entrevue à quelques reprises. Elle passait vite, Beaumarchais se précipitait vers elle, l'entraînait dans son étude et en refermait la porte. Quant à moi, je la voyais pour la première fois.

C'était une femme grande, un peu fluette, mais au corps admirablement proportionné. Elle avait de beaux yeux, un regard hardi, une démarche assurée, le sourire provocant. En la voyant passer devant moi, dans le balancement aguichant et le froufrou soyeux de sa robe, je m'étais rappelé les soupirs de ma patronne quand elle évoquait les femmes qui savent « *satisfaire la volupté de leurs amants* ». Et quand j'avais vu Fabien qui la suivait furtivement du regard, je n'avais pu m'empêcher d'éprouver un pincement d'irritation : ne voyait-il donc pas que son attitude était trop étudiée? Ne sentait-il pas tout ce qu'il y avait d'affecté dans ses minauderies devant son amant?

Depuis qu'il travaillait plus étroitement avec son patron, Fabien avait appris à mesurer les désirs impétueux de Monsieur de Beaumarchais, que celui-ci n'hésitait pas à dévoiler avec une tranquille impudeur dans ses lettres à sa maîtresse. Fabien m'avait avoué qu'en en recopiant certaines, il éprouvait un malaise, mais il tirait fierté de la confiance amusée et protectrice que lui accordait le patron de Roderigue Hortalez et Cie.

Ce fut d'ailleurs quelques jours après ma rencontre avec Madame de Godeville que je pris moi-même la mesure du talent de Monsieur de Beaumarchais pour évoquer le « *désir et le plaisir* ».

Je devais, un soir, dîner avec Fabien à la taverne, comme nous le faisions deux ou trois fois par semaine. Je descendis donc pour le rejoindre dans sa chambre. Je le trouvai assis à sa table, en train de recopier quelque chose. Une liasse de papiers s'étalait devant lui. Je lui demandai :

— Que fais-tu là?

— Tu vois bien, dit-il, je recopie un poème.

— Mais... d'habitude, tu travailles dans les bureaux. Tu y as ton écritoire, tes plumes, tes encriers...

— Tu as raison, mais, cette fois-ci, c'est différent.

— Différent?

— Oui, différent.

Les réponses évasives de Fabien, et surtout l'air mystérieux qu'il prenait avec moi, m'agacèrent.

— Différent en quoi? Monsieur le secrétaire particulier peut-il m'expliquer ce mystère?

Fabien s'aperçut de mon irritation.

— Écoute, Marie, me dit-il. Je ne peux t'en dire plus. Il est impératif que nul ne se doute que je recopie ce texte de Monsieur de Beaumarchais. C'est lui-même qui m'a demandé de travailler dans ma chambre, afin d'éviter toute indiscrétion.

Je boudais. Fabien se leva, me serra dans ses bras et m'embrassa.

— Allons dîner, me dit-il.

Avant de partir, il rangea ses papiers dans un petit coffret de fer qu'il ferma à clé.

Trois jours plus tard, je le retrouvai à la même table, en train de mettre de l'ordre dans les mêmes papiers. Je lui demandai:

— Tu n'as pas fini ta mission secrète?

Il sentit la raillerie dans ma voix. Il leva la tête. Il semblait fatigué.

— Oui, j'ai fini. Il m'a fallu pour cela veiller de longues heures.

Un élan me poussa vers lui. Je me radoucis:

— Pourquoi donc fallait-il que tu le fasses la nuit, en plus de ton travail dans les bureaux avec Monsieur Lecouvreur? Tu dois être épuisé.

Il me regarda avec émotion. Ma remarque l'avait touché. Il sembla soudain se décider:

— Si je te dis ce qu'il en est, il faudra que tu ne le racontes à personne. Jamais...

— Je te le promets.

— Le jures-tu?

J'étais de plus en plus étonnée. Je jurai.

— Voilà, je t'explique. Monsieur de Beaumarchais m'a demandé de recopier ce poème, et de détruire ensuite les papiers, car nul ne doit pouvoir reconnaître son écriture.

— Mais on pourrait reconnaître la tienne?

Il éclata de rire.

— Personne, à Paris, ne me connaît, tandis que tout le monde connaît mon patron. Mille personnes ont reçu des lettres de lui et connaissent son écriture.

— Et… pourquoi donc personne ne doit reconnaître son écriture? Afin qu'on ignore qu'il est l'auteur de ce poème?

— Oui.

— Et… en quoi ce poème est-il si dangereux?

— Son auteur pourrait être enfermé à la Bastille.

J'avais vite appris, à Paris, que la Bastille était la forteresse où le Roi et ses ministres jetaient au cachot tous les espions imprudents, les folliculaires impertinents, les nobles insolents, bref, tous ceux qui s'avisaient de troubler la paix du royaume ou la tranquillité des puissants. Je pâlis.

— La Bastille? Pourquoi?

Fabien n'hésita cette fois-ci que très brièvement. Il me dit:

— Tu as juré de garder cela secret. Lis donc.

Il me tendit les pages qu'il avait recopiées. C'était un très long poème.

Au fur et à mesure que je le lisais, ma stupéfaction augmentait. Le poème s'intitulait *Les Amours de Charlot et Toinette.* On n'avait pas besoin de deviner qui était Toinette. Dès le début, l'auteur – Monsieur de Beaumarchais – nous le disait clairement:

Une reine jeune et fringante,
Dont l'époux très auguste était mauvais fouteur,
Faisait de temps en temps, en femme très prudente,
Diversion à sa douleur

Ladite diversion entraînait la jeune reine dans des jeux qui l'amenaient à « *se trémousser toute seule en sa couche* ». En effet, l'ennui favorisait ses plaisirs solitaires et augmentait son désespoir de ne pas être « *mieux foutue* », car…

On sait bien que le pauvre Sire,
Trois ou quatre fois condamné
Par la salubre faculté
Pour impuissance très complète,
Ne peut satisfaire Antoinette.

Mais, hélas! ces distractions ne suffisaient plus à la jeune reine. Ce fut alors que…

D'A… sentant un jour la grâce triomphante,
Du foutre et du désir la grâce renaissante,
Vint aux pieds de la reine espérer et trembler;
Il perd souvent la voix en voulant lui parler,
Presse ses belles mains d'une main caressante,
Laisse parfois briller sa flamme impatiente,
Il montre un peu de trouble, il en donne à son tour;
Plaire à Toinette fut enfin l'affaire d'un jour:
Les princes et les rois vont très vite en amour.
Dans une belle alcôve artistement dorée,
Qui n'était point obscure et point trop éclairée,
Sur un sofa mollet, de velours revêtu,
De l'auguste beauté les charmes sont reçus.

Le poème se poursuivait ainsi, page après page, racontant les amours de la reine « Toinette » et de « Charlot », dont Beaumarchais ne taisait aucun détail. Il évoquait les « *tétons palpitants* » de la jeune femme, les courbes et les replis les plus secrets de son anatomie, sa hâte, sa frénésie à se laisser aller « *aux transports amoureux* » que Beaumarchais décrivait dans les moindres détails. La fin du poème était pleine de goguenardise :

Quand on nous parle de vertu,
C'est souvent par envie;
Car enfin serions-nous en vie,
Si nos pères n'eussent foutu?

J'étais abasourdie et, au fur et à mesure de ma lecture, je me sentais rougir. Je savais déjà que les Parisiens se moquaient des mésaventures du Roi et de la Reine. Souvent, dans la taverne où je me rendais avec Fabien, j'avais entendu des plaisanteries grasses sur le « pauvre Louis », sur son anatomie « toujours molle », sur la Reine qu'on accusait de toutes les débauches. Je n'avais pas eu de peine à deviner que D'A... n'était autre que le frère du Roi, qui, de Charles d'Artois, était devenu, sous la plume narquoise et salace de Beaumarchais, « Charlot ».

Mais je m'effrayais de voir que le patron de Roderigue Hortalez et Cie attaquait à son tour, comme mille autres écrivaillons de Paris, le Roi et la Reine. Je m'inquiétais de savoir que Fabien était mêlé à tout cela, car, malgré ses affirmations qu'il n'était qu'un obscur rouage de cette entreprise et qu'il n'était en rien responsable de la verve de son maître, je craignais que la police ne lui mît la main au collet.

Autre chose, de plus obscur, de plus mystérieux, s'insinuait aussi en moi. Le poème me troublait pour d'autres raisons. Les « désirs et les plaisirs » qui alimentaient partout à Paris les conversations, et dont Madame de Willers craignait les effets corrosifs sur Beaumarchais, je ne les connaissais jusqu'alors que vaguement. J'imaginais qu'ils devaient être semblables au trouble qui me saisissait quand Fabien m'enlaçait et m'embrassait – peut-être en plus fort. Et voilà que ce poème m'en révélait les moindres secrets et m'emmenait sur des sentiers dont j'ignorais même l'existence; il chantait des caresses et des baisers qui me faisaient rougir, il évoquait une chair intime et brûlante.

Je me demandai soudain si ces mots avaient aussi marqué Fabien au fer rouge. Je n'osai lui en parler, mais je sentais, au tréfonds de moi-même, que ce secret que nous partagions, et surtout ce poème qui chantait la volupté allaient nous changer pour toujours. Je me demandais si Fabien me voyait avec un regard différent. Quant à moi, je l'observais à la dérobée, inquiète, pleine d'une attente obscure et trouble.

Quelques jours plus tard, ce que j'anticipais arriva.

La journée avait pourtant commencé comme d'habitude…

J'avais accompli mes tâches auprès de Madame de Willers avec délicatesse et attention, car elle allait accoucher d'un moment à l'autre. Le soir, elle rentra se reposer plus tôt et me renvoya:

— Va, me dit-elle, va retrouver Fabien.

Je la remerciai et la quittai. Fabien m'attendait. Nous nous enfermâmes dans sa chambre. À la suite de chacune de nos séparations, qui duraient quelques jours, nous avions grand plaisir à nous raconter nos menues aventures, à rire des tics et des habitudes de nos maîtres, à évoquer les nouvelles personnes que nous avions rencontrées.

De temps à autre, Fabien m'embrassait. Je me laissais aller. J'étais heureuse.

Au bout d'une heure, il me dit:

— Allons manger.

J'acquiesçai. Nous quittâmes sa chambre. Nous avancions dans le corridor qui menait à la porte discrète qui donnait sur les bureaux lorsque nous entendîmes du bruit, un rire, des conversations animées. Instinctivement, nous nous arrêtâmes.

C'était la voix de Monsieur de Beaumarchais. Il parlait avec vivacité à Madame de Godeville. Ils venaient d'arriver à l'hôtel de Hollande et traversaient les bureaux. Nous étions tout près d'eux, derrière la porte qui nous séparait de la grande salle, et nous entendions tout.

Beaumarchais entraînait sa maîtresse vers son cabinet. Ils badinaient tous les deux. Madame de Godeville lui demanda des nouvelles de sa « ménagère ». Il devint sérieux.

— Madame de Willers va bien, dit-il. La chère âme, elle souffre d'inconfort.

— D'inconfort?

— Oui. Elle va accoucher bientôt. Elle a souvent des vapeurs et se déplace avec de plus en plus de difficulté.

— Ne craignez-vous pas, cher ami, que... tout cela ne vienne troubler vos plans?

— Tout cela? Qu'entendez-vous par là, mon amie?

— Eh bien... Cette fatigue, cet accouchement prochain, cela doit vous occuper l'esprit, et je sais que vous êtes engagé dans mille entreprises, toutes plus pressantes les unes que les autres.

— Oh! répondit Beaumarchais avec une certaine brusquerie, j'ai bien l'intention d'être près d'elle quand elle va accoucher. Mes entreprises, comme vous dites, n'auront qu'à attendre.

— C'est fort digne de votre part, et cela témoigne de votre grandeur d'âme.

— Mon âme n'a rien à voir là-dedans, dit Beaumarchais sèchement. Vous savez bien que Madame de Willers m'est chère.

— Oh! cela, je ne l'ignore guère...

On sentait une pointe dans le ton de Madame de Godeville.

— Vous m'avouerez que je ne vous l'ai jamais caché, riposta Beaumarchais. J'aime beaucoup Madame de Willers.

— Je sais que vous l'aimez beaucoup, cher ami, et je respecte vos sentiments.

— Je lui dois tant! reprit Beaumarchais comme s'il se parlait à lui-même. Elle s'occupe de mon foyer, elle me témoigne de la tendresse, elle est honnête et modeste, et elle a droit à ma reconnaissance.

— Vous l'aimez..., mais vous ne l'épousez pas!

— Cela ne saurait tarder, dit fermement Beaumarchais. En attendant, tout le monde sait qu'elle est ma femme légitime. Et elle va bientôt me donner un enfant.

— Mais vous m'avouerez, à votre tour, que je ne vous ai jamais caché mon chagrin de vous savoir l'esprit occupé par votre ménagère, au détriment de l'amour que vous dites me porter.

— Nous avons déjà souvent parlé de tout cela, Madame, dit Beaumarchais avec brusquerie, et je vous ai prié cent fois de n'y plus revenir. J'ai des obligations à l'égard de Madame de Willers et de la tendresse pour elle.

— Et tes obligations à mon égard, Pierre-Augustin?

Madame de Godeville avait changé de ton. Sa voix tremblait de fureur. Elle poursuivit:

— Tu ne fais que me rebattre les oreilles avec ce que tu lui dois, mais tu parles fort peu de ce que tu me dois à moi. Tu sais que je t'aime, tu sais que mon plus grand bonheur serait de t'avoir à moi, tout à moi. Et cependant, je dois me contenter de tes lettres, d'une heure ou deux par jour.

— Eh, Madame, dit Beaumarchais en plaisantant, c'est bien plus que n'en a Madame de Willers.

— Je sais, reprit Madame de Godeville qui restait insensible à la tentative de son amant de détendre l'atmosphère. Je sais que tu es heureux de cet enfant qu'elle va te donner. Mais moi aussi, je souhaite, je veux te donner un enfant. Mais tu refuses… Et puis, je veux être sûre de ton amour, je veux cesser de souffrir parce que tous les jours, toutes les minutes de chaque jour, je me souviens que ton cœur, ton esprit, ton âme balancent entre elle et moi.

Devant cette charge, Beaumarchais sembla soudain exaspéré.

— Je te répète, Marie-Madeleine, que mes liens avec Madame de Willers ne peuvent être rompus. Je te l'ai déjà dit cent fois. Ils ne préjugent en rien des sentiments que j'ai pour toi, mais rien ne me fera envisager de la quitter.

Madame de Godeville dut sentir la menace à peine voilée dans les paroles de son amant. Elle se calma aussi vite qu'elle s'était mise en furie. Elle reprit son ton badin.

— Tu dis qu'elle t'est chère, mais…

Beaumarchais perçut tout de suite le changement

de ton. Il s'engagea à son tour dans la badinerie, qui était leur façon de faire la trêve.

— Mais...? dit-il avec légèreté.

— Mais vous m'aimez, moi, un tout petit peu, n'est-ce pas?

— Oui, oui, répondit Beaumarchais, vous savez que je vous aime.

Il semblait soudain préoccupé par mille pensées qui l'assaillaient.

— Mais vous ne me regardez pas, vous ne m'embrassez pas!

— Pardon, chère amie, que dites-vous?

— Je dis, monsieur le distrait, que j'espère que vous n'allez pas oublier votre amie.

Beaumarchais sembla soudain sortir de sa rêverie. Il éclata de rire.

— Non seulement je ne l'oublierai pas, je vais lui témoigner sur-le-champ qu'elle occupe tout le temps mes pensées et mon cœur, et qu'elle va occuper tout de suite mes mains et ma bouche.

Nous comprîmes que Beaumarchais, arrivant tard dans ses bureaux, n'y voyant personne, et surtout pressé de témoigner son amour à Madame de Godeville, n'avait pas pris ses précautions habituelles. Il n'avait pas refermé la porte de son étude et s'était tout de suite précipité avec sa maîtresse dans une espèce d'alcôve très discrète qu'il avait fait aménager et où il avait installé un sofa.

Il y eut comme un gloussement de la part de Madame de Godeville. Puis nous entendîmes un froissement de tissu. Il n'était guère difficile d'imaginer qu'ils se déshabillaient. Je regardais Fabien. Ses yeux brillaient dans la pénombre du corridor. Il mit son doigt sur sa bouche et me fit signe de ne pas bouger.

L'heure qui suivit nous plongea tous deux dans l'embarras, l'effroi, même. Surtout, nous sentions monter en nous une fièvre qui nous troublait et que rendait plus ardente notre proximité dans ce corridor obscur. J'entendais la respiration de Fabien qui se précipitait, je savais que la mienne aussi soulignait le tumulte croissant de mon cœur, cette espèce de halètement traduisant la chaleur qui se répandait dans mes membres, dans ma poitrine, dans tout mon corps.

Après avoir badiné encore quelque temps, Beaumarchais et Madame de Godeville s'étaient tus. Nous les entendions s'embrasser. Nous devinions leur étreinte, leurs lèvres pressées les unes contre les autres, cette fusion qui les avait réduits au silence.

Au bout de plusieurs longues minutes, Beaumarchais dit à sa maîtresse :

— Ah! Marie-Madeleine, Marie-Madeleine! Je n'en peux plus... Viens, viens.

Il devait l'entraîner vers le sofa, car nous entendîmes bientôt les gémissements des ressorts. Mais ils se confondirent très vite avec d'autres gémissements, qui augmentaient en force et en intensité.

Le patron de Roderigue Hortalez et Cie, qui aimait tant parler – au bureau, au dire de Fabien, il était intarissable avec ses commis et ses clients –, n'était pas réduit au silence par l'amour, bien au contraire. Il s'adressait à sa maîtresse, il l'adjurait d'une voix passionnée de l'embrasser, de le caresser, il s'exclamait devant ses seins et ses hanches, il admirait sa peau de satin, il voulait caresser ses « cuisses émues », il la suppliait de le laisser, d'un doigt agile, « irriter ses désirs », il évoquait « les gros bouillons » de « l'humide volupté ». Bref, Beaumarchais se laissait entraîner dans un délire qu'il communiquait à sa maîtresse, car Madame de Godeville, enhardie à son tour, évoquait en mots crus le membre de son amant, en lequel elle voyait « l'arc de l'amour ».

Au bout d'une longue heure de halètements, de paillardises et de gémissements, Monsieur de Beaumarchais et Madame de Godeville poussèrent un grand cri. Puis, après quelques instants, nous les entendîmes se lever. Ils se rhabillèrent, tandis que Beaumarchais ne cessait de remercier sa maîtresse.

— Je rends mille fois grâce au ciel, lui disait-il, car tu aimes le plaisir autant que moi. Et une femme qui prend du plaisir est à mes yeux irrésistible.

Pendant tout ce temps, nous étions restés, Fabien et moi, immobiles, comme pétrifiés dans l'obscurité absolue où nous étions maintenant plongés. Malgré l'impossibilité de le voir, je sentais Fabien tout près de moi, je sentais sa présence qui m'enveloppait. Pendant que nous entendions notre patron haleter de plaisir dans les bras de sa maîtresse, je m'étais imperceptiblement éloignée de mon ami, je n'osais pas me tenir tout près de lui, je craignais qu'il me frôlât dans le noir.

Et pourtant! Je sentais une énergie qui passait de lui à moi, et cette vibration dans tout mon corps m'inquiétait et me fascinait tout à la fois. À plusieurs reprises, pendant les ébats que nous entendions, je l'avais senti sursauter en entendant un soupir plus prononcé ou un cri plus fort d'un des amants. Et ce sursaut me traversait le corps comme une flèche aiguë et me faisait arquer le dos. Et, toute bouleversée dans l'obscurité, je me sentais rougir.

Beaumarchais et sa maîtresse finirent de bavarder. Il la reconduisit dehors. Nous savions qu'il allait retourner dans ses appartements par les escaliers qui donnaient sur la deuxième cour de l'hôtel. Il ne reviendrait donc pas dans les bureaux.

Fabien entrouvrit très légèrement la porte. Une faible lueur me révéla son visage grave, tendu. Je murmurai :

— Je crois que nous pouvons maintenant… aller dîner.

Sans dire un mot, Fabien me prit par la main, rebroussa chemin dans le corridor et m'entraîna dans sa chambre, que nous avions quittée une heure plus tôt. Je le suivis docilement.

*

Fabien m'enlaça, se pencha vers moi, prit mes lèvres et commença à m'embrasser.

Il m'avait déjà embrassée cent fois. Mais son baiser, cette fois, était plus âpre, plus pressé, plus impérieux.

Toute la tension que j'avais sentie monter en moi pendant l'heure précédente se relâcha soudain. L'inquiétude et l'angoisse qui m'étreignaient jadis sous la brûlure de son baiser s'étaient dissoutes. J'étais heureuse et je me laissai aller à mon tour à ses caresses. Je ne repoussai plus ses mains quand il commença à chiffonner ma robe et à presser mes seins à travers le tissu.

Une chandelle brûlait dans un coin. Mais elle ne répandait qu'une vague lueur qui tapissait la pièce de vieil or. Le vacillement de la flamme plongeait alternativement le visage de Fabien dans la lumière et dans l'ombre. J'admirais l'ambre de sa joue, le creux de son orbite, le noir brillant de ses yeux, le mince duvet doré qui soulignait sa lèvre. Je me rendais compte que je l'aimais, que j'aimais chaque trait de son visage, chaque tressaillement de ses muscles que je sentais à travers mes habits, chaque élan qui le poussait vers moi et m'obligeait impérieusement à basculer la tête, à me livrer à ses lèvres insistantes, à la pression de son corps qui se moulait au mien.

Il m'entraîna vers le lit. Là encore, je me laissai faire. Il me déshabilla avec hâte, avec maladresse. Quand je fus nue, il s'arrêta un moment, comme s'il hésitait. Et je constatai qu'il me regardait avec intensité. Puis il se pencha sur moi.

Il avait retiré sa chemise et son pantalon. Il m'entoura de ses bras. J'aimais sa poitrine dure contre la mienne. J'aurais voulu qu'il restât comme cela, immobile, pendant encore quelques minutes, mais il se trémoussait, il bougeait, et sa fièvre se communiqua très vite à moi.

Je savais ce qui allait suivre, mais, quand il me pénétra, la surprise fut presque aussi grande que la douleur. Je poussai un cri. Il s'arrêta un moment, mais reprit bientôt ses mouvements, la tête enfouie dans mon cou.

Le souvenir de ce que j'avais entendu entre Monsieur de Beaumarchais et sa maîtresse, à travers la mince paroi de la porte, me traversa furtivement l'esprit. J'avais deviné, entre eux, des caresses hardies. Je devinais que ce n'était pas comme cela que Fabien m'avait caressée, mais j'aimais son étreinte, j'aimais son corps si lourd qui pesait sur moi et quand, dans un soupir, il s'arrêta de bouger, je l'étreignis de mes bras, je lui caressai longuement le dos, dans la pénombre, suivant avec émerveillement, du bout des doigts, la courbure de sa colonne, découvrant le frémissement de ses muscles qui continuaient à tressaillir et que ma caresse légère durcissait soudain.

Je savais que l'amour conduisait à une pointe aiguë que je n'avais pas ressentie. Mais j'avais découvert le corps de mon ami, il avait découvert le mien, il m'aimait, ses baisers et ses caresses m'avaient allumée, et je savais que cette brûlure dans mes veines serait bientôt apaisée. Pour le moment, j'étais heureuse, et je me laissais aller à cet éblouissement qui, dans le noir de cette chambre complice, me comblait.

Chapitre VI

Je me promenais avec Marie dans le faubourg Saint-Germain.

Le soleil de printemps était tiède. Marie se pressait contre moi, et nous admirions ensemble les magnifiques hôtels particuliers qui bordaient les rues du nouveau faubourg. L'hôtel Gouffier, l'hôtel Matignon avec son Petit Trianon, les portails ornés de guirlandes de coquillages et surmontés d'anges, les vantaux où des divinités de l'Olympe s'ébattaient avec une exubérance libre et heureuse, tout, dans ce faubourg, respirait l'opulence et le luxe.

Mais les rues qui menaient à ces hôtels, qu'elles étaient étroites et infectes! Marie et moi ne cessions de nous ébaudir devant le contraste entre tant de richesse et tant de misère. D'un côté, les hôtels des nobles et les maisons des riches bourgeois qui respiraient le plus grand raffinement, de l'autre, une multitude d'immeubles lépreux, de maisons aux façades branlantes et décrépites, où s'entassait une population miséreuse, sale et bruyante.

N'empêche! Nous affrontions les venelles aux odeurs nauséabondes, les ruisseaux pestilentiels et les dédales incohérents des rues pour nous promener dans ce quartier, pour admirer l'église Saint-Sulpice qui venait tout juste d'être achevée, ou pour tenter de deviner, derrière les façades des vieilles maisons qui la cachaient et la défiguraient, la colonnade du Louvre.

Paris nous devenait familier. C'est que nous avions de plus en plus de temps pour l'explorer et le visiter.

Cela faisait plus de six mois que nous étions arrivés dans la grande ville, plus de six mois que nous travaillions, moi à Roderigue Hortalez et Cie, Marie auprès de Madame de Willers.

Beaumarchais m'aimait beaucoup. Il ne cessait d'insister avec bonhomie sur mon « esprit vif » et mon « tempérament égal et gai ». Il me manifestait beaucoup de bonté. Je soupçonnais qu'il appréciait particulièrement ma discrétion, qu'il avait pu constater à de nombreuses occasions. Bref, il me faisait confiance et il n'hésitait pas à me demander mille et un services qu'il n'aurait pas requis de ses commis.

De son côté, Marie avait également séduit Madame de Willers. Elle l'aidait à s'occuper de son enfant nouveau-née. C'était une fille, que Beaumarchais avait nommée Eugénie. Marie l'habillait de mille rubans, de mille dentelles sous les yeux attendris de sa patronne. Elle la portait à la nourrice, surveillait sa tétée et endormait le nourrisson en le berçant.

Madame de Willers considérait mon amie non plus comme une femme de chambre, mais plutôt comme une dame de compagnie, et surtout comme une confidente, à qui elle se plaignait de Beaumarchais qui, tout en lui manifestant tendresse et respect, tout en la remerciant mille fois de lui avoir donné une enfant qu'il adorait et cajolait, l'abandonnait en courant pour s'ébattre dans l'alcôve de Madame de Godeville.

Marie et moi ne cachions plus notre amour aux yeux des gens, même si nous maintenions officiellement – du moins devant les étrangers – la fiction d'être frère et sœur. Mais notre bonheur, notre tendresse éclataient si manifestement aux yeux de tous que plus personne dans notre entourage ne prêtait crédit à notre fable. Monsieur de Beaumarchais, Madame de Willers, Monsieur Lecouvreur, la plupart des commis savaient maintenant les liens qui nous unissaient et nous taquinaient à ce sujet, quelquefois avec amitié, d'autres fois avec une lourdeur un peu salace.

Marie et moi étions heureux de n'avoir plus à jouer une comédie perpétuelle. C'est que notre attachement se manifestait de mille façons, par nos regards, par l'élan qui nous poussait l'un vers l'autre dès que nous nous voyions, par les sourires heureux que nous échangions continuellement, et nous eussions été bien en peine de cacher nos sentiments!

Notre amour grandissait tous les jours, nourri par notre complicité, notre entente qui se manifestait sans grands mots, notre admiration commune devant le décor splendide dans lequel nous vivions. Il nous suffisait d'un regard, d'un sourire, d'un plissement des yeux pour que nous nous comprenions, et cette communion nous remplissait de joie, de sérénité et de force tout à la fois.

Nous évoquions souvent notre destin extraordinaire : nous étions, deux ou trois ans auparavant, des enfants d'Acadiens perdus en Poitou, nous ne savions ni lire ni écrire, nous pouvions à peine parler. Nous avions vite appris et, depuis notre arrivée à Paris, quelques mois plus tôt, nous continuions notre apprentissage. Non seulement nous avions perfectionné notre éducation, nous apprenions tous les jours, au contact de nos patrons et de leurs amis, l'art de composer avec le monde, de répondre quand il le fallait, d'esquiver par un sourire ou un bon mot les réponses difficiles ou délicates. Bref, nous devenions, grâce à notre énergie, à notre soif insatiable de faire partie le plus vite possible de ce nouveau monde, de vrais Parisiens. Et cette trajectoire semblable de nos destins renforçait encore plus notre attachement l'un à l'autre.

Marie continuait de venir régulièrement me voir dans ma chambre. Nous faisions maintenant l'amour avec un bonheur, une exubérance, une joie qui ne se démentaient pas depuis la première fois, depuis ce jour où les ébats de Monsieur de Beaumarchais avec sa maîtresse avaient amené Marie à franchir le pas et à accepter mes caresses.

Depuis ce soir-là, j'explorais avec ravissement le corps de mon amie. Je la couvrais de baisers, et mon bonheur était aussi grand, aussi intense quand, à son tour, elle me renversait dans notre couche pour parcourir mon corps de ses lèvres.

Nous découvrions ensemble l'exaltation de la passion. Quelquefois, pendant que je la caressais, je me rappelais une allusion de Beaumarchais dans ses lettres, je tentais d'autres caresses, et Marie, d'abord surprise, s'abandonnait dans mes bras à de nouvelles explorations.

Madame de Willers s'attendrissait maintenant sur les amours de Marie. Elle avait pris l'habitude de lui donner congé une ou deux journées par semaine.

— Va, lui disait-elle, va te promener avec ton amoureux.

C'est ainsi que Marie et moi avions pris l'habitude d'aller faire de longues promenades dans ce Paris, moitié or et moitié boue, que nous découvrions avec stupéfaction.

Mais quand nous nous étions saoulés de beauté, quand nous avions admiré Notre-Dame ou la fontaine des Quatre-Saisons, quand nous nous étions promenés sur les Champs-Élysées en riant des meuglements des vaches qui nous regardaient dans les prairies voisines, nous nous arrêtions quelquefois, soudain envahis par la mélancolie. Nous restions silencieux et songeurs. Un jour, pourtant, Marie osa dire tout haut ce que nous pensions tout bas. Elle se tourna vers moi :

— Tu es heureux, Fabien, n'est-ce pas?

— Oui, je suis heureux. Et toi?

— Moi aussi, tu le sais bien, mais...

Elle hésita. Je savais ce qu'elle allait me dire.

— Mais nous sommes ici à Paris, alors que nous avions promis à mon grand-père, à ta grand-mère, à tous nos parents, que nous retournerions en Acadie.

— Je sais, Marie, je n'ai pas oublié. Je veux retourner en Acadie, moi aussi, un jour...

— Un jour? Quand? Comment?

Je me tus quelques instants, avant de répondre :

— Tu sais bien que Monsieur de Beaumarchais fait commerce avec l'Amérique. Eh bien, il n'est pas impossible qu'un jour pas si lointain, nous y allions sur un de ses navires. Mais en attendant...

— En attendant?

— En attendant, conclus-je avec gaieté, il nous faut continuer à travailler et à apprendre. Tu te souviens que c'était ce que souhaitait Monsieur de Pérusse. Je sais maintenant qu'il avait raison : c'est en comprenant mieux le monde et les gens que nous serons en mesure de réaliser notre vœu et de réussir notre retour.

Marie se tourna vers moi. Ses yeux brillaient. Elle m'enlaça et m'embrassa.

J'étais heureux de l'avoir tranquillisée, mais je n'étais pas si sûr que nous pourrions nous rendre de sitôt en Amérique. La nature du commerce de Monsieur de Beaumarchais, les conditions dans lesquelles il l'exerçait alors me semblaient autant d'obstacles quasi infranchissables à toute tentative de traverser l'océan.

J'avais appris beaucoup de choses deux semaines plus tôt. Monsieur de Beaumarchais m'avait convoqué dans son étude pour me charger de trier une liasse de papiers qu'il n'avait pas eu le temps d'examiner, quand Monsieur Lecouvreur était entré en coup de vent. Il avait oublié de frapper à la porte et semblait soucieux.

— Pardonnez-moi de vous déranger, Monsieur, mais vous avez des visiteurs.

— Des visiteurs? Quels visiteurs? Allons, Lecouvreur, reprenez vos esprits, vous avez l'air bien inquiet. On dirait que vous venez de voir Belzébuth en personne, dit mon patron, qui ne manquait jamais une occasion pour détendre l'atmosphère et qui avait le don de tout tourner en rires et en plaisanteries.

— C'est que c'est Monsieur Eyriès, dit le premier commis.

— Ah! Ah! Hugues est là… S'il a fait le voyage, c'est que c'est urgent.

— Et il n'est pas seul.

— Pas seul? Que voulez-vous dire, Lecouvreur?

— Oui, Monsieur, il est accompagné de Monsieur Delahaye.

Beaumarchais se tut un instant. Il semblait désarçonné.

— Diable! Delahaye accompagne Eyriès? L'affaire doit être bien sérieuse si tous les deux ont quitté Le Havre sans même m'en prévenir. Faites-les donc entrer, Lecouvreur.

Je vis deux hommes pénétrer dans l'étude à l'invitation du premier commis, l'un courtaud, le visage rond, le corps grassouillet, les yeux aplatis à la surface de l'épiderme, le nez arrondi, les épaules tombantes, le ventre en tonneau, mais qui se mouvait avec une vivacité et une légèreté qui démentaient une première impression de mollesse; l'autre grand, maigre, la tête longue, le front haut et étroit, les oreilles pointues, les méplats longs et resserrés, bref, un visage dont la frappante ressemblance avec un cheval fut renforcée dès que je l'entendis parler, car ses phrases finissaient toujours par un joyeux hennissement.

Beaumarchais se précipita vers ses deux visiteurs.

— Bonjour, Hugues, dit-il en embrassant le plus court des deux, qu'il semblait mieux connaître et traiter en ami.

Il se tourna vers l'autre et lui serra la main :

— Bonjour, Delahaye. Eh bien! la bonne ville du Havre doit être bien déserte, puisque deux de ses éminents citoyens l'abandonnent en même temps.

— Oh! Pierre, dit Hugues Eyriès – et je fus surpris de sa familiarité avec mon patron –, nos commis et nos employés peuvent bien se débrouiller pendant quelques semaines sans Delahaye et moi. Mais nous voulions aborder avec toi certaines questions qui se prêtent mal aux billets et aux lettres et qui souffrent de la lenteur des courriers.

— Certaines questions? Mais lesquelles?

— C'est que, dit Delahaye, dont le hennissement

éclata comme une trompette quand il hésita pour se tourner vers moi, c'est que... il s'agit de problèmes confidentiels.

Beaumarchais comprit l'allusion.

— Fabien est notre jeune commis, dit-il en me désignant d'un mouvement de la tête. Lecouvreur et moi lui faisons confiance, et vous pouvez parler devant lui sans hésitation. Il pourrait même prendre quelques notes afin que nous nous rappelions avec précision ce que nous aurons décidé.

— Eh bien, dit Eyriès, nous avons, Delahaye et moi, la preuve formelle que les agents de Lord Stormont s'activent beaucoup au Havre.

— Et pas seulement au Havre, précisa Delahaye. Nous avons aussi des nouvelles de nos collègues de Nantes, de Lorient, de Rochefort, de Bordeaux. Ils sont unanimes : les espions de l'ambassadeur anglais s'agitent partout, dans tous les ports du littoral.

— Ah! Stormont, Stormont! Ne cesseras-tu donc jamais de me harceler? dit Beaumarchais. Ses espions grouillent dans nos ports de l'Atlantique et lui ne cesse de gesticuler ici à Paris, particulièrement dans les officines des ministres du Roi.

— Ce n'est guère surprenant, Monsieur, dit Lecouvreur, puisqu'il s'affaire pour son pays et son maître. Vous savez que les Anglais vous soupçonnent depuis longtemps d'aider les insurgés d'Amérique.

— Ils ne vous soupçonnent plus, dit Delahaye, ils en sont certains.

— Et pourtant, soupira Beaumarchais, je ne cesse de me contorsionner pour leur donner le change. Vous savez mieux que personne, mes amis, que nos cargaisons d'armes, de cartouches, de fusils, d'habits militaires, bref, de tout ce que nous envoyons à ce peuple noble et libre qui se bat contre le despotisme, ces cargaisons, donc, sont au fond des cales, embarquées de nuit et recouvertes de toutes sortes de marchandises afin d'en déguiser la vraie nature.

— Et nous suivons vos instructions à la lettre, précisa Delahaye: nos bordereaux, nos connaissements maritimes sont tout à fait innocents, sinon anodins, et vos navires, pour qui consulte nos documents, ne transportent que des étoffes, des denrées alimentaires, des articles de cuir, de la vaisselle d'étain et de cuivre, du vin, bref rien qui puisse alarmer les Anglais.

— D'autant plus, précisa Eyriès, que nous suivons tes avis aussi sur un autre point: nos cartes et nos journaux assurent que nous faisons voile vers Saint-Domingue ou d'autres îles des Caraïbes. Nous n'indiquons nulle part que notre destination ultime est l'Amérique. Ou du moins la destination des marchandises que nous transportons.

— Avez-vous, mes amis, bien réparti les cargaisons?

— Oui, reprit Eyriès. Comme tu nous l'as souvent répété, nous pouvons plus facilement déjouer nos adversaires en divisant nos chargements. Ainsi, il y a un mois, nous avons reçu livraison de vingt-sept mortiers, mais nous n'en embarquons que trois ou quatre sur chaque navire en partance. Quant aux canons, nous nous assurons de les faire démonter avant de les mettre à bord, afin que les caisses où ils se trouvent soient petites et n'éveillent pas les soupçons. Enfin, les manufactures de Saint-Étienne nous ont déjà envoyé une bonne partie des quarante mille fusils que tu as commandés. Nous les avons cachés dans des entrepôts sûrs et nous n'attendons qu'une occasion propice pour les embarquer, faire voile et aller les livrer aux Américains du général Washington.

— Ah! mes amis, je vous remercie beaucoup de votre zèle, dit Beaumarchais. Je savais bien en vous choisissant, toi, Hugues, comme mon correspondant au Havre, et vous, Delahaye, comme commissionnaire de Roderigue Hortalez et Cie, que je pouvais compter sur vous.

— Tu sais bien, dit Hugues Eyriès, que nous sommes comme beaucoup de Français : nous admirons les Américains, nous souhaitons qu'ils réussissent dans leur combat, et nous sommes heureux de t'aider à les aider.

— Sauf que, comme vous venez encore de me le rappeler, pour secourir l'Amérique, je suis obligé de masquer et de déguiser mes travaux intérieurs, les expéditions, les navires, le nom des fournisseurs, et jusqu'à ma maison de commerce, qui est un masque comme le reste.

Il se tut un moment, puis reprit sur un ton enjoué :

— Mais, ma foi, j'aime bien les masques. Masquer, ruser, feinter, se cacher, sourire quand on veut pleurer et pleurer quand on veut rire, rebondir quand on vous écrase, disparaître quand on vous cherche et paraître là où l'on ne vous attend pas, n'est-ce point là le sel de la vie? Allons, mes amis, Lord Stormont n'aura pas le dessus sur nous.

Eyriès et Delahaye se détendirent devant la tirade un peu échevelée de leur employeur. Mais Beaumarchais n'oubliait jamais longtemps ses intérêts et ses projets. Il reprit donc sur un ton plus sérieux :

— Vous me disiez donc que les espions du noble lord se promènent dans votre bon port du Havre. Mais encore?

— Ils ont réussi à savoir que nous avions embarqué des caisses de cartouches et de bombes sur l'*Amphytrite*. Nous croyions avoir pris toutes les précautions et nous avions donné l'ordre au capitaine du navire de quitter le port. À peine avait-il déployé ses voiles que deux frégates anglaises l'ont intercepté, arraisonné et capturé, avant de l'emmener dans leur sillage vers un port anglais.

— Et comment avez-vous su tout cela? demanda mon patron.

— C'est que Lord Stormont a envoyé l'un des commis de son ambassade protester vigoureusement auprès des autorités du port sur ce qu'il a appelé « la violation flagrante » des accords entre le roi d'Angleterre et le roi de France, dit Delahaye. C'est alors que nous avons appris la perte de votre navire. Nous avons donc décidé de venir vous voir pour déterminer comment mieux contrer les menées de l'Anglais.

— Ah! mes amis, soupira Beaumarchais, la situation est vraiment difficile et embrouillée. Je n'ai guère besoin de vous la cacher, puisque vous êtes déjà plongés vous-mêmes dans les difficultés, mais, tandis que vous rusez au Havre, je manœuvre à Paris. Tenez, notre ami Lecouvreur est au courant de tout cela et il sait mieux que quiconque qu'au lieu de dépenser mon énergie à aider les Américains, je m'épuise à convaincre les ministres du Roi de me laisser agir.

J'écoutais cette conversation dans la plus grande stupéfaction. J'avais bien deviné que Rodrigue Hortalez et Cie faisait commerce des armes, mais je n'avais jamais vraiment compris ni l'objet de ce commerce ni l'étendue de l'entreprise. J'avais déjà entendu des bribes de conversation de mon patron sur la « noble révolte » et le « courage digne » des Américains, mais j'avais l'impression qu'il s'agissait d'un à-côté des menées commerciales de Monsieur de Beaumarchais. Voilà que j'apprenais qu'il s'agissait véritablement du cœur de l'entreprise, et que tout le reste n'était destiné qu'à lui servir de paravent.

J'apprenais aussi du même coup que les Anglais s'opposaient avec véhémence au mouvement des navires de Roderigue Hortalez. Cela ne m'étonnait guère : il fallait être aveugle et sourd à Paris pour ignorer que les treize colonies américaines s'étaient révoltées contre le roi George et que les Anglais combattaient les insurgés sur terre, sur mer et dans les chancelleries de toute l'Europe.

Monsieur Lecouvreur m'avait même dit à plusieurs reprises que, depuis que les Américains avaient proclamé leur indépendance l'année précédente, au mois de juillet, je crois, les Anglais en étaient devenus enragés.

Tout cela, je le savais. Mais ce que j'ignorais, c'étaient les raisons qui amenaient mon patron à s'épuiser, comme il venait de le dire, « à convaincre les ministres du Roi ». J'étais tellement ébaudi que je m'oubliai un moment et demandai étourdiment :

— Mais, Monsieur, pourquoi donc ne vous laisseraient-ils pas agir?

Beaumarchais éclata de rire.

— Fabien, Fabien, dit-il, tu connais mal les intérêts des États et la pusillanimité des grands de ce monde. Le Roi veut bien aider les Américains à secouer le joug des Anglais, mais il craint de trop exaspérer ces derniers, car il ne veut pas leur faire la guerre.

— Le Roi? demanda Eyriès.

— Oh! Hugues, tu sais bien que le Roi est entouré

de ministres, et ceux-ci sont timorés. Ils détestent l'Anglais, mais craignent le combat. Ils veulent bien aider les Américains, pourvu qu'on ne les prenne pas sur le fait. Alors, ils empruntent des chemins de traverse et demandent à des imprudents comme moi de prendre tous les risques, tandis qu'ils jurent leurs grands dieux à Lord Stormont et à la cour de Saint-James qu'ils n'y sont pour rien.

— Mais alors, dit Delahaye, pourquoi, s'ils ne veulent pas déplaire aux Anglais, aident-ils les Américains en sous-main?

— Pour une raison bien simple, mon cher Delahaye : tout le peuple de France est favorable à cette entreprise. Partout à Paris on ne parle que des Américains, on loue leur courage et leur détermination, les philosophes prêchent la liberté, Monsieur de Voltaire et ses amis publient mille pamphlets pour l'exalter, et toute la noblesse de France veut aller combattre aux côtés de Monsieur Washington.

— J'ai reçu récemment une lettre de nos correspondants à Bordeaux, précisa Lecouvreur, qui nous annoncent qu'un groupe important d'officiers vient de quitter la France et fait voile à destination de Georgetown.

— Je sais, dit Beaumarchais. L'un d'entre eux est d'ailleurs le marquis de La Fayette. Je l'ai croisé quelquefois à la Cour et, malgré son très jeune âge, il m'a fait bonne impression. On me dit qu'il est très courageux et qu'il sait bien élaborer des plans tactiques.

— Ainsi donc, le ministre Vergennes veut bien que vous aidiez les Américains, mais il ne veut pas vous appuyer quand Stormont se fâche.

— Vous l'avez bien dit, Monsieur Delahaye.

— Non seulement il ne veut pas nous aider,

précisa Lecouvreur qui semblait tirer fierté devant les visiteurs de sa familiarité avec le patron et de sa connaissance des secrets de l'entreprise, mais il se dresse activement contre nous quand l'ambassadeur de Londres montre les dents.

— Il se dresse contre nous? demanda Eyriès, qui semblait véritablement surpris.

— Oui, ajouta Lecouvreur, qui faisait sonner haut et fort le «nous» qui l'associait étroitement à Beaumarchais. Il suffit que Lord Stormont aille à Versailles et tempête parce qu'il a appris qu'un de nos navires s'apprêtait à embarquer des armes, pour que le ministre ordonne aux autorités de la marine de l'empêcher d'appareiller et de le vider de sa cargaison. Cela nous est déjà arrivé à quelques reprises à Nantes et à Bordeaux.

— C'est pour cela que les espions anglais s'activent au Havre. Si l'*Amphytrite* n'avait pas déjà appareillé, l'ambassadeur aurait demandé au ministre d'arrêter son capitaine et de vider ses cales. Bien plus, il aurait requis une saisie des armes au profit de l'Angleterre, mais comme l'*Amphytrite* était déjà parti, il l'a fait arraisonner par les navires de guerre anglais.

— Mais enfin, explosa Delahaye, nous sommes en paix avec Londres, la France fait tout ce qui est en son pouvoir pour satisfaire les Anglais et ils ne se gênent pas pour s'adonner à des actes de pure piraterie.

Beaumarchais soupira:

— Vous avez encore raison, Delahaye, mais nous n'y pouvons rien, et j'ai beau supplier Monsieur de Vergennes de me laisser les coudées franches, il invoque toujours des raisons d'État pour ne pas fâcher les Anglais. Cependant, il m'adjure, du même souffle, de fournir des armes aux Américains.

— Cela, mon cher Pierre, me semble tout à fait incongru, sinon absurde, dit Eyriès. Tu es pris entre l'enclume et le marteau. Tu pourrais faire tranquillement le commerce du sucre avec Saint-Domingue et la Martinique. Tu pourrais te contenter d'embarquer à bord de tes vaisseaux des barriques d'eau-de-vie, des couvertures de laine, des draps d'Elbeuf, des cordages, du verre à vitre, du charbon de terre, de la mercerie, que sais-je encore. Tu ferais fortune et tu serais tranquille. Pourquoi donc acceptes-tu ces fatigues, ces alarmes, ces dangers?

Beaumarchais se tut longtemps. Puis il dit d'une voix un peu assourdie:

— Je sais, mes amis, que vous partagez vous aussi, dans une certaine mesure, ces fatigues, ces alarmes et ces dangers. Je sais que je pourrais m'enrichir plus facilement et, du même coup, vous enrichir aussi plus rapidement. Mais je vous prie de faire comme moi: méprisez les petites considérations, les petites mesures et les petits ressentiments, car je vous ai affiliés à une cause magnifique!

Nous restâmes tous un moment silencieux, car Monsieur de Beaumarchais, qui vivait si souvent dans l'exagération, l'exaltation et l'esbroufe, s'était rarement révélé de façon aussi directe et aussi sincère devant nous. Ce fut Delahaye qui nous ramena à des considérations plus concrètes.

— Mais comment allons-nous faire pour éviter les espions anglais au Havre et les démarches de Lord Stormont à Versailles?

— Eh bien, reprit Beaumarchais avec vivacité, nous allons poursuivre ce que nous faisons maintenant, mais de façon plus active et plus intelligente encore, s'il se peut. Nous allons entourer nos démarches d'un secret plus opaque. Je vous prie de n'informer de vos démarches que vos commis les plus fidèles. Que dis-je, vos commis! Il faudrait que ce soit des amis plutôt que des employés, des gens à qui vous confieriez votre fortune et votre sûreté.

— Et si cela ne suffisait pas? Si les espions de Lord Stormont déjouaient nos prudences? insista Delahaye qui ne semblait pas vouloir lâcher le morceau.

— Eh bien! s'exclama Beaumarchais, il nous faudra alors le doubler sur le plan de l'astuce, de la ruse et de la dissimulation. Tenez, il me vient une idée: la marine anglaise ne poursuit-elle pas mes navires? N'arraisonne-t-elle pas et ne capture-t-elle pas ceux qu'elle arrive à rejoindre?

— Oui, dit Lecouvreur, car, hélas! le sort de l'*Amphytrite* n'est pas isolé. D'autres navires, partis de Rochefort, ont déjà été saisis. Non seulement dans nos eaux, mais au grand large, ou même dans la mer des Antilles, juste avant d'arriver dans les îles.

— Eh bien, reprit Beaumarchais, il faut retourner contre nos adversaires les armes qu'ils usent contre nous.

— Retourner leurs armes contre eux? Tu veux donc poursuivre à ton tour des navires marchands anglais et les saisir?

— Que nenni, dit Beaumarchais en riant. Je n'ai pas vocation de corsaire, et mes navires sont loin de faire le poids devant ceux de Sa Majesté anglaise.

— Alors? le poussa Delahaye.

— Alors, qu'est-ce qui nous empêche de simuler un acte de piraterie pour notre propre compte?

— Simuler un acte de piraterie? s'écrièrent Eyriès et Delahaye d'une seule voix.

— Oui, expliqua Beaumarchais. Mais il faut y

réfléchir plus longuement, préciser les détails de l'opération, car l'idée me vient tout juste à l'esprit.

— Comment cela, simuler un acte de piraterie? Saisir nous-mêmes nos navires de commerce? Les faire saisir par la marine du Roi?

— Mais non, mais non! s'exclama Beaumarchais, dont les yeux pétillaient et qui semblait soudain s'amuser beaucoup. Nous pourrions continuer à charger différents navires dans différents ports, comme nous le faisons.

— Fort bien...

— Nous pourrions leur demander de se regrouper en convoi, une fois au large, et peut-être même armer un de nos deux ou trois gros navires pour les accompagner...

— Mais encore? s'impatienta Delahaye qui ne voyait jusqu'alors rien de révolutionnaire dans les propos de mon maître.

— À l'approche des Antilles, notre convoi se séparerait, et nos navires iraient chacun de son côté.

— Mais ils seraient à nouveau la proie des Anglais ou des corsaires!

— Parfaitement, et c'est ce que nous voulons...

— Nous voulons que nos navires soient saisis par les Anglais? s'étonna Delahaye en levant un sourcil.

Eyriès et Lecouvreur regardaient Beaumarchais avec stupéfaction et même un peu de réprobation. Était-il en train de se moquer d'eux?

— Mais non, mais non, précisa Beaumarchais qui jubilait devant nos mines déroutées. J'ai bien dit que nos navires seraient saisis par les corsaires, mais il faudrait alors que ce soit des corsaires amis...

— Des corsaires amis?

— Oui, oui! Des flibustiers sans foi ni loi qui

travaillent pour leur propre compte dans les Antilles, et qu'on pourrait soudoyer. Ils se saisiraient de nos navires et se dépêcheraient de les mener dans des ports américains, à Georgetown, par exemple.

— Des flibustiers qui travailleraient pour notre propre compte..., dit Lecouvreur qui commençait à comprendre.

— Oui, dit Beaumarchais, et...

— Mais, l'interrompit Delahaye, toujours pragmatique, et si nous ne trouvons pas de flibustiers amis, ou de corsaires dociles, que ferons-nous?

— Eh bien, dit Beaumarchais dont l'imagination s'emballait selon son habitude, on pourrait demander à nos amis américains de déguiser certains de leurs navires de guerre en corsaires. Il leur suffirait d'amener l'enseigne des insurgés, de hausser au mât un drapeau de la flibuste, de venir fort civilement à bord de nos navires et de demander à nos marins de les suivre pour que l'affaire soit faite. Nos capitaines, mis au courant de l'entreprise, tâcheraient de ne pas aller trop vite, pour permettre aux prétendus corsaires de les rattraper facilement, et accepteraient de les suivre fort docilement.

— Mais, Pierre, dit Eyriès qui souriait maintenant devant l'esprit d'intrigue de son ami et patron, les Anglais ne tarderaient pas à comprendre le stratagème.

— Tu as bien raison, mon ami Hugues, mais qu'à cela ne tienne! Ils ne pourront jamais prouver devant Monsieur de Vergennes que ces flibustiers sont de faux corsaires ou de vrais Américains. Lord Stormont pourra gémir à sa guise à Versailles, nos ministres et nos courtisans n'auront qu'à compatir devant le sort qui afflige la flotte de Monsieur de

Beaumarchais, à déplorer l'insécurité des mers, à invectiver les corsaires et autres pirates, et le noble lord, tout rageur qu'il soit, ne pourra rien faire.

J'étais ébaudi devant tant d'imagination, tant de verve. Je crois que Lecouvreur, Eyriès et Delahaye étaient aussi impressionnés que moi, car ils se taisaient. Beaumarchais reprit:

— De toute façon, de telles mesures, qui sont extrêmes, ne pourraient pas durer indéfiniment.

— Comment cela? demanda Eyriès. As-tu l'intention de mettre un terme à ton commerce? Te lasserais-tu d'aider les Américains?

— Bien au contraire, dit mon patron. Mais il faudra bien, un jour ou l'autre, que cette aide devienne officielle, que la France révèle ses vraies couleurs, et que Monsieur de Vergennes et les autres ministres m'appuient à visage découvert au lieu de faire des grimaces devant Lord Stormont.

— Je n'ai pas l'impression, dit prudemment Lecouvreur, que les choses vont en arriver là, du moins si j'en juge par vos démarches infructueuses auprès du ministre.

— Eh bien, mon cher premier commis, c'est là où vous vous trompez peut-être.

— Comment cela?

— Eh bien..., mais vous garderez cela par-devers vous, n'est-ce pas?

— Oui, oui, répondirent d'une seule voix le premier commis, le représentant de Beaumarchais et le commissionnaire au Havre.

— Eh bien, votre humble serviteur a déjà écrit plusieurs mémoires au Roi pour lui démontrer comment l'aide aux insurgés américains est dans le plus grand intérêt du royaume. Nous ne pouvons indéfiniment rester sur la touche et il faudra bien qu'un jour prochain, la France dise aux Anglais et à toute l'Europe qu'elle se range du côté de la liberté et contre le despotisme.

— Mais cela voudrait dire la guerre, dit Delahaye.

— Oui, la guerre, poursuivit Beaumarchais. Nul ne la veut, mais le comportement de la cour de Londres est intolérable et insultant. La France ne peut se laisser continuellement souffleter par les lords anglais.

— Et tes mémoires, dit Eyriès, quel sort leur réserve-t-on?

— Je sais de source certaine que Sa Majesté les reçoit et les lit attentivement. Je sais aussi que bien d'autres voix s'élèvent à Versailles et à Paris pour dénoncer cette situation intolérable. Nos ministres pusillanimes ne pourront indéfiniment tenir le haut du pavé.

— Peut-être, dit Delahaye, mais, en attendant, vos navires n'arrivent pas bien souvent en Amérique, ils sont saisis ou coulés, et nous perdons beaucoup d'argent.

— Vous avez raison, dit Beaumarchais, qui savait passer en un clin d'œil de la plus grande exaltation au pragmatisme le plus froid, de la grande politique aux détails du commerce. Vous avez raison, et il nous faut dès maintenant déjouer Lord Stormont.

Chapitre VII

Je ne me lassais pas de me promener avec Fabien dans Paris.

Nos longues déambulations nous menaient dans mille nouveaux endroits. Je continuais à découvrir les innombrables merveilles que la ville déployait devant nous, mais mon bonheur était décuplé par l'exploration de toute cette splendeur en compagnie de l'homme que j'aimais.

Le plus souvent, je m'appuyais à son bras, serrée contre son flanc. Je sentais jouer sous le tissu de sa veste ses muscles souples et fermes, et ce contact me remplissait de douceur. D'autres fois, à cause d'un embarras de foule, il abandonnait mon bras pour me précéder de quelques pas. J'admirais alors sa nuque ferme, son dos droit qui se creusait et ondulait au rythme de ses pas, ses cuisses longues, sa démarche assurée qui ouvrait devant nous un sillage dans lequel je m'engageais, tranquille, heureuse.

Un jour, il me fit sourire. Il s'était attardé quelques instants derrière moi. Quand il me rejoignit, il me dit:

— Sais-tu, Marie, que tu es belle?

— À quoi vois-tu cela? répondis-je en badinant, mais le cœur battant.

— Tes cheveux sont beaux, ton cou est beau, ton dos est beau, tes hanches sont belles…

Je me serrai contre lui. Il reprit:

— Rien qu'à ta façon de marcher, on voit que tu es amoureuse.

Il avait tort : je n'étais pas seulement amoureuse, je l'aimais follement. J'aimais sa finesse, la rapidité avec laquelle il saisissait toute chose, l'aisance avec laquelle il se coulait dans son rôle de confident de Monsieur de Beaumarchais, le naturel avec lequel il abordait les Parisiens, qui le prenaient pour l'un des leurs.

J'aimais son corps. Dans sa chambre, quand il me prenait dans ses bras, je me serrais contre lui et je ralentissais pendant quelques instants ses caresses et ses baisers afin de sentir frémir ses muscles contre moi.

Et quand il s'impatientait et qu'il recommençait à me caresser, j'aimais ce regard grave qu'il prenait pour me fixer, ce regard qui se posait longuement sur moi, qui parcourait lentement chaque partie de mon corps, et j'aimais sa voix rauque quand il me disait qu'il aimait mes seins, et surtout la fleur rose qui les couronnait, et quand une houle impérieuse me soulevait, j'aimais blottir ma tête dans son cou pour étouffer mon cri.

Oui, j'aimais Fabien, et j'étais heureuse d'être à Paris avec lui, même si, quelquefois, j'entrevoyais dans ma rêverie le visage de mon grand-père qui me parlait de l'Acadie.

Un jour que nous nous promenions faubourg Saint-Honoré, j'arrivai devant une boutique à l'enseigne du *Grand Mogol.* De nombreuses dames aux riches atours y entraient et en sortaient constamment. En me voyant m'arrêter, Fabien me dit :

— Marie, je dois rencontrer, non loin d'ici, un agent d'un fournisseur de Roderigue Hortalez. Je vais y aller, ce qui te permettra d'entrer chez les marchandes de mode du faubourg. Nous nous reverrons ce soir à l'hôtel de Hollande.

Je fus touchée par son attention et le remerciai. Quand il m'eut quitté, j'entrai dans la boutique. L'endroit était beaucoup plus vaste que ne le laissait croire de prime abord la devanture.

De nombreuses dames s'y pressaient. Sur des tables basses, de petites glaces ovales dans des cadres de bois doré permettaient aux élégantes de Paris d'admirer le dernier chapeau, le dernier bonnet à la mode, ou d'essayer des rubans de différentes couleurs sur leurs robes ou leurs mantelets. Une petite armée de couturières et d'aides se pressaient autour d'elles, sortant de grandes boîtes de carton des étoffes de basin, des cotonnades, de la toile, des mousselines fines et transparentes.

J'étais étourdie devant tant de splendeur, tant de luxe. Je ne m'étais jamais aventurée dans de telles boutiques et je commençais à me sentir embarrassée. Pour me donner une contenance, je me dirigeai vers une table sur laquelle se trouvaient des périodiques et me saisis d'un numéro de *La Galerie des Modes et Costumes français* que je commençai à feuilleter tout en jetant des coups d'œil furtifs autour de moi.

Une dame dut se rendre compte de mon manège, car elle s'approcha de moi et me dit aimablement:

— Les gravures sont fort belles, n'est-ce pas?

Je levai les yeux. Elle me souriait avec amabilité. Je répondis:

— Oui, Madame, les gravures sont bien belles.

— Cependant, les robes, les chapeaux et les colifichets de Mademoiselle Bertin sont encore plus beaux, me dit-elle en désignant d'un large geste de la main tout ce qui nous entourait.

Je compris que Mademoiselle Bertin était la dame qui, du fond de la boutique, surveillait les jeunes femmes tourbillonnant autour des pratiques. L'affabilité de son ton m'amena à mieux examiner la femme qui me parlait.

Elle devait avoir près de trente ans et était d'une grande élégance. Ses cheveux, abondants et fortement bouclés, lui encadraient le visage, et une longue tresse cendrée, qui prenait naissance à la nuque, lui descendait jusqu'aux hanches. Elle portait une belle robe de percale ivoire, serrée à la taille par un large ruban bleu. Son visage était étroit, ses pommettes hautes et ses yeux qui pétillaient donnaient à sa physionomie une mobilité pleine de vie.

Je répondis d'une voix timide que c'était en effet fort beau. Elle continuait de me regarder avec une bienveillante attention. Elle me demanda:

— Est-ce la première fois, Madame, que vous venez au *Grand Mogol*?

— Oui, Madame.

— Eh bien, allons donc voir les nouvelles modes que nous propose Mademoiselle Bertin. Vous savez qu'elle habille la Reine, et elle nous assure que nous pouvons être aussi gracieuses, aussi élégantes que Sa Majesté.

Elle me prit par la main et me conduisit à différents rayons de la boutique. Elle touchait avec plaisir les tissus, tâtait les cotonnades, s'exclamait devant les perruques blanches et les écharpes vaporeuses.

Mademoiselle Bertin s'approcha d'elle et lui adressa la parole avec un mélange subtil de familiarité et de déférence:

— Madame de Gouges, vous plairait-il de me présenter votre jeune amie?

La dame se tourna vers moi avec un sourire interrogateur. Je dis en rougissant :

— Marie… Marie Guillot.

— Eh bien, Madame Guillot, dit la propriétaire de la boutique d'un ton de civilité pressée, il va falloir mieux mettre en valeur ce beau teint, cette mine fraîche, ces grands yeux brillants qui doivent séduire plus d'un gentilhomme.

Et elle nous tourna le dos pour se précipiter vers une dame qui venait d'arriver dans une splendide robe de soie bruissant à chaque mouvement.

Madame de Gouges me fit un clin d'œil complice, et nous continuâmes notre visite. Je ne cessais d'admirer les robes et les châles qui chatoyaient partout, le friselis des rubans, la douceur un peu liquide de la soie. Madame de Gouges semblait prendre plaisir à me voir palper un tissu, admirer un bijou ou essayer un colifichet. Enfin, elle me dit :

— Je dois partir. Permettez-moi cependant de vous offrir ceci. Il sera très beau autour de votre cou et mettra en valeur votre teint.

Elle me tendait un ruban d'un bleu tendre et vaporeux. J'étais confuse et je me sentis rougir. Je voulus repousser le ruban, mais elle insista, et je finis par le prendre. Au moment où elle quittait la boutique, elle me glissa :

— Je viens ici quelquefois. Si vous passez devant le *Grand Mogol*, n'hésitez pas à vérifier si j'y suis. Je serais heureuse de vous revoir.

En quittant la boutique, j'étais ravie. À Paris, je ne connaissais que Madame de Willers, ses servantes et quelques bourgeoises que nous croisions, Fabien et moi, dans les tavernes et les cafés, et que nous saluions à peine. Cette dame – comment s'appelait-elle donc? Ah oui! Madame de Gouges! –

me paraissait d'autant plus aimable qu'elle m'avait abordée avec simplicité et qu'elle n'avait pas semblé attacher beaucoup d'importance à ma mine ahurie.

Une semaine plus tard, je pris congé de ma maîtresse quelques heures et profitai que Fabien était absorbé dans ses écritures pour me diriger de nouveau vers le *Grand Mogol.* J'eus de la chance: j'y trouvai Madame de Gouges. Elle me sourit avec vivacité. Nous ne passâmes pas beaucoup de temps chez Mademoiselle Rose, comme Madame de Gouges appelait familièrement Mademoiselle Bertin, car ma nouvelle amie m'entraîna rapidement vers un café qui servait de la limonade. Nous nous assîmes autour de deux verres pleins d'un liquide frais, aux reflets vert tendre.

Madame de Gouges se tourna vers moi et me sourit.

— Marie, vous m'intéressez. Dites-moi donc un peu qui vous êtes.

— Marie Guillot, Madame.

— Tout d'abord, appelez-moi Olympe. Et puis, je sais que vous vous appelez Marie Guillot, vous me l'avez déjà dit. Je vous demandais autre chose: que faites-vous, Marie? Où demeurez-vous à Paris?

— Je suis la dame de compagnie de Madame de Willers et je demeure avec elle à l'hôtel de Hollande.

— Dame de compagnie? Fort bien..., mais enfin, vous ne me semblez pas parisienne.

— En effet, je ne suis pas parisienne.

J'hésitai un moment. Par où commencer? Elle perçut mon indécision et me sourit.

— D'où venez-vous, Marie?

— Je crois..., je crois que je suis née en Angleterre. Mais mes parents sont arrivés en France quand j'étais encore au sein... J'ai grandi à Saint-Malo.

— Vos parents sont donc anglais?

— Non, non, Madame! m'exclamai-je avec feu. Surtout pas anglais. Ils sont nés en Acadie.

— En Acadie? En Amérique?

— Oui, Madame…

— L'Acadie, répéta-t-elle avec une lueur dans les yeux. On l'évoque beaucoup ici, à Paris. J'ai même vaguement entendu parler d'établissements acadiens en France.

— J'ai vécu les deux dernières années dans un de ces établissements, en Poitou.

— Comme ça, vous n'avez jamais vu l'Acadie?

— Non, Madame. Vous savez, mes parents l'ont quittée au moment du Grand Dérangement.

— Le Grand Dérangement? dit-elle avec surprise.

Je lui expliquai brièvement comment les Anglais avaient traqué et rassemblé tous les Acadiens pour les disperser en Louisiane, dans les colonies américaines ou en Angleterre. Elle suivit mon explication avec une vive attention et en me regardant avec amitié et compassion. Quand j'eus fini de lui raconter comment j'avais quitté les Huit-Maisons pour venir à Paris, elle s'exclama:

— Vous habitez à l'hôtel de Hollande, m'avez-vous dit. C'est bien là que Monsieur de Beaumarchais a ses bureaux?

— Oui, Madame.

— Je vous le répète: vous pouvez m'appeler Olympe quand nous sommes entre nous. Ainsi donc, vous connaissez Beaumarchais? Vous le côtoyez?

— Je le connais fort bien, Madame, je le vois presque chaque jour, et mon ami est son secrétaire particulier.

— Ah! que vous en avez de la chance, Marie! Monsieur de Beaumarchais nous a régalés d'une pièce bien vive, bien pétillante, il y a deux ans. Vous connaissez sûrement *Le Barbier de Séville*, n'est-ce pas?

Fabien m'en avait parlé quelquefois; les commis qui travaillaient avec lui faisaient souvent des calembours sur le héros de la pièce. Les uns assuraient que Figaro n'était autre que Beaumarchais lui-même. En effet, le père de l'auteur s'appelait Caron, et celui-ci était quelquefois dédaigneusement appelé le « fils Caron » par ses adversaires. Il aurait donc décidé de joindre les premières syllabes des deux mots: Ficaron, qui était devenu Figaro, pour créer son barbier espagnol. D'autres commis juraient leurs grands dieux que Figaro n'était autre que l'anagramme, du moins en partie, de « fort gai », qui décrivait assez bien le caractère du patron de Fabien.

Je répondis:

— Oui, Madame, je connais la pièce.

— Et qu'en pensez-vous?

Je rougis, car je n'en avais qu'une vague idée. Madame de Gouges, qui n'avait pas remarqué mon hésitation, poursuivit, pleine d'enthousiasme:

— C'est plein d'esprit, c'est vivant, c'est pétillant, cela vous laisse le cœur plein d'euphorie et la tête légère, un peu comme quand vous avez bu un verre de vin de Champagne.

— Oui, Mad..., oui, Olympe.

— À la bonne heure, Marie! Et savez-vous qu'il y a des esprits chagrins qui s'indignent contre l'auteur et qui le vilipendent?

— Des esprits chagrins? répliquai-je un peu ingénument. Et pourquoi donc? Si la pièce fait rire...

— Mais, Marie, c'est parce que le héros en est un barbier et qu'un barbier, c'est-à-dire un homme du peuple, est nécessairement un personnage grossier aux yeux des gens pleins de morgue qui plastronnent dans les salons de Paris. Ils s'offusquent. « Mordieu, vous disent-ils, un barbier? Comment voulez-vous qu'un barbier soit amusant? Qu'il ait des sentiments? Qu'il sache raisonner? Qu'il fasse de l'esprit? »

Je n'avais jamais réfléchi à cela et je m'écriai étourdiment :

— Mais, Olympe, s'il est né avec ces qualités-là?

— Et voilà, Marie, le mot est lâché! Un barbier qui serait un génie restera toujours un barbier, parce que, pour ces gens pleins de superbe, il est mal né, ou plutôt, il n'existe même pas, sauf pour les raser.

— Comment cela, il n'existe pas?

Madame de Gouges sembla soudain sortir de l'exaltation où elle se trouvait jusque-là. Elle me regarda avec surprise :

— Marie, Marie, où vivez-vous donc? Ne savez-vous pas qu'un imbécile bien né et bien titré vaut à Paris cent fois plus qu'un génie qui n'a pas eu la chance de venir au monde avec une particule? Monsieur de Beaumarchais aura eu l'impudence, aux yeux des comtes et des marquis, de ne pas les prendre trop au sérieux – puisque son barbier est indispensable au succès des amours d'un comte, qu'il est aussi intelligent que son maître, sinon plus, et qu'il lui parle d'égal à égal.

— Mais, Olympe, s'il lui rend les services que vous dites…

— Que nenni! un valet, un barbier, un artisan, un commerçant, un homme du bon peuple, et même un bourgeois, c'est toujours, aux yeux de certaines gens cravatés, frisottés et niais, un être à dédaigner, sinon tout à fait invisible.

— Donc, *Le Barbier de Séville*, si je vous en crois, n'a pas eu de succès.

— Oh que si! La plupart des spectateurs, et même, ma foi, certains comtes et marquis, ont eu le bon sens et l'intelligence de s'amuser de bon cœur des aventures de Figaro et de Rosine. Cependant, il y a encore beaucoup trop de ducs hautains et de marquis gourmés qui vivent comme au temps du Grand Roi. Mais nous nous égarons. Revenons à Monsieur de Beaumarchais. Vous me dites que votre ami est son secrétaire?

— Oui, Madame..., oui, Olympe. Enfin, pas tout à fait en titre, mais Fabien travaille constamment avec lui.

— Votre ami connaît donc ses projets?

— Oh oui! m'écriai-je un peu étourdiment, il est souvent son confident.

À ces mots, les yeux de Madame de Gouges pétillèrent. Elle se tourna vers moi:

— Sait-il quand Monsieur de Beaumarchais nous donnera la suite de son *Barbier?*

— La suite?

— Oui... On dit partout à Paris qu'il prépare une pièce où son Figaro va tomber amoureux et se marier... Votre ami sait-il si la pièce est prête?

Je rougis encore, car je m'étais un peu aventurée. Je dus admettre que Fabien n'était probablement pas au courant des projets littéraires du patron de Roderigue Hortalez. Madame de Gouges ne s'attarda pas trop là-dessus, mais elle me confia:

— Voyez-vous, Marie, votre protecteur est un homme puissant, qui a réussi dans tous ses desseins et qui a triomphé au théâtre. Je l'admire, et je voudrais bien pouvoir l'imiter.

— Vous voulez écrire une pièce, comme *Le Barbier*?

— Oui, je voudrais écrire une pièce. Pas tout à fait comme celle où Beaumarchais raconte les aventures de Figaro et d'Almaviva, mais une pièce tout de même. En fait…

Elle hésita un bref moment, puis sembla se décider :

— Pour tout vous dire, Marie, j'ai déjà commencé à écrire une pièce. Elle est même assez avancée.

J'applaudis gaiement.

— Ainsi, les Parisiens vont pouvoir bientôt admirer votre œuvre, comme ils ont applaudi celle de Beaumarchais?

Elle se rembrunit soudain. On aurait dit qu'un nuage venait de passer sur son visage si mobile. Je la regardai avec surprise, car elle avait maintenant l'air sombre.

— Je ne crois pas, Marie, que l'on pourra bientôt voir ma pièce…

— Mais si vous la terminez, Olympe…

Elle m'interrompit avec un sourire un peu triste :

— Marie, Marie, on voit bien que vous êtes innocente. Votre vie à Saint-Malo et dans le Poitou ne vous a pas suffisamment instruite.

Je restai silencieuse. Je ne comprenais pas ce qu'elle voulait dire. Elle reprit :

— Je vous ai parlé de Figaro qui, malgré son génie, sera toujours ignoré des grands de ce monde parce qu'il n'est pas né noble. Eh bien! quelquefois, je me demande qui est le plus à plaindre : les hommes sans particule ou les femmes.

— Les femmes?

— Oui, Marie, les femmes, les femmes de toutes conditions, nobles ou pas, les femmes qui peuvent être aussi vives et intelligentes que Figaro, avoir autant d'esprit que Beaumarchais, mais qui resteront toujours femmes, c'est-à-dire sans aucun pouvoir, sans influence, sans voix.

L'image de Madame de Godeville me traversa l'esprit. Je dis :

— Comment cela, Olympe, sans influence? Pourtant, certaines...

Elle perçut mon hésitation. Elle avait une extraordinaire intuition, car elle comprit tout de suite à quoi je pensais. Elle reprit :

— Oh! Bien sûr, certaines ont beaucoup d'influence, par le pouvoir qu'elles ont sur le cœur des hommes, ou dans leurs alcôves. Tout le monde aime les femmes, surtout les grands et les puissants de ce monde. Ils les aiment belles, aimables, empressées. Tenez, moi, par exemple, je tiens un petit salon.

Elle remarqua mon air étonné. Elle m'expliqua :

— Je réunis quelquefois chez moi des gens de condition, des poètes, des savants. Tout le monde m'aime et m'encense, mais il suffit que je parle de mon souhait de faire jouer une pièce et on se tait, on chuchote dans les coins, on me regarde avec curiosité.

— Pourquoi donc, Olympe?

— Tout simplement parce qu'on estime qu'une femme n'est pas capable d'écrire comme un homme, de raisonner comme un homme, de faire rire ou pleurer comme un homme. Vous comprenez maintenant, Marie, pourquoi je me demandais si le sort de Figaro n'était pas, tout compte fait, plus enviable que celui d'une femme, tout barbier qu'il soit et toute noble qu'elle puisse être?

Je découvrais un monde nouveau, inconnu, qui m'effrayait. Je m'attristais surtout de voir Olympe, que j'aimais déjà beaucoup, car elle me traitait avec amitié et bonté, parler sur ce ton, fait à la fois d'amertume et de sarcasme. Je la vis bientôt qui fouillait dans un petit sac qu'elle tenait à la main. Elle en sortit un papier plié en quatre et se tourna vers moi :

— Tenez, Marie, voulez-vous vous en convaincre? Je vais vous lire une lettre que je viens de recevoir de quelqu'un à qui je m'étais confiée, mais dont je vous tairai le nom. Il m'écrit : *Ne vous attendez pas, Madame, à me trouver raisonnable sur cet objet. Si les personnes de votre sexe deviennent conséquentes et profondes dans leurs ouvrages, que deviendrons-nous, nous autres hommes, aujourd'hui si superficiels et si légers? Adieu la supériorité dont nous étions si orgueilleux. Les dames nous feront la loi. Cette révolution serait dangereuse. Ainsi, je dois désirer que les Dames ne prennent point le bonnet de Docteur, mais qu'elles conservent leur frivolité même dans leurs écrits. Tant qu'elles n'auront pas le sens commun, elles seront adorables. Nos savantes de Molière sont des modèles de ridicule. Celles qui suivent aujourd'hui leurs traces sont les fléaux des sociétés. Les femmes peuvent écrire, mais il leur est défendu, pour le bonheur du monde, de s'y livrer avec prétention.*

Je restai sans voix. Certaines choses que j'avais vues, certaines expériences que j'avais vécues prenaient peu à peu pour moi un relief nouveau. Ainsi, Madame de Willers jouissait de l'affection de Beaumarchais, pourvu qu'elle restât à la maison, et Madame de Godeville jouissait de ses attentions, pourvu qu'elle acceptât de le rencontrer le soir, en catimini. Cette constatation, qui s'imposait à moi brutalement, me révolta. Je me souvins des trois dernières années. J'avais travaillé aussi fort que mes parents ou mes frères, je m'étais échinée dans la lande du Poitou. À Paris, je travaillais sans cesse chez Madame de Willers : pourquoi faudrait-il que je sois traitée différemment? Tout simplement parce que j'étais femme? Les mots de Madame de Gouges résonnaient fortement dans mon cœur, et je me dis confusément que je tâcherais toujours d'être libre, mieux : que je lutterais sans cesse pour être libre.

Soudain, une pensée me traversa l'esprit : comment Fabien me voyait-il? Il m'assurait de sa passion et de sa fidélité, mais qu'arriverait-il si je voulais un jour écrire, par exemple?

Je sortis de ma rêverie, car Madame de Gouges s'était tue, pensive. Je voulais la consoler et, suivant la première idée qui me traversa l'esprit, je m'écriai :

— Peut-être, Olympe, que Monsieur de Beaumarchais pourrait vous aider à faire jouer votre pièce.

Elle sembla surprise de ma réflexion, puis elle me dit, lentement, comme si elle cherchait ses mots, comme si elle réfléchissait à haute voix :

— Je ne sais guère, Marie... Beaumarchais est un homme tellement occupé! Il me connaît un peu, car il connaît bien mon ami, Monsieur de Rozières. Votre ami – il s'appelle Fabien, n'est-ce pas? – doit connaître Monsieur de Rozières, puisqu'il fait affaire avec Beaumarchais...

Je haussai légèrement les épaules, en signe d'ignorance.

— Monsieur de Rozières, m'expliqua-t-elle, est directeur d'une puissante compagnie maritime de transports militaires, et il rencontre souvent Monsieur de Beaumarchais. Pour revenir à ce que vous me disiez, ce dernier voudrait-il m'aider? M'accorderait-il, non pas de l'importance, mais au moins de l'attention?

Je me taisais, car je ne savais quoi répondre. Elle poursuivit :

— Voyez-vous, Marie, Beaumarchais aime beaucoup les femmes, mais il les aime surtout dans sa couche. Userait-il de son crédit, qui est très grand, pour aider l'une d'entre elles, si elle ne se montre pas complaisante? Je n'en suis pas si sûre…

Nous nous tûmes toutes deux. Elle reprit soudain, de la voix gaie qu'elle avait au début de notre conversation :

— Allons, il ne faut surtout pas nous attrister. Nous avons vidé nos verres de limonade, et je dois partir; on m'attend.

Elle se leva et m'embrassa sur les deux joues. Avant que nous nous séparions, elle me demanda si nous pouvions prendre rendez-vous, car, dit-elle, elle ne voulait pas laisser au hasard le soin de décider si nous allions nous revoir. Je réfléchis un peu : je savais que j'avais maintenant du crédit auprès de Madame de Willers. Je pouvais donc lui demander de me laisser un peu de temps libre. J'acquiesçai à la demande de ma nouvelle amie, et nous décidâmes de nous revoir quelques jours plus tard.

Dans les semaines qui suivirent, je rencontrai Madame de Gouges quatre ou cinq fois. Elle m'avait adoptée en quelque sorte et me faisait visiter d'autres quartiers de la ville, me montrait une nouvelle église, un hôtel particulier somptueux, un parc où se promenaient des amoureux. Je me laissais guider, confiante, abritée sous son ombrelle quand le soleil dardait des rayons trop chauds ou assise avec elle dans un café quand une brève averse nous obligeait, riant et soulevant nos jupes, à nous y réfugier.

Elle m'emmenait surtout au Palais-Royal, où elle fréquentait les boutiques de mode. Quand nous étions fatiguées, nous allions siroter une limonade au *Café Lamblin*. Je remarquai que, lorsque nous

nous promenions sous les nouvelles arcades, de très nombreux hommes la reconnaissaient, la saluaient et lui parlaient même avec une familiarité qui m'étonnait.

Nous nous voyions depuis deux mois lorsqu'elle m'invita à assister à une des soirées de son salon. J'acceptai avec plaisir et une vague crainte. Madame de Willers, à qui je me confiai, m'encouragea et, le soir venu, me tapota longuement le visage avec une houppette couverte de poudre blanche. Quand je me regardai dans le miroir, je tressaillis : je ne reconnaissais pas ce visage si pâle, barré de la cicatrice sanglante de mes lèvres peintes au carmin et éclairé par le noir trop brillant de mes yeux.

Un valet envoyé par Madame de Gouges m'accompagna à son domicile, sis rue des Fossoyeurs, et s'effaça pour me laisser entrer dans une grande pièce éclairée par de nombreux chandeliers.

Je fus tout de suite étourdie par les lumières, le bruit et les rires. Une douzaine d'hommes et de femmes étaient là, assis sur des sofas ou rassemblés en petits groupes qui devisaient debout. Leurs conversations semblaient vives et animées, mais le bourdonnement des voix cessa quand on me vit.

Madame de Gouges se précipita vers moi, m'embrassa et me présenta à la ronde en disant :

— Mon amie, Marie.

On me souriait, on me saluait. Deux jeunes messieurs poudrés et parfumés effleurèrent ma main de leurs lèvres. Mais comme je restais silencieuse, on se désintéressa bientôt de la nouvelle venue, et les conversations reprirent de plus belle.

Je regardais autour de moi. Les femmes avaient de hautes perruques et le visage peint de poudre et de rouge. Leurs robes de satin ou de velours bouffaient autour de leur taille. Les hommes, quant à eux, avaient des cravates qui leur enserraient le cou et montaient jusqu'au menton.

Je devinai assez vite que les conversations portaient sur une nouvelle pièce de théâtre que tout Paris admirait. J'essayai de deviner qui étaient les trois hommes dont tout le monde sollicitait l'avis et je compris bientôt qu'il s'agissait d'écrivains à la mode.

Une dame m'aborda et engagea poliment la conversation avec moi. Quand on apprit que j'étais acadienne, il y eut du brouhaha, un mouvement de curiosité, on m'entoura, on évoqua l'Amérique et ses vastes espaces. Des messieurs assurèrent d'un air important que le Roi finirait bien par faire la guerre aux Anglais pour aider les colonistes américains.

Tard le soir, un valet me ramena dans les rues obscures jusqu'à l'hôtel de Hollande.

Je revins à quelques reprises au salon de Madame de Gouges. Comme je me taisais presque toujours et rougissais souvent, on ne me prêtait guère d'attention, ce qui me laissait tout loisir de mieux connaître ses hôtes.

J'appris que les trois écrivains qui venaient assez régulièrement au salon s'appelaient Monsieur Mercier, Monsieur Marmontel et Monsieur de Rivarol. Ils ne cessaient de se quereller sur des questions qui me paraissaient obscures. Comme ils suscitaient l'admiration des autres invités de Madame de Gouges, j'écoutais attentivement, car je voulais apprendre et pouvoir ainsi intervenir, s'il le fallait, dans la conversation.

Un jour, l'ami d'Olympe, Monsieur de Rozières, qui n'était pas toujours présent aux réunions du cénacle de sa maîtresse, nous apprit qu'un de ses navires venait d'accoster à Bordeaux pour décharger quelques marchandises, avant de poursuivre sa navigation vers l'Amérique. Il ajouta qu'à bord se trouvait « une cargaison de nègres », et qu'il pensait en faire débarquer un ou deux, «jeunes et forts», pour le servir et pour « satisfaire la curiosité des Parisiens, friands de ce spectacle ».

Je vis aussitôt le salon se diviser en deux camps. La plupart des invités se mirent à applaudir, en assurant que la présence de ces nègres serait bien amusante, qu'ils attireraient assurément chez Madame de Gouges d'autres grands noms de Paris, « et même de Versailles », et qu'ils donneraient ainsi un lustre d'originalité à son salon.

Seuls la maîtresse des lieux et Monsieur Marmontel s'opposèrent à Monsieur de Rozières. Olympe se tourna vers lui :

— Vous savez bien, mon ami, que l'espèce d'hommes nègres m'a toujours intéressée à son déplorable sort.

— Allons, allons, mon amie, dit l'armateur avec un sourire indulgent, en quoi leur sort est-il si déplorable? La nature les a créés pour nous servir...

— Que nenni, Monsieur, dit Olympe avec vivacité, la nature n'a rien à y voir. Nous traitons ces gens-là de brutes, d'êtres que le ciel a maudits; mais je vois bien que c'est la force et le préjugé qui les ont condamnés à cet horrible esclavage.

— Madame de Gouges a bien raison, intervint Monsieur Marmontel d'une voix de basse. L'esclavage déshonore notre pays et déshonore chacun d'entre nous.

Des rires étouffés accueillirent cette déclaration. Monsieur de Rivarol se tourna vers Marmontel :

— Allons, allons, cher ami, avouez que vous aimez votre café et votre chocolat. Or, sans cet esclavage sur lequel vous levez le nez, vous n'auriez ni l'un ni l'autre.

On rit, on applaudit. Olympe intervint de nouveau.

— Vous reconnaissez donc, Monsieur, que la nature n'a aucune part dans le sort affreux que nous leur réservons et que c'est notre intérêt, notre injuste et puissant intérêt, qui a tout fait?

Monsieur de Rivarol et Monsieur Marmontel voulurent répondre en même temps, mais je n'écoutais plus. En effet, j'étais troublée par un autre invité de Madame de Gouges, qui ne cessait de me fixer.

J'avais déjà remarqué, au cours d'une visite précédente, le marquis de Liria. Jeune, svelte, brun, les yeux noirs et les cheveux bouclés, il était attaché à l'ambassade d'Espagne et parlait français en faisant sonner haut et fort certaines syllabes. Lorsqu'il s'était présenté, il m'avait regardée droit dans les yeux, puis ses lèvres s'étaient longuement attardées sur ma main, en un effleurement que je n'avais pas trouvé désagréable.

Depuis lors, il ne cessait de me fixer avec hardiesse. Chaque fois que je levais les yeux et que je voyais ses prunelles noires qui me dévisageaient, ses lèvres qui se plissaient en un petit sourire, je baissais vite la tête. Mais je sentais peser sur moi ce regard insistant, qui me remplissait de trouble, de confusion et d'une vague culpabilité.

Depuis quelques semaines, en effet, je me posais des questions. L'amitié que j'avais pour Madame de Gouges, nos tournées de plus en plus longues dans les rues et les boutiques de Paris, les soirées que je passais dans son salon, tout cela se faisait-il au détriment, non pas de mon amour, mais du temps que je consacrais à Fabien?

Il était vrai que nous sortions encore régulièrement ensemble le soir pour dîner dans les cafés et les tavernes du quartier, mais je profitais des moments où il était occupé au bureau pour m'évader avec Olympe, sans lui demander s'il pouvait se libérer, s'il aimerait, après son travail, reprendre avec moi nos longues déambulations dans les rues de Paris, les promenades qu'aurait pu nous permettre la douce lumière des longs crépuscules de l'été.

À quelques reprises, il m'avait dit:

— Tu sembles bien occupée avec ton amie, Madame de Gouges…

Mais moi, enivrée par ma découverte d'un Paris capiteux que je ne connaissais pas, des femmes belles et des messieurs galants qui me semblaient venir d'une autre planète, à mille lieues de celle qu'habitaient les gens des Huit-Maisons, je n'avais pas prêté attention à sa plainte.

Mais l'insistance avec laquelle le marquis de Liria me regardait, la tranquille assurance de ses yeux qui s'attardaient sur mon visage et sur mon corps, tout cela m'avait secouée de ma torpeur, de cette fascination pour le monde de lumières et de couleurs dans lequel m'entraînait Olympe. C'est alors que le visage de Fabien s'était imposé à moi. Et je me rendais compte qu'il ne faisait pas partie de ce monde nouveau dans lequel je m'aventurais, et que je n'avais pas pensé l'y amener pour partager avec lui cette découverte grisante.

Ce soir-là, quand les deux camps qui s'opposaient sur l'esclavage et la nature des noirs se turent, épuisés, le marquis de Liria s'avança vers moi:

— Puis-je avoir, Madame, l'honneur de vous raccompagner à l'hôtel de Hollande?

Prise de court, j'acceptai.

Dans les rues noires de Paris, le marquis me saisit le bras. Il se taisait, mais me caressait doucement l'avant-bras, à travers le tissu, effleurant mon sein du même geste. Troublée, intimidée, je me sentais rougir, mais n'osais rien dire. Mais quand nous arrivâmes à la porte de l'hôtel de Hollande et qu'il se pencha vers moi pour embrasser mes lèvres, je me ressaisis et le repoussai.

Lorsque j'entrai dans l'hôtel, Fabien était là, dans la grande salle du rez-de-chaussée. Il me dit:

— Je ne crois pas que c'était le valet de Madame de Gouges qui était là, dehors, avec toi. Je n'ai pas reconnu sa silhouette…

Je rougis dans l'obscurité, avant de répondre:

— Non. C'était l'un des hôtes d'Olympe. Il s'est proposé pour me raccompagner.

Fabien me fixait dans le clair-obscur de la pièce. Il finit par me dire:

— Je vais devoir quitter Paris bientôt. Peut-être pourrais-tu m'accompagner? Ce serait même, je crois, très utile.

Chapitre VIII

Marie parut stupéfaite quand je lui dis que je devais bientôt quitter Paris.

Son étonnement ne me surprit guère. J'en fus un peu attristé, sûrement, mais pas étonné. Cela confirmait tout simplement ce que je voyais et sentais depuis de longues, de trop longues semaines.

Marie était distraite. Elle était entraînée dans un tourbillon. Elle découvrait un Paris qui la grisait, un Paris pétillant, enivrant. Elle s'était attachée à Madame de Gouges, qui semblait lui porter de l'amitié, mais qui voulait surtout, je crois, l'initier au monde un peu clinquant dans lequel elle vivait et se mouvait avec aisance.

J'avais rencontré Madame de Gouges à deux reprises, alors qu'elle se promenait avec Marie. La première fois, elle m'avait souri avec amabilité et m'avait jaugé le temps d'un battement de paupières. Elle m'avait dit:

— Vous êtes Monsieur Fabien Landry, l'ami de Marie? J'espère que vous l'aimerez beaucoup et la protégerez toujours, car elle est fort belle, et vous savez qu'à Paris les requins tournent avec voracité autour des jolies jeunes femmes.

Elle avait joué de l'éventail et s'était éloignée dans un bruissement de soie.

J'avais raconté cette scène à Monsieur de Beaumarchais, qui avait ri longtemps.

— Je connais Madame de Gouges, m'avait-il dit, et je la trouve bien hardie de parler des requins qui tournent autour des belles. Personne n'ignore à Paris – et surtout pas son amant, Monsieur de Rozières, avec qui, comme tu le sais, je fais des affaires –, personne n'ignore qu'elle aime bien être dévorée par les requins de notre grande ville, pourvu qu'ils aient une mine passable et, surtout, des poches très profondes.

Je n'avais pas osé répéter ce mot à Marie pour ne pas la peiner, mais j'espérais vaguement qu'elle se lasserait rapidement de sa nouvelle amie et que nous retrouverions bientôt les longs moments d'intimité que nous avions jadis.

Oh! Je ne m'inquiétais guère de perdre son amour. Quand nous nous retrouvions, dans le silence de ma chambre, son abandon, sa tendresse, son ardeur à m'embrasser, ses yeux noirs qui se plissaient avant qu'elle n'effleure mes lèvres des siennes, tout cela ne pouvait mentir. Je savais que Marie m'aimait, je savais que les « requins » du salon de Madame de Gouges ne pourraient l'éloigner de moi.

Non, ce que je regrettais, c'était que ces péripéties merveilleuses qui lui arrivaient la plongeaient dans une telle distraction qu'elle n'avait pas remarqué le bouleversement qui se produisait dans ma vie, l'aventure autrement plus risquée que je vivais depuis quelques semaines. Ainsi, quand, certains soirs, elle allait au salon de sa nouvelle amie, elle ne se rendait pas compte que je n'étais pas dans la grande salle de Roderigue Hortalez, en train de travailler, mais que je m'étais éclipsé discrètement. Et quand, une ou deux fois, elle m'avait vu chuchoter dans une encoignure de porte avec des hommes qu'elle ne connaissait pas, elle avait dû conclure qu'il s'agissait d'autres fournisseurs de Beaumarchais et ne m'avait pas posé de questions sur leur allure louche ou leur chapeau enfoncé jusqu'aux yeux.

Autre chose aussi me peinait. Au début de notre séjour à Paris, nous parlions souvent de nos parents. Marie me disait à quel point ils lui manquaient, et combien elle regrettait leur absence. Mais au fur et à mesure que nous nous étions plongés dans la vie de Paris, elle avait cessé de m'en parler régulièrement.

Elle avait cessé? Je me secouai: n'était-ce pas là de l'hypocrisie de ma part? Moi aussi j'avais peu à peu cessé d'évoquer devant elle mes parents et les siens et tous les gens des Huit-Maisons. Ce n'était pas tant que je les avais oubliés, mais je me trouvais entraîné dans un tel tourbillon! Le temps que nous passions ensemble nous semblait si compté que nous parlions de mille autres choses, et non pas de nos parents.

J'aimais les miens, et leur souvenir m'émouvait. Je savais que Marie partageait les mêmes émotions, mais mon sentiment de culpabilité, quand je pensais à mon éloignement et à mon silence à leur égard, s'émoussait peu à peu devant le clinquant et la trépidation de la vie à Paris.

Si Marie n'avait pas été aussi occupée, aussi émerveillée par le monde nouveau qu'elle découvrait, peut-être lui aurais-je parlé de l'aventure qui m'arrivait. Peut-être lui aurais-je confié plus tôt mes craintes, mes hésitations et mes inquiétudes, sous le sceau du plus grand secret. Mais comme elle n'avait rien vu, rien remarqué, j'ai longtemps hésité à lui faire part de l'affaire rocambolesque dans laquelle j'étais entraîné… J'ai longtemps hésité jusqu'à ce soir où un marquis ou un vicomte quelconque, un freluquet à la silhouette avantageuse, la ramena à l'hôtel de Hollande, et où je dus tout lui raconter parce qu'il me fallait prendre une décision rapide.

*

Le tout avait commencé quelques semaines plus tôt, peu après la première rencontre de Marie avec Madame de Gouges. J'étais sorti de l'hôtel pour aller porter une missive importante de mon patron à l'un de ses correspondants. C'était un soir de la fin du printemps, doux et lumineux. Je me sentais léger et ne prêtais guère attention à ce qui m'entourait, lorsque je sursautai: quelqu'un avait effleuré mon épaule, puis, ne voyant pas de réaction de ma part, avait lourdement insisté en me secouant le bras.

Je me tournai et vis devant moi un homme de taille moyenne, au visage moyen, aux habits moyens, à l'allure moyenne: la moyenne la plus anonyme suintait de tous ses pores. S'il ne m'avait pas accosté, je ne l'aurais guère remarqué dans le flot des piétons parisiens, je ne me serais même pas avisé que son chapeau, tiré bien bas sur son visage, lui cachait le front et les yeux.

— Tu es bien Fabien? me dit-il.

Je tressaillis à cause de sa familiarité et de son accent: rugueux, prononcé, il accrochait certaines syllabes. Je répondis sèchement:

— Oui.

— Et tu travailles à l'hôtel de Hollande?

Je commençai à m'impatienter. M'avait-il suivi depuis ma sortie de l'hôtel? Que me voulait-il? Devant mon froncement de sourcils, il reprit vivement:

— Je sais bien que tu y travailles… Pouvons-nous échanger deux mots?

Je faillis dire non et le renvoyer d'un geste de la main. Je me ravisai pourtant: il me connaissait, il connaissait l'hôtel de Hollande. Et puis, son accent: il était manifestement anglais. La curiosité l'emporta:

— Qu'avez-vous à me dire?

Il sourit brièvement:

— Oh! moi, rien! Mais d'autres personnes veulent te rencontrer.

De nouveau, ce tutoiement qui m'agaçait.

— D'autres personnes? Qui?

— Je ne sais trop. Tu verras bien…

Son ricanement montrait qu'il savait parfaitement ce qu'il en était. L'individu commençait à m'exaspérer, mais il m'avait bien ferré. J'étais intrigué par ces gens mystérieux qui voulaient me voir. Je repris sèchement:

— Et où verrais-je ces autres personnes?

Là, il sourit franchement et me donna une feuille de papier sur laquelle était griffonnée une adresse.

— Demain, on t'y attendra dans l'après-midi, me dit-il avant de se fondre dans la foule qui nous entourait.

Je retournai à l'hôtel de Hollande en proie à la plus vive agitation. Cette aventure me semblait extraordinaire. Qui voulait me voir? Pourquoi voulait-on me parler? Que signifiait la mine mystérieuse de cet homme? Pourquoi m'avait-il abordé dans la rue au lieu de venir me rencontrer aux bureaux de Roderigue Hortalez?

Ce fut en pensant aux bureaux de Beaumarchais que je commençai à soupçonner la vérité. Cet homme m'avait clairement dit qu'il savait que je travaillais à l'hôtel de Hollande. C'était donc mon travail avec Beaumarchais qui l'intéressait... Et puis, son accent qui le trahissait... Il ne me fallut pas longtemps pour comprendre: des Anglais qui s'intéressaient aux entreprises de mon patron voulaient me voir. De là à déduire le pourquoi de leur démarche, il n'y avait qu'un pas, que je franchis dans la fièvre et l'agitation.

En arrivant à l'hôtel de Hollande, j'étais décidé à ne pas tomber dans le panneau qu'on me tendait. Je n'irais pas rencontrer ces « personnes » qui voulaient me parler. Je subodorais une manœuvre contre Beaumarchais, et je ne voulais surtout pas en faire partie.

Pourtant, tout l'après-midi, je me tourmentai. Oui, certes, il y avait là quelque chose qui ressemblait à une machination, mais de quelle nature? Pourquoi? On voulait peut-être atteindre Beaumarchais, mais comment? Ou bien était-ce moi qu'on visait? Mais je ne me connaissais pas d'ennemis: pourquoi aurait-on voulu me faire du tort? À moins que ce ne soit lié à Marie... L'un de ces marquis un peu vains que son amie Olympe lui avait présentés voulait-il la séduire? Voulait-il, auparavant, se débarrasser de moi? Je savais que certains nobles de Paris, mourant d'ennui, ne reculaient devant rien pour tromper leur oisiveté et épicer leur vie.

J'étais tellement absorbé par mes pensées que je n'arrivais pas à travailler. Même Monsieur Lecouvreur le remarqua et vint me demander pourquoi je n'avais pas déjà trié le dossier qu'il m'avait remis.

Le soir venu, je m'étais décidé: j'en parlerais à mon patron. Il était au bureau, ce jour-là, et je savais qu'il ne sortirait pas le soir. J'attendis que le dernier commis soit parti et allai frapper à la porte de Beaumarchais. Il m'accueillit, comme toujours, avec aménité:

— Quel bon vent t'amène dans mon bureau à cette heure-ci, mon cher Fabien, au lieu que tu ailles t'occuper de ta Marie?

Il me vit hésiter, devint sérieux et me dit:

— Allons, Fabien, qu'est-ce donc qui te chiffonne?

Je n'hésitai plus. Je lui racontai ma rencontre avec l'homme et lui fis part de son accent et de son invitation.

Beaumarchais m'écouta avec la plus vive attention, fronçant les sourcils à plusieurs reprises, surtout quand j'évoquai l'accent anglais de l'homme. Quand j'eus fini, il resta un moment silencieux, puis, relevant la tête, il murmura:

— Lord Stormont, Lord Stormont! Il ne te suffit plus de me combattre à Versailles, tu veux maintenant m'attaquer dans ma propre maison!

Il me regarda quelques instants, puis me dit:

— Et que comptes-tu faire, Fabien?

J'avais entendu son murmure. Je protestai:

— Je n'irai certes pas rencontrer ces gens, Monsieur... Vous pensez bien que j'ai compris qu'ils vous voulaient du mal...

Beaumarchais restait silencieux. Ce n'était plus le patron que je connaissais, toujours sûr de lui, toujours souriant et jovial, même quand il courait d'une réunion à l'autre. Il avait le visage grave, le corps crispé et ramassé, comme quelqu'un qui s'apprête à bondir. Finalement, il me dit:

— Allons, allons, mon cher Fabien, tu ne vas quand même pas décevoir ces gens qui s'intéressent tellement à toi! Tu m'as bien dit que tu soupçonnais l'Anglais derrière cette manœuvre?

— Oui, Monsieur, répondis-je, un peu interloqué.

— Eh bien, nous avons pris l'habitude, en France,

de ne pas décevoir nos amis anglais, surtout s'ils viennent de la cour de Saint-James. Il serait contraire à la bienséance que tu ne suives pas l'exemple qui nous vient tout droit de Versailles.

— Mais, Monsieur…

Il comprit à mon bafouillage que j'étais un peu perdu.

— Je crois, Fabien, reprit-il, qu'il serait bon que tu ailles rencontrer ces gens. Qui sait? Peut-être que nous nous trompons tous deux, et que l'affaire est innocente. Et si elle ne l'était pas, nous pourrions apprendre bien des choses!

J'avais finalement compris: Beaumarchais soupçonnait ses ennemis de tramer quelque chose contre lui, et il voulait éventer leurs plans. Je lui servirais de cheval de Troie… Il me vit sourire, se leva de derrière son bureau et vint me tapoter amicalement l'épaule.

Le lendemain, je me rendis à l'adresse qu'on m'avait donnée. C'était dans le quartier du Carrousel, aux rues étroites et malodorantes, coincé entre le Louvre et les Tuileries. L'immeuble où l'on m'attendait avait une façade bien ordinaire. Je grimpai au troisième, comme on me l'avait indiqué sur la feuille de papier, et frappai à la porte.

Un homme m'ouvrit. Dans l'obscurité de l'escalier, je ne le voyais pas clairement. Il m'invita à entrer.

L'appartement était petit, sobrement meublé. L'homme se tourna vers moi:

— *Good afternoon, Mister Fabien, I am delighted to meet you*[1].

---

1. «Bon après-midi, Monsieur Fabien, je suis heureux de vous rencontrer.»

Interloqué, je mis une seconde avant de réagir.

— *Good afternoon, Sir. Whom am I having the honour to talk to*[2] ?

Il sourit et m'indiqua un siège près de la fenêtre. Pendant que nous nous asseyions, je le regardai attentivement. Il était jeune, bien sanglé dans une redingote de bonne toile, et une cravate bouffante lui enserrait le cou.

— Comme cela, Monsieur, vous n'avez pas oublié l'anglais.

Il me parlait maintenant dans un français parfait. Je répondis :

— Non, Monsieur, mais je suis heureux de voir que vous parlez aussi le français, afin que nous puissions converser dans la langue de ce pays.

Il sourit de nouveau. Je repris :

— Puis-je vous demander à qui j'ai l'honneur?

— Je m'appelle Alistair Dickson, Monsieur, pour vous servir.

Je dus me contenir pour ne pas bondir de mon fauteuil. Alistair Dickson! Que de fois avais-je entendu ce nom, lorsque Beaumarchais vitupérait les manœuvres de Lord Stormont et de son « âme damnée » Alistair Dickson, le secrétaire de l'ambassade!

Il dut me voir tressaillir, car il ajouta avec une politesse parfaite :

— Je ne crois pas que nous nous soyons déjà rencontrés, n'est-ce pas, Monsieur Landry?

Il connaissait donc mon nom. Que savait-il d'autre? Je tournai vers lui un visage avenant :

— Je ne crois pas, Monsieur, mais maintenant que nous nous connaissons, que puis-je faire pour vous servir?

---

2. « Bon après-midi, Monsieur. À qui ai-je l'honneur? »

Il ne répondit pas directement à ma question.

— Cela fait bientôt un an que vous êtes à Paris, Monsieur, mais je suis sûr que vous n'oubliez pas les Huit-Maisons et tous ceux que vous aimez.

J'étais abasourdi. Il savait donc tout de moi, ce diable d'homme! J'entrai dans son jeu:

— Vous avez bien raison, Monsieur, un fils ne peut guère oublier ses parents, même si les vicissitudes de la vie l'en éloignent.

— Je vois, Monsieur, que vous avez l'âme bien née. Eh bien! je peux, moi, vous aider à retrouver vos parents plus vite que vous ne le pensez.

J'ouvris les yeux bien grand en tâchant de mettre sur mes traits une expression de surprise, d'émotion, de bonheur.

En effet, la veille, une fois que Beaumarchais m'avait convaincu de rencontrer les Anglais, il m'avait amené dans son bureau, et, pendant une bonne heure, il m'avait prévenu de tous les pièges où je pourrais tomber. Il m'avait suggéré des façons de répondre, quand on tenterait de me soudoyer, et même des façons de réagir. Il m'avait ainsi conseillé de me laisser aller à mon naturel et de ne pas déguiser ma surprise, mon étonnement, bref, toutes mes émotions.

— Oui, reprit Monsieur Dickson en me souriant avec affabilité, vous pourriez retrouver vos parents... Et non seulement vos parents, mais aussi...

Il hésitait avec coquetterie. Je me penchai vers lui, l'air de quémander.

— Voyez-vous, Monsieur Landry, nous savons que vous êtes acadien.

Qui diable pouvaient bien être ces « nous » qu'il mentionnait avec une distraite désinvolture?

— Nous savons aussi que les Acadiens ne souhaitent rien de mieux que de retourner dans leur pays, poursuivit-il.

Là, je décidai de jouer le grand jeu, comme je m'y étais entraîné la veille avec mon patron. Je pris un air extatique :

— Oh! oui, Monsieur, toute notre famille, et la parenté, et les voisins aussi, aimeraient retourner en Acadie, dans notre beau pays.

Pour perfectionner l'image un peu niaise que je projetais, j'ajoutai, un tremblement dans la voix :

— Ce beau pays d'où nous avons été injustement chassés.

Il ne broncha pas.

— Eh bien, Monsieur Landry, comme je vous le disais, vous pourriez bientôt retrouver cette Acadie... Vous et les vôtres, bien sûr!

Il jouait fort bien sa partie, lui aussi, car, après un bref silence, et comme s'il venait de se souvenir de quelque chose, il ajouta avec un sourire complice :

— Et la famille Guillot des Huit-Maisons, bien entendu!

J'estimai qu'à ce moment je devais suffoquer de bonheur. Je ne dis donc rien. Encouragé, il poursuivit, bienveillant, amical :

— Vous retrouveriez l'Acadie, et vous y retrouveriez même quelques terres. Disons cinquante arpents par famille... Plus une petite bourse pour vous aider à vos débuts.

Je ne pouvais indéfiniment jouer au simple d'esprit : cela serait devenu suspect. Je pris donc soudain un air préoccupé :

— Je vous remercie, Monsieur, mais... pourquoi donc toutes ces bontés? Nous venons à peine de faire connaissance.

— Eh bien, mon cher Monsieur, nous vous demanderions un petit service en contrepartie.

— Un service?

— Oui… Oh, rien de bien important! Certains de mes… amis sont des négociants. Ils aimeraient bien connaître l'ampleur des échanges de la France avec les Antilles et l'Amérique… Or, Roderigue Hortalez commerce régulièrement avec ces contrées. Vous travaillez pour cette respectable maison; vous pourriez nous donner quelques indications sur les navires qu'elle affrète, leurs destinations, leurs dates de départ…

Je décidai qu'il convenait de prendre un air perplexe, puis buté:

— Je ne sais, Monsieur, si je puis…

— Oh, Monsieur, reprit-il, tout plein de compréhension et de sollicitude, nous ne vous demandons rien d'irrégulier. Ces navires quittent les ports, et mes amis pourraient avoir des correspondants qui les verraient appareiller. Mais, si vous acceptiez de nous aider, les choses seraient plus… simples.

Je commençais à être fatigué de cette conversation. Après avoir hésité encore quelques minutes, je dis à Dickson que j'y réfléchirais. Il me donna rendez-vous trois jours plus tard au même endroit.

Beaumarchais m'attendait avec impatience. Je lui racontai tout.

— Leur arrogance est étonnante! s'exclama-t-il. Il n'a même pas pris la peine de déguiser son nom. Il est vrai que les espions de Lord Stormont peuvent surveiller nos navires, mais ce qu'ils veulent de toi, c'est leurs destinations et la nature de leurs cargaisons.

Puis, il me demanda, un sourire en coin:

— Et qu'as-tu donc décidé de faire, Fabien?

Je lui dis que je voulais continuer à le servir et que je lui demandais son avis. Nous en discutâmes pendant une bonne heure. Quand, trois jours plus tard, je revis le secrétaire de l'ambassade de la cour de Saint-James, je lui dis que j'acceptais sa proposition.

Alistair Dickson sourit:

— À la bonne heure, Monsieur! Voilà une bonne décision. Si vous nous aidez de façon efficace, nous pourrons, dans quelques mois, envisager de façon concrète votre retour en Acadie.

Il frappa dans ses mains. Un homme, que je n'avais jamais vu, vint nous rejoindre.

— Monsieur Landry, voici mon collaborateur, Henry. À moins d'urgence, je ne vous verrai pas dans les prochaines semaines. Mais Henry va vous rencontrer régulièrement... Disons, une fois par semaine?

Il semblait maintenant pressé d'en finir. Il précisa les jours et l'heure où Henry m'attendrait. Ce serait dans un parc discret, qu'il m'indiqua. Je remettrais à Henry un bordereau sur lequel j'aurais consigné les mouvements prévus des navires de Roderigue Hortalez, et même ceux d'autres armateurs alliés à notre maison.

Le Henry en question demeurait impassible. Je l'ai rencontré à plusieurs reprises après cette conversation, mais je ne pense pas avoir jamais entendu le son de sa voix.

Lorsque je lui fis rapport de ma rencontre avec Dickson, Beaumarchais ne cacha pas sa jubilation.

— Si nous savons bien jouer nos cartes, nous pouvons étourdir un peu ce bon Lord Stormont, ou du moins le retarder. Fabien, cette affaire reste strictement entre toi et moi. Même Lecouvreur ne doit rien savoir.

Un soir par semaine, mon patron et moi nous nous rencontrions après le départ des employés. Il révisait ses listes et ses bordereaux et me disait :

— Tiens, nous pourrions leur indiquer la *Minerve*, qui quitte Rochefort dans trois semaines. Elle n'emporte à son bord que des noix sèches à destination de la Martinique… Et puis, le *Titan*, qui est un gros navire, pourrait les intéresser. Il transporte une cargaison d'étain, de toiles et d'autres marchandises. Ah ! que j'aimerais être là quand leur marine ou leurs flibustiers vont arrêter ces navires et fouiller les cales !

Il se mettait à rire, d'un grand rire réjoui.

Je partais avec une enveloppe. Je me rendais dans le parc qu'on m'avait désigné. Je n'y voyais que des promeneurs tranquilles. Henry m'attendait sur un banc. Je m'asseyais à côté de lui. Il regardait partout avant de se tourner vers moi. Je lui tendais l'enveloppe, il se levait aussitôt et repartait.

Un peu plus tard, Beaumarchais apporta quelques raffinements à sa stratégie.

— Stormont et Dickson ne sont pas des imbéciles, me dit-il. Ils risquent de trouver curieux ces navires remplis à ras bord de marchandises ordinaires, alors qu'ils savent que nous envoyons des armes aux Américains. Il nous faut donc leur donner un os à ronger de temps en temps.

Nous ajoutâmes à la liste hebdomadaire le nom d'un navire qui transportait une douzaine de barils de poudre.

— Même s'ils l'arraisonnent, me dit Beaumarchais, la perte ne sera guère importante. Et ils continueront à avoir confiance en toi...

Je me rendais depuis quelques semaines à mes rencontres régulières avec Henry lorsque, un jour, je vis Lecouvreur se diriger vers moi. Il avait l'air grave.

— Landry – et je remarquai, stupéfait, que c'était la première fois qu'il m'appelait par mon nom de famille –, je veux vous parler. Mais pas ici.

Il m'entraîna dans une pièce vide, referma la porte et me dit:

— Où étiez-vous donc avant-hier en fin d'après-midi?

C'était l'heure de ma rencontre avec Henry. Je me troublai et ne répondis rien. Il m'observa attentivement avant de reprendre, plus bas:

— Ainsi donc, ce qu'on m'a dit est vrai... Allons, venez avec moi.

Je le suivis. Il entra dans le bureau de Beaumarchais et referma la porte. Surpris, le patron leva la tête.

— Monsieur, je voudrais vous parler, dit Lecouvreur, d'une voix que l'émotion faisait trembler.

— Oui, Monsieur Lecouvreur?

Le commis principal demanda la permission d'inviter un autre employé. Beaumarchais accepta. Nous vîmes Lecouvreur revenir avec Lambert, le commis qui avait été réprimandé quand j'avais signalé son erreur. Lambert me haïssait depuis ce jour.

Quand il me vit dans le bureau du patron, un sourire mauvais se dessina sur ses lèvres.

— Allez, Lambert, dit Lecouvreur, dites à Monsieur de Beaumarchais ce que vous m'avez raconté.

Lambert raconta qu'il m'avait vu, deux jours auparavant, dans un petit parc qu'il traversait quelquefois pour retourner chez lui. J'étais assis à côté d'un homme dont l'allure lui avait semblé louche. Il m'avait vu lui remettre une enveloppe. Intrigué, il avait suivi l'inconnu de loin.

— Et, ajouta-t-il avec un ricanement, je l'ai vu entrer dans l'hôtel de l'ambassadeur anglais.

Lecouvreur baissa la tête : il n'osait me regarder. Je tâchai de jouer la confusion, mais, en glissant un regard par en dessous, je vis Beaumarchais qui se cachait le visage dans les mains, tandis que ses épaules tressautaient. Je faillis moi-même éclater de rire.

— Très bien, dit-il quand il se fut repris. Je te remercie, Lambert. Tu peux retourner à ton bureau. Je m'occupe de cette affaire.

Lambert frétillait presque : il tenait là sa vengeance.

Quand la porte fut refermée, Beaumarchais se tourna vers moi.

— Monsieur Lecouvreur est un homme intègre, un bon serviteur de Roderigue Hortalez et Cie. Nous allons donc lui expliquer ce mystère.

Et il raconta toute l'affaire au premier commis, qui sembla malheureux. Il se tourna vers moi :

— Excuse-moi, Fabien, de t'avoir parlé sèchement. Je ne pouvais deviner.

Beaumarchais demeurait silencieux. Il reprit bientôt :

— Lecouvreur, vous êtes la seule personne à savoir de quoi il retourne, à part Fabien et moi. Je ne voulais pas vous le dire pour garder l'affaire dans le cercle le plus étroit possible et en assurer le secret. Mais cette histoire avec Lambert devrait nous alerter : d'autres personnes peuvent voir Fabien quand il rencontre l'agent de Lord Stormont; en plus, celui-ci ou ses adjoints pourraient devenir suspicieux si nos renseignements ne les mènent à aucune prise sérieuse. Bref, nous avons gagné quelques semaines, mais nous ne pouvons compter indéfiniment sur ce subterfuge pour tromper nos adversaires.

J'étais d'accord avec lui. Je savais aussi que, si l'ambassadeur anglais soupçonnait mon double jeu, sa hargne retomberait surtout sur moi. Comment? Je ne le savais guère, mais une certaine inquiétude s'insinuait en moi. Beaumarchais poursuivait son soliloque :

— Il faudra donc trouver d'autres façons pour continuer à aider les Américains sans que Versailles, aiguillonné par Lord Stormont, me paralyse tout à fait. Pour le moment, poursuivons encore quelque temps cette comédie qui nous est si utile.

Puis, relevant la tête, il nous regarda :

— Merci, mes amis, vous pouvez regagner vos bureaux.

Lecouvreur semblait préoccupé :

— Et Lambert? dit-il. Il s'attend sûrement à ce que vous preniez des mesures.

— Oh! Lambert! Vous en ferez ce que vous voudrez. Vous pourriez lui dire que sa dénonciation est prise au sérieux et que Fabien paiera le prix de sa trahison, ou vous pourriez vous débarrasser discrètement de lui en l'envoyant dans un autre de nos bureaux, en province, par exemple.

*

Chers Mademoiselle Marie et Monsieur Fabien,

Vous me permettrez de m'adresser à vous avec la simplicité du cœur. Je me souviens encore avec plaisir et nostalgie des longues heures que j'ai passées avec vous pour vous apprendre la lecture, l'écriture et le calcul, et je vois maintenant que mes efforts ont porté leurs fruits.

En effet, Monsieur le marquis des Cars, en me remettant les dernières missives que vous avez envoyées à vos parents, m'a fait votre éloge. Il semble bien que les gens pour qui vous travaillez à Paris soient satisfaits de vos services. Le marquis m'a également indiqué que vous vous adaptiez très bien à la grande ville. « On dirait de vrais Parisiens », m'a-t-il assuré.

Vos parents sont très heureux aussi d'apprendre vos bonnes nouvelles. Je leur ai lu vos lettres. Vos grands-parents m'ont dit : « Monsieur le chanoine, rappelez-leur cependant ce que nous leur avons toujours répété : Paris ne devrait pas être leur destination ultime. » Ils n'ont pas voulu en dire plus. J'imagine donc que vous savez ce qu'ils signifiaient par là.

Vos parents vont bien. Je crois cependant qu'ils regrettent votre absence. Les ouvriers qui les aident aux champs ne leur font pas oublier leurs enfants. Ils n'osent se plaindre au marquis, qui ne cesse de leur répéter que votre avenir sera plus brillant à Paris, mais leurs soupirs ne trompent pas. Je dois aussi vous dire que la santé de vos grands-parents n'est guère bonne. Ils n'ont cessé de tousser l'hiver et le printemps derniers.

Monsieur le marquis repart demain à Paris, après avoir inspecté ses terres. Il est très heureux des progrès de son Établissement acadien. On a moissonné cet automne du blé ainsi que du seigle, et récolté beaucoup de plantes potagères.

N'hésitez donc pas à écrire à vos familles. Je serai

toujours très heureux, en leur lisant vos missives, de vous témoigner ainsi que je suis, Mademoiselle, Monsieur, votre très humble serviteur.
Belleau, chanoine

La lettre que nous avait remise le marquis nous plongea, Marie et moi, dans la plus profonde mélancolie. Cela faisait presque un an, maintenant, que nous avions quitté les Huit-Maisons. Au moment de notre départ, nous pensions naïvement alors que nous serions absents quelques semaines seulement, quelques mois tout au plus.

C'était sans compter sur le magnétisme de Paris. Nous avions beaucoup changé en un an. Marie ne pouvait plus s'imaginer assise devant l'âtre de sa ferme, en train de touiller indéfiniment une soupe claire de radis. Quant à moi, comment pourrais-je retourner aux champs pour ahaner à longueur de journée en arrachant des souches, après avoir vécu dans l'intimité de Beaumarchais?

Nous aimions cependant nos parents, et nos grands-parents nous manquaient. Nous avions tout de suite compris l'allusion contenue dans la lettre du chanoine Belleau. Ils nous rappelaient la quête du pays perdu qui était au centre même de leurs rêves, de leur vie. Par une curieuse coïncidence, Alistair Dickson m'avait fait miroiter la possibilité de ce retour en Acadie. Mais il m'avait demandé, en échange, de vendre mon âme... L'Acadie s'était alors éloignée dans un avenir indéterminé, car la seule idée de tromper mon patron me donnait la nausée.

Le marquis nous encourageait d'ailleurs à rester à Paris. Nous l'avions vu, la veille, quand il était passé à l'hôtel de Hollande pour saluer son ami de

La Brenellerie et nous remettre la missive du chanoine. Il nous avait parlé en termes élogieux de nos familles, « qui sont en train de transformer ce coin du Poitou », mais n'avait jamais évoqué notre possible retour.

D'autres soucis m'assaillaient. Trois semaines plus tôt, Henry m'avait remis un mot d'Alistair Dickson, qui me convoquait à une rencontre dans la maison du quartier du Carrousel.

Lorsque je m'y présentai, le secrétaire de l'ambassade anglaise m'accueillit avec courtoisie, mais il resta froid pendant tout l'entretien. Il me demanda si je lui donnais bien la liste complète des navires affrétés par Roderigue Hortalez, ainsi que les dates de leur appareillage. Je compris tout de suite qu'il commençait à se méfier de moi. Je répondis en hésitant que je n'étais qu'un petit commis, que je ne voyais pas forcément tous les bordereaux, que je n'avais pas accès à tous les dossiers et que je faisais de mon mieux.

Il m'encouragea à poursuivre ma collaboration, et, en me quittant, me dit, en me tendant un étui : « Prenez donc cette bourse, elle pourrait vous être utile. » Désarçonné, je pris machinalement le petit sac de cuir.

Beaumarchais devint songeur quand je lui racontai ma rencontre avec Dickson. Il me dit qu'il allait réfléchir à ce qu'il fallait faire.

Quelques jours plus tard, il m'appela à son bureau et ferma la porte :

— Fabien, me dit-il, tu parles anglais, n'est-ce pas?

— Oui, Monsieur.

— *Do you speak it well*[3] ?

---

3. « Est-ce que tu le parles bien? »

Je restai bouche bée. Jamais il ne m'avait parlé dans cette langue, même si je savais qu'il la connaissait bien.

— *Yes, Sir, I did learn it with my parents and my grandparents. Unfortunately, here in Paris, I seldom have the opportunity to speak it*[4].

— Nous pouvons peut-être remédier à cela, dit en riant Beaumarchais, qui semblait tranquillisé sur mes compétences dans la langue de Lord Stormont.

— Comment cela, Monsieur, remédier?...

— Eh bien, nous allons te donner l'occasion de pratiquer l'anglais.

J'avais maintenant l'habitude de ses phrases sibyllines. Je ne doutais pas qu'il m'expliquerait ce qu'il voulait que je comprenne. Je restai donc silencieux. Il continuait à réfléchir intensément, murmurant parfois:

— Oui... Pourquoi pas?

Il sembla soudain se décider.

— Voilà, Fabien: tu sais que je suis allé à Londres à quelques reprises, notamment il y a deux ans. J'y ai de nombreux amis. Or, j'apprends par certains d'entre eux que mon... commerce avec les Américains exaspère le cabinet anglais.

Je souris dans mon for intérieur: Lord Stormont n'était pas le seul à vouloir recruter des espions, et Beaumarchais s'était débrouillé pour avoir à Londres des «amis» attentifs qui pourraient l'informer. Il précisa:

— On me dit que les Anglais préparent un grand coup. Ils veulent absolument isoler les Insurgents

---

4. «Oui, Monsieur, je l'ai appris avec mes parents et mes grands-parents. Malheureusement, ici à Paris, j'ai rarement l'occasion de le parler.»

américains des treize colonies et empêcher tout secours de leur parvenir. Ils m'ont donc dans leur mire.

— Oui, Monsieur.

— J'ai envisagé, un moment, de retourner à Londres pour savoir vraiment ce qui se trame, mais j'ai trop d'obligations ici à Paris. Trop d'ennemis tournent autour de Roderigue Hortalez, et mon absence servirait trop bien leurs desseins.

— Oui, Monsieur, dis-je avec inquiétude, car je commençais à soupçonner là où il voulait en venir.

— J'ai donc besoin d'un homme de confiance à Londres, et j'ai pensé à toi.

Il me regardait avec un sourire jovial.

— Je vois que tu es silencieux. Tu ne t'attendais pas à cela, n'est-ce pas?

Je hochai la tête, trop surpris pour ouvrir la bouche. Il reprit:

— Ton voyage à Londres offrirait de nombreux avantages. Tout d'abord, je te fais confiance. J'ai appris à te connaître, et je sais que tu as l'esprit fin. Ton aventure avec les sbires de Lord Stormont témoigne aussi de ta probité et de ta fidélité.

— Merci, Monsieur, dis-je en rougissant.

— Ensuite, tu connais l'anglais, ce qui est un atout non négligeable. Enfin, les Anglais, eux, ne te connaissent pas. Si j'envoyais un de mes proches collaborateurs, un de mes agents dans nos ports, par exemple – en supposant qu'il sache parler la langue –, il serait vite repéré par la police de Sa Majesté anglaise. Tandis que toi, tu passerais sûrement inaperçu.

— Mais, Monsieur, que ferai-je à Londres? Je ne connais pas la ville, je n'y connais personne.

— Oh! pour cela, tu n'as pas besoin de t'inquiéter. Mes amis t'aideront à rencontrer des Anglais. Tu ouvriras les yeux et les oreilles, tu tâcheras de te renseigner et tu reviendras au bout de quelques semaines pour me faire rapport.

Je constatai qu'il utilisait le futur pour parler de ce voyage. Dans son esprit, j'allais accepter. Je me demandais moi-même pourquoi j'hésitais. Je ne quitterais Paris que pendant quelques semaines. Il est vrai que j'y laisserais Marie…

Nos pensées avaient dû suivre des chemins parallèles, car il s'exclama soudain :

— Et puis, tiens, tu pourrais emmener Marie. Qui pourrait se méfier d'un frère et d'une sœur qui voyagent ensemble? Et puis, les Anglais sont sensibles à un joli minois français; elle pourrait t'ouvrir quelques portes.

Il se lança dans un long soliloque que je n'interrompais parfois que par un bref « Oui, Monsieur ». Il savait qu'il m'avait convaincu, mais, voulant revoir tous les aspects de sa décision, il réfléchissait à haute voix.

Les jours suivants, Monsieur de La Brenellerie, mis dans le secret, m'aida à me préparer. Il nous fallait des passeports, de l'argent. Ce fut alors que j'abordai Marie pour lui demander de m'accompagner. Elle fut aussi stupéfaite que moi quand Beaumarchais m'en avait parlé la première fois. J'insistai, lui parlant de Londres, cette grande ville que nous allions pouvoir découvrir, de l'aventure, de l'obligation de rendre service à Beaumarchais qui avait été si bon pour nous…

Elle m'interrompit soudain :

— À quel port embarquerions-nous?

— Je ne sais pas. Nous n'avons pas encore décidé cela.

— Eh bien, dit-elle fermement, tu choisiras le port que tu voudras, en accord avec tes patrons. Mais, en nous y rendant, nous ferons un crochet par les Huit-Maisons.

— Les Huit-Maisons? répétai-je, un peu éberlué.

— Oui, les Huit-Maisons. Je t'accompagne à Londres, puisque tu le souhaites. Mais nous irons d'abord aux Huit-Maisons.

Chapitre IX

En arrivant aux Huit-Maisons, j'ai été saisie d'une grande émotion.

Fabien et moi avions décidé d'entrer au village à pied. En voyant au loin les toits des fermes, nous avions quitté la charrette qui nous avait amenés de Châtellerault. Mon cœur battait à se rompre, et je voyais Fabien tout pâle à mes côtés.

Nos parents nous attendaient, mais ne connaissaient pas exactement le moment de notre arrivée. Avant de quitter Paris, nous leur avions envoyé un mot pour les prévenir de notre visite prochaine. Un négociant, un client de Beaumarchais qui retournait à Tours, avait promis de le faire parvenir au chanoine Belleau.

Après avoir décidé d'obéir à son patron et de se rendre à Londres, Fabien m'avait en effet convaincue de l'accompagner.

J'avais hésité un moment, mais quelque chose dans l'attitude de Fabien m'avait déterminée. Je sentais depuis quelques semaines qu'il me regardait de façon curieuse. Chaque fois que je me rendais au salon de Madame de Gouges, je sentais en lui une crispation qu'il n'arrivait pas totalement à cacher. J'étais heureuse, épanouie avec mon amie, et les froncements de sourcils de Fabien m'avaient d'abord agacée. Puis, j'avais compris: il était peut-être jaloux! Je m'étais souvenue de son regard le soir où un marquis espagnol m'avait ramenée à l'hôtel de Hollande. Quelquefois, dans mes rêveries, je me demandais si mon ami avait raison de s'inquiéter. Je savais, au fond de mon cœur, que j'aimais Fabien de grand amour, mais je sentais bien aussi que je n'étais guère indifférente aux regards de ces hommes qui tournoyaient autour de moi chez Madame de Gouges. J'aimais le petit frisson de plaisir et d'orgueil qui me saisissait quand, à mon arrivée au cénacle, un murmure flatteur m'accueillait, et que des hommes poudrés et pommadés se précipitaient vers ma main pour l'embrasser.

Fabien m'invitait-il à l'accompagner à Londres pour m'éloigner de ces amis qu'il ne connaissait pas? Était-ce cela, la raison qui l'avait amené à accepter d'emblée la suggestion de Beaumarchais de nous rendre ensemble dans la capitale anglaise? Quoi qu'il en fût, j'avais compris que je ne pouvais refuser son invitation et que je l'aurais profondément blessé si je n'étais pas partie avec lui.

Je n'avais posé qu'une condition: en route pour l'Angleterre, nous nous arrêterions aux Huit-Maisons. Fabien n'avait guère résisté, et Beaumarchais non plus, même s'il avait observé que ce détour allongerait notre voyage de près de deux cents lieues.

Madame de Willers, que Beaumarchais ne mettait guère dans le secret de ses entreprises, s'était étonnée quand je lui avais demandé un congé de quelques semaines, quelques mois peut-être. Elle s'était d'abord fâchée, puis s'était mise à se plaindre amèrement.

— Qui donc prendra soin d'Eugénie pendant ton absence? me dit-elle. Et ce voyage chez tes parents au Poitou, ne peut-on le remettre de quelques mois? Et qui donc va s'assurer, maintenant, que la nourrice va bien prendre soin de l'enfant?

Elle croyait que je serais aux Huit-Maisons pendant toute la durée de mon absence. Beaumarchais avait insisté pour que nous ne parlions à personne de notre équipée londonienne.

— Moins il y aura de monde au courant de votre voyage, avait-il dit à Fabien, et plus vos chances de succès seront assurées.

Un matin, nous étions partis en diligence, emportant deux petites malles. La voiture avait longtemps cahoté sur les routes de l'Île-de-France, puis de la Beauce, avant d'atteindre le Pays de la Loire. Je me souvenais du voyage que nous avions fait dans l'autre sens, en direction de Paris. C'était seulement un an plus tôt, mais je prenais la mesure exacte de tous les changements que cette année avait entraînés pour Fabien et moi.

Nous n'étions plus les mêmes. Nous avions changé, et de façon irréversible. Notre enfance, notre séjour aux Huit-Maisons nous semblaient perdus dans une brume lointaine. Nous étions heureux alors, malgré les multiples tribulations de nos parents, mais ce bonheur nous paraissait à présent trop simple, trop uni, pour que nous puissions le goûter de nouveau. À Paris, nous avions découvert un autre monde, et des joies plus fortes, des sensations plus épicées. Désormais, nous ne pourrions plus nous en passer.

Nous étions à l'orée du village assoupi où nos parents nous attendaient. La nouvelle de notre présence se propagea comme un feu de paille. Nos mères sortirent de leurs cuisines pour nous accueillir, et des galopins furent envoyés aux champs pour alerter les hommes.

Ma mère me serra dans ses bras à m'étouffer, tandis que mes plus jeunes frères et sœurs tournaient autour de moi en riant. Mon père et mes frères aînés arrivèrent des champs; ils m'embrassèrent en me regardant avec de grands yeux étonnés, et même Isaac, qui commentait déjà avec quelque ironie ma mine et mes habits de « la grande ville », semblait heureux de me voir.

Mon grand-père n'était pas là. Je m'enquis de lui. Il était alité, me dit-on. Je me rendis à la ferme. Comme il attendait ma visite, il avait fait un effort pour se lever de sa paillasse. Il m'embrassa très fort, les yeux embués de larmes.

Nous passâmes une semaine aux Huit-Maisons. Fabien avait été reçu avec le même bonheur, les mêmes embrassades que moi. Le village tout entier ne cessait de s'étonner de notre métamorphose. On se réunissait dans une maison ou dans l'autre, autour de l'âtre, et tous nous posaient mille questions. Notre vie à Paris semblait un vrai conte de fées aux habitants des Huit-Maisons. Nos parents et leurs voisins n'étaient pas loin de subodorer quelque chose de magique, de quasi surnaturel dans nos aventures. Quand on sut que j'avais rencontré des écrivains et même la couturière de la Reine, on me regarda avec une espèce de respect qui frôlait la crainte.

Je passai beaucoup de temps avec mon grand-père, et Fabien en fit autant avec sa grand-mère, dont la santé n'était guère meilleure. Nous avions été frappés tous deux de voir à quel point ils avaient vieilli pendant notre absence. On eût dit que le poids d'une existence de tribulations, de chagrins et de misère les écrasait soudain.

Leur âge et leur santé chancelante ne les empêchaient pas de nous rappeler, avec une insistance qui nous remuait profondément, mon ami et moi, ce qu'ils n'avaient cessé de nous répéter depuis que nous étions enfants: il ne fallait pas oublier l'Acadie, il ne fallait pas oublier le pays de nos ancêtres, il fallait tout faire pour y retourner un jour. Ils ajoutaient, les larmes aux yeux:

— Et si nous, les vieux, ne pouvons guère espérer le faire, nous comptons sur vous, les jeunes, pour accomplir ce devoir sacré.

Il nous semblait de plus en plus, à Fabien et à moi, que cette Acadie dont ils nous parlaient cessait d'être un lieu concret, un pays réel, et devenait pour eux, dans leur mémoire et leur sensibilité, une espèce de légende fabuleuse, sans contours réels, perdue dans un halo lumineux, un Graal dont la quête était sacrée et devait primer sur tout.

Au bout d'une semaine, nous quittâmes les Huit-Maisons. Fidèles à notre consigne de discrétion, nous n'avions dit à personne que nous allions en Angleterre. Tout le village croyait donc que nous retournions à Paris. On nous fit jurer de revenir aux Huit-Maisons chaque fois que l'occasion s'en présenterait. En partant, nous laissâmes à nos parents quelques louis. Quant à mes sœurs, elles s'étaient déjà parées dès le premier jour des habits que j'avais apportés. Quelques robes fort simples leur semblaient des atours magnifiques, et le regard éberlué des garçons les faisait rougir de plaisir.

Notre voyage, fatigant et monotone, se poursuivit jusqu'à Saint-Malo. Nous y passâmes quelques jours. Je retrouvai avec mélancolie la ville où j'avais grandi et les murailles d'où j'admirais la mer. Un matin, nous nous embarquâmes sur un petit navire qui se rendait à Douvres. La traversée, qui dura deux jours, me rendit malade.

Dans le port anglais, une animation continuelle donnait le vertige. Des dizaines de voyageurs français se précipitaient sur les porteurs qui tiraient à bout de bras des espèces de charrettes à deux roues, sur lesquelles ils entassaient les malles.

Fabien en héla un, à qui il donna une demi-guinée. L'homme ôta son bonnet, se baissa bien bas, prit nos malles et fonça dans la foule qui nous entourait en proférant des jurons. Il se fraya un chemin jusqu'à une voiture qui nous conduisit à Canterbury. De là, nous prîmes une belle berline. Le lendemain, nous entrions à Londres.

Fabien se fit indiquer une adresse non loin de la City. Nous arrivâmes bientôt dans une ruelle étroite et frappâmes à une porte cochère discrète. Un homme entrebâilla le battant.

— Ai-je l'honneur de parler à Monsieur Théveneau de Morande? demanda Fabien fort poliment.

L'homme sursauta. Peut-être ne s'attendait-il pas à ce qu'on s'adressât à lui en français? Il ouvrit la porte et nous regarda avec curiosité.

— Et à qui ai-je l'honneur? demanda-t-il.

— Je viens de la part de Monsieur de Beaumarchais, Monsieur.

— Ah! À la bonne heure! s'exclama l'homme. Les amis de Monsieur de Beaumarchais sont mes amis. Entrez donc.

Il souriait, mais je ne sais quoi dans sa physionomie et dans son ton sonnait faux. Nous entrâmes à sa suite dans un petit logement, propre et sobrement meublé.

— Vous devez être le sieur Séguier, n'est-ce pas? Beaumarchais m'a déjà fait prévenir de votre arrivée.

Nous n'avions pas bronché, Fabien et moi, quand

Théveneau de Morande l'avait appelé Séguier. La Brenellerie, suivant en cela les instructions de Beaumarchais, nous avait fait délivrer des passeports sous ce faux nom. Pour éviter de possibles méprises, nous avions cependant décidé de garder nos prénoms. Fabien Séguier voyageait ainsi en compagnie de sa sœur, Marie Séguier.

Morande nous fit entrer. Sa femme, qu'il nous présenta, était une personne discrète, un peu falote. Pendant tout notre séjour à Londres, je ne l'ai guère entendue dire deux mots utiles.

Morande nous demanda des nouvelles de Beaumarchais.

— C'est l'un de mes excellents amis, nous dit-il.

Il nous laissa même entendre qu'il avait rendu de grands services au patron de Fabien. Nous l'écoutions gravement en hochant la tête, sans cependant accorder grand crédit à ce qu'il nous disait. Beaumarchais avait en effet prévenu Fabien :

— Morande, lui avait-il dit, est un grand bavard. Il faut écouter tout ce qu'il dit, mais n'en croire que la moitié, sinon le quart. Il faut aussi se méfier de lui, car il n'a de loyauté que pour ses intérêts et, s'il estime les servir ainsi, il n'hésitera pas à vous poignarder dans le dos. Cependant, c'est un homme indispensable, car il connaît tout le monde à Londres et saura vous introduire dans des milieux utiles.

Fabien répondit à Morande que Beaumarchais se trouvait fort bien, que ses affaires roulaient rondement et qu'il jouissait de la confiance du roi Louis.

— Et vous êtes de ses amis? nous demanda benoîtement Morande en regardant attentivement Fabien.

Mon ami s'était préparé. Il répondit très ingénument :

— Oui, Monsieur de Beaumarchais nous fait l'honneur de son amitié. Nous l'avons rencontré chez Monsieur de Rozières, et il nous a pris sous sa protection. Ainsi, Marie tient souvent compagnie à Madame de Willers.

Monsieur de Rozières, l'amant de Madame de Gouges, faisait des affaires avec Beaumarchais. Il nous avait semblé vraisemblable de le mentionner. Morande parut se détendre, mais il restait manifestement sur ses gardes. Il se tourna vers moi:

— Et Mademoiselle... est votre sœur?

— Oh oui, Marie est ma sœur, assura Fabien, le visage lisse.

Il se tourna vers moi et posa affectueusement sa main sur la mienne.

Avant notre départ de Paris, La Brenellerie avait longuement prévenu Fabien: Morande était un espion, mais on ne pouvait jamais savoir avec certitude pour le compte de qui il espionnait. Il avait jadis été utile à Beaumarchais, puis avait essayé de finasser avec lui.

— Et vous êtes à Londres pour visiter la capitale des Anglais, l'émule, sinon la rivale de Paris?

Fabien éclata de rire. J'admirai son habileté à imprimer sur sa physionomie la candeur la plus parfaite.

— Nous serons, bien entendu, fort heureux de découvrir Londres. Mais nous sommes ici également pour créer des liens et des amitiés avec les Anglais, et notamment les négociants anglais, avec qui nous souhaiterions faire commerce. Monsieur de Rozières et d'autres négociants importants de Paris seraient heureux de nous entendre, à notre retour, exposer des vues neuves et hardies sur le commerce entre nos deux pays.

Je ne sais si Morande se laissa convaincre ou s'il fit semblant de nous croire. La conversation se poursuivit sur un ton allègre et détendu. Nous lui demandâmes conseil sur un logement à Londres et l'assurâmes que nous voulions nous mettre sous son aile pour rencontrer d'éventuels correspondants anglais.

Morande, que nos flatteries avaient mis de bonne humeur, nous invita à l'accompagner. Il nous conduisit à une belle auberge cossue, située dans le quartier de Westminster, d'où nous pouvions voir l'abbaye et le palais. Il nous quitta en nous donnant rendez-vous deux ou trois jours plus tard.

— Le temps de vous habituer à Londres, nous dit-il.

Les deux jours suivants furent un véritable enchantement. Le soleil brillait dans le ciel, et nous partîmes à la découverte de la ville.

Notre aubergiste nous avait conseillé de grimper au sommet du Monument commémoratif du Grand Incendie.

— De là-haut, vous verrez toute la ville, et vous pourrez vous convaincre qu'elle est la plus belle de l'univers, nous avait-il dit d'un ton goguenard, car il savait qu'il heurtait ainsi notre fierté de Français.

Ce n'était qu'un début, car, dans les semaines suivantes, partout où nous irions, les Londoniens nous assureraient sur tous les tons que leur ville dépassait en beauté la capitale de la France.

Nous arrivâmes au Monument. Un escalier à vis nous mena à son sommet. De là, nous dominions effectivement la ville. J'étais abasourdie: je ne savais pas si Londres était plus beau que Paris, mais il était certainement beaucoup plus grand. La ville s'étendait sur plusieurs lieues autour de nous. La majestueuse coupole de Saint-Paul dominait l'horizon. Plus loin vers l'ouest, on devinait les tours du parlement et de l'abbaye. Derrière nous, la Tour de Londres veillait sur le pont envahi par une foule qui s'amusait à regarder l'armada de péniches qui naviguaient sur la Tamise.

Nous décidâmes ensuite de nous promener dans le quartier où nous demeurions. Partout, de vastes rues, tracées en ligne droite, dégageaient de longues perspectives. À intervalles réguliers, une place bordée d'arbres, que les Anglais appelaient un *square*, permettait aux habitants de se rencontrer sans être bousculés par les carrosses, les charrettes et les cavaliers.

Pendant que Fabien s'exclamait sur la largeur des rues et sur les trottoirs où les piétons pouvaient circuler sans se faire écraser, j'admirais les caniveaux qui recueillaient l'eau sale. Ma robe était toujours propre, tandis qu'à Paris, le ruisseau qui stagnait au milieu des rues l'alourdissait d'un ourlet fangeux et nauséabond.

Nous ne cessions de nous émerveiller devant ce qui nous entourait. Quand nous hésitions sur le chemin à prendre, que nous nous renseignions auprès d'un gentleman et que notre accent nous trahissait, celui-ci s'exclamait immanquablement :

— Ah! Vous êtes français? Vous voyez combien notre capitale est belle?

Et le ton avait toujours l'air d'insinuer qu'elle l'était plus que celle des Français. Au bout de quelques heures, Fabien me fit remarquer :

— Ces Anglais qui ne cessent de proclamer la supériorité de Londres sur Paris n'ont peut-être pas visité notre ville.

— Pourquoi cela?

— Eh bien, leurs rues sont belles et larges, leurs trottoirs sont bien utiles, leurs places, ombragées, mais…

— Mais quoi? Tu n'aimes pas leurs rues et leurs places?

— Oh! Elles sont admirables. Mais je ne vois que cela…

Devant mon air perplexe, il ajouta:

— Où vois-tu, Marie, autour de toi, de beaux monuments? Où vois-tu les églises, les hôtels particuliers, les palais, les arcs qui embellissent partout Paris? À part Saint-Paul et l'abbaye ainsi que le palais de Westminster, qui sont admirables, leurs édifices me semblent manquer de grandeur et d'harmonie.

Je ne pouvais qu'acquiescer. Londres était une ville qui respirait partout la richesse, sinon l'opulence, mais il y manquait cette abondance de monuments qu'on rencontrait à chaque coin des rues de Paris.

Trois jours plus tard, Théveneau de Morande revint nous voir. Il nous invita à monter avec lui dans un fiacre et nous emmena dans la City. Ce quartier était bien différent de celui de Westminster, qui nous avait tellement éblouis. Les rues y étaient étroites et encombrées, on n'y trouvait que peu de trottoirs, et des milliers de commis au visage blafard et à la mine soucieuse s'y bousculaient dans une course effrénée et sans fin.

Morande arrêta le fiacre devant une façade richement sculptée. Il frappa avec un heurtoir de bronze, qui résonna longuement. Un portail de bois s'ouvrit sur un homme habillé d'une cravate bouffante et d'une longue redingote. Dès qu'il vit Monsieur de Morande, il s'effaça, leva son chapeau et, nous saluant bien bas, nous fit entrer dans une pièce sombre, aux boiseries qui luisaient dans la pénombre. Nous devinâmes qu'il s'agissait du majordome de l'endroit. Théveneau de Morande nous avait en effet informés qu'il nous amenait rencontrer un certain John Boswell.

— Monsieur Boswell est un des grands financiers et négociants de la Cité. Nous avons déjà fait affaire avec lui.

Il s'oubliait et s'affublait d'un « nous » qui voulait faire sentir son grand homme.

— Il est toujours à l'affût des occasions de commerce, poursuivit-il. Il sera heureux de rencontrer de jeunes Français qui veulent faire du négoce avec Londres.

Le majordome nous fit entrer dans un vaste salon, où des chandeliers jetaient une vive lumière et repoussaient la pénombre dans les recoins.

La pièce était cossue. Des sofas de cuir avoisinaient des fauteuils Louis XV, tendus de soie bleue. Sur des guéridons, des statues de déesses grecques en marbre de Carrare prenaient des pauses languides. Dans un coin, un buffet vitré déployait sur ses étagères des trésors d'or, d'argent et de porcelaine.

Fabien et moi étions intimidés. Ni les salons de Monsieur de Beaumarchais, ni ceux de Madame de Gouges, pourtant d'une grande élégance et d'un goût certain, ne respiraient cette opulence tranquille.

Monsieur Boswell, précédé de son majordome, ne tarda pas à venir nous rencontrer. C'était un homme petit aux épaules carrées, légèrement bedonnant. Je ne l'ai jamais vu porter une perruque, et ses cheveux étaient toujours retenus en arrière par un lacet. Ses habits, bien que simples, étaient coupés dans le plus beau drap. Son regard était vif et perçant malgré des yeux rieurs.

Il nous accueillit avec une courtoisie parfaite et nous invita à nous asseoir. Monsieur de Morande nous présenta : nous étions, dit-il, frère et sœur et nous voulions faire du négoce. Nous étions venus à Londres sur la recommandation de Monsieur de Rozières, que Monsieur Boswell connaissait bien, puisqu'il avait quelquefois confié ses marchandises à la flotte de l'armateur parisien, jusqu'aux « événements malheureux » des dernières années qui avaient assombri le ciel des relations entre la France et l'Angleterre. Lui, Morande, avait donc pensé que Monsieur Boswell pourrait être d'un bon conseil aux protégés de Monsieur de Rozières.

Boswell avait écouté cette longue introduction avec un sourire bienveillant. Quand Morande avait mentionné Monsieur de Rozières, il avait hoché la tête. Quand il avait fait allusion aux « événements malheureux », il avait pris un air de circonstance.

Ensuite, Boswell se tourna vers nous. L'homme affable qui nous accueillait chez lui n'en était pas moins, surtout et avant tout, un négociant, et les affaires étaient ce qui l'intéressait le plus. Il nous posa quelques questions sur nos goûts, nos intentions et nos souhaits. Heureusement, Fabien en avait suffisamment appris pendant l'année qu'il avait passée dans les bureaux de Beaumarchais pour donner des réponses qui sonnaient juste : oui, il était vrai que nous n'avions pas beaucoup d'expérience, mais nous la rachetions amplement par notre désir de créer de nouveaux liens entre nos deux pays. Notre connaissance de l'anglais n'était-elle pas une preuve suffisante de notre admiration pour l'Angleterre? Et Fabien d'ajouter, avec un sourire complice :

— Nous souhaitons donc voir augmenter l'exportation d'indienne en Angleterre et, en contrepartie, acheter chez vous le si beau drap que vous savez tisser.

Boswell écoutait, souriait, hochait la tête. Je remarquai que Morande lui-même regardait mon « frère » avec surprise. Quand Fabien se tut, Boswell poussa un grand soupir :

— Vous avez bien raison, Monsieur Séguier, nos deux pays auraient intérêt à commercer davantage. Mais, comme vous le savez, les temps sont difficiles.

— Vous voulez parler des... tensions entre nos deux gouvernements? demanda poliment Fabien.

— Oui..., les tensions. Vous savez que nous, Anglais, ne souhaitons rien de mieux que d'entretenir de bonnes relations avec votre pays. Hélas! Ce souci ne semble pas partagé par les Français.

— Comment cela, Monsieur Boswell?

— Allons, Monsieur Séguier, vous n'ignorez pas que des rebelles se sont insurgés contre la Couronne britannique. Ils combattent en Amérique l'armée de Sa Majesté le roi George. Et la France, au lieu de témoigner sa solidarité avec notre monarque, se laisse amadouer par ces hors-la-loi.

Fabien s'était préparé à ce reproche. Il répondit :

— Mais, Monsieur, vous savez bien que notre gouvernement ne veut pas intervenir dans cette affaire. Versailles ne cesse de proclamer sa neutralité.

— Versailles, peut-être... Mais enfin, vous connaissez bien ce qui se dit partout à Paris. Des folliculaires impudents osent glorifier les Insurgents américains et les considèrent comme des « héros de la liberté ». Le bruit court...

Il fronça les sourcils et se tut. Nous n'osions pas le relancer.

— Le bruit court, finit-il par dire, que des officiers français, et même des plus nobles, envisagent de se joindre aux révoltés d'Amérique.

— Vous savez, Monsieur, dit Fabien d'un ton léger, qu'on parle beaucoup à Paris. Il s'y dit mille et une choses, et la rumeur, bâtie sur du vent, y enfle et souffle comme un ouragan. Pour nous et nos amis, ce qui est important, c'est de favoriser le commerce entre nos deux pays.

— Tiens! Vous parlez de commerce, s'exclama Monsieur Boswell. Mais, ne dit-on pas que des navires français veulent livrer des armes aux Insurgents?

— On dit beaucoup de choses, Monsieur, reprit Fabien.

Moi qui connaissais si bien Fabien, je sentis qu'il se crispait.

La conversation prenait un tour alarmant. Pourtant, il semblait bien que Boswell ne répétait là que ce qu'on disait dans tous les cercles londoniens. À aucun moment je ne sentis dans ses propos une menace voilée ou un sous-entendu inquiétant.

D'ailleurs, le négociant changea rapidement de sujet. Il nous fit servir du vin de Porto et commanda du thé pour lui-même. La conversation entre Boswell, Morande et Fabien roula bientôt sur le commerce du sucre et des esclaves entre l'Europe et l'Amérique, sur les nouvelles agences de négoce que l'on créait partout dans les colonies et sur la rivalité entre les ports de Londres et de Bordeaux.

De temps en temps, Boswell se tournait vers moi et sollicitait galamment mon opinion. Bientôt, je ne sais pourquoi, je sentis un malaise qui me saisissait. Les regards que me jetait le négociant anglais étaient de plus en plus insistants. Entraîné dans le feu de la conversation, Fabien ne s'en rendait pas compte. Quand nous quittâmes notre hôte, je résolus de ne rien lui dire : peut-être m'étais-je trompée? Pourtant, je restais troublée. Une certaine lueur que j'avais vue dans les yeux de l'Anglais ne pouvait tromper…

Quand, le lendemain, Boswell nous envoya un billet avec un valet pour nous inviter de nouveau chez lui, je sentis que j'avais vu juste. Mais que pouvais-je faire? Nous étions en mission en Angleterre, et cet homme – avec son vaste réseau à Londres – pouvait nous aider à obtenir l'information que voulait Beaumarchais. Je décidai donc de ne rien dire ou faire qui aurait pu inquiéter Fabien.

Les semaines suivantes, Boswell sembla s'attacher de plus en plus à nous. Il nous invitait chez lui, et même à des soirées qu'il donnait à ses amis. Nous rencontrâmes ainsi d'autres commerçants, des nobles, et même deux ou trois lords. Un soir, il aborda en notre compagnie un homme qui venait d'arriver :

— Monsieur, permettez-moi de vous présenter deux de vos compatriotes, Mademoiselle Séguier et son frère. Mademoiselle, Monsieur, dit-il en se tournant vers nous, voici Monsieur le chevalier d'Éon.

L'homme qu'il nous présentait avait un visage étroit et long, un nez droit, des yeux inquisiteurs. Il portait l'uniforme d'officier de dragons. Il nous salua courtoisement, nous demanda ce que nous faisions à Londres. Quand il apprit que nous avions « brièvement rencontré » à Paris Monsieur de Beaumarchais, il eut un haut-le-corps, son visage se crispa, mais il se reprit rapidement et eut un petit rire curieux :

— Je connais bien Monsieur de Beaumarchais. C'est un esprit vraiment singulier…

Il s'empressa de parler d'autre chose. Quand

nous revînmes à l'auberge, je demandai à Fabien s'il connaissait ce chevalier dont, pour ma part, je n'avais jamais entendu le nom.

— Oui, je le connais vaguement, me dit-il. Il y a eu, à quelques reprises, des échanges un peu mystérieux à son sujet entre Beaumarchais et La Brenellerie.

— Mystérieux? Pourquoi mystérieux?

— Je n'en ai pas su beaucoup, car ils répondaient évasivement à mes questions. J'ai cependant fini par comprendre que Beaumarchais et le chevalier s'étaient bien connus à Londres, et que mon patron avait mené avec lui une négociation au nom du gouvernement français.

— Une négociation? Pourquoi donc le gouvernement français voudrait-il négocier avec un Français expatrié à Londres?

— Je ne connais pas le fond de l'affaire, dit Fabien en haussant les épaules, mais on chuchote que d'Éon était un espion et qu'il détenait, ou détient encore, des secrets fort dangereux pour Versailles.

La surprise me laissa bouche bée. Décidément, Londres était un véritable nid d'espions. Morande n'était-il pas un espion qui vendait ses services au plus offrant? Et voilà que ce chevalier, à la mine si altière, était lui aussi un espion. Pourquoi devais-je m'en surprendre? Fabien lui-même – et donc moi, par ricochet – n'était-il pas venu à Londres pour apprendre des choses, donc, pour espionner?

Et puis, à Paris, l'ambassadeur anglais n'avait-il pas tenté de soudoyer Fabien pour en faire un espion? Décidément, la rivalité sournoise entre la France et l'Angleterre, qu'exacerbait davantage la guerre d'Amérique, avait gonflé la confrérie occulte, mais nécessaire des espions.

Fabien reprit :

— Comme tu peux le constater, Marie, nous sommes entourés d'espions. On m'en avait averti à Paris. Il faudra donc faire doublement attention, se méfier de tous et ne parler que quand ce sera nécessaire.

Les semaines suivantes, Fabien fut introduit par Monsieur Boswell dans divers milieux de Londres. Un jour, il m'aborda. Il semblait embêté :

— Je sors... Je te quitte pendant quelques heures.

— Tu me quittes?

— Oui, dit-il, l'air embarrassé. Oh! je reviendrai rapidement.

— Et... pourquoi ne puis-je t'accompagner? Où vas-tu?

— Voilà, se résolut-il à me dire. Monsieur Boswell m'invite à l'accompagner à son club privé. Et, dans ce club, les femmes ne sont pas admises.

— Comment cela, pas admises?

— Oui. C'est un club pour gentlemen seulement.

J'étais abasourdie. L'image de Madame de Gouges me traversa l'esprit. Je me souvins de mes ruminations sur les différences entre les hommes et les femmes. Décidément, à Londres comme à Paris, et peut-être à Londres encore plus qu'à Paris, nous avions moins de liberté que les hommes. Je demandai, sur un ton faussement ingénu.

— Et puis, y a-t-il des clubs pour ladies seulement?

Fabien éclata de rire. Il avait saisi le sarcasme.

— Écoute, me dit-il. Ces clubs sont les lieux où se réunissent les personnes influentes de Londres. On m'a dit que les nobles, les lords, y côtoient les artistes, les écrivains, les parlementaires et les principaux négociants. C'est vraiment là que tout ce qui intéresse les Anglais se débat et se décide.

J'avais compris. Je répliquai :

— Et puisque tout ce qui intéresse aujourd'hui les Anglais intéresse aussi ton patron, tu estimes utile d'aller t'enfermer avec des gentlemen qui pourront discuter sérieusement sans être distraits par les ladies?

Il sourit : il avait compris par mon ton que je ne lui en voulais pas de me quitter. Mais, au fond de mon cœur, j'étais mélancolique. Les choses ne changeraient-elles donc jamais?

Notre séjour à Londres commençait à être routinier. Nous nous promenions dans la ville, dont nous admirions surtout les parcs et les jardins, car Paris n'avait pas la moitié des espaces verts dont s'enorgueillissait la capitale anglaise. Et le quartier de Westminster nous éblouissait toujours par sa propreté, ses rues droites, son aspect neuf.

Un jour, nous prîmes un carrosse qui nous mena à l'East End. Nous découvrîmes un Londres que nous ne soupçonnions pas. Des milliers de miséreux s'entassaient dans des maisons lépreuses, presque écroulées. Les gens se pressaient en rasant les murs dans des rues étroites, nauséabondes. Notre air prospère, la propreté de nos habits attirèrent vers nous une foule de mendiants, et nous fûmes bientôt entourés de gueux qui agitaient sous notre nez des moignons de bras, des pustules répugnantes et des visages agressifs.

Fabien et moi réussîmes à grand-peine à nous éloigner.

— Voilà donc qui est bien différent de Westminster! me dit-il. Londres, comme Paris, a donc ses bas-fonds, sa face miséreuse et sinistre!

Quand nous n'étions pas en promenade, nous allions visiter Monsieur Boswell. Fabien et moi étions devenus ses familiers. Je ne me demandais plus si c'était Fabien qui nous valait l'amitié empressée du négociant. En effet, il se montrait suave de politesse avec moi, me souriait, m'offrait des sucreries, me demandait sans cesse si je me plaisais à Londres. Mais quand, perdue au milieu de ses invités, je me tournais soudain et que je le voyais qui me fixait de ses yeux métalliques, un frisson de crainte vague et de dégoût me secouait.

À force d'être invités chez Boswell, nous avions fini par créer des liens avec nombre de ses invités. Nous y retrouvions notamment Morande et le chevalier d'Éon. Pour une raison que j'ignore, les deux hommes s'évitaient et se tournaient même carrément le dos; jamais je ne les vis s'adresser la parole. Le chevalier continuait de se montrer poli avec nous, mais il était manifeste que nous l'intriguions. Qu'étions-nous donc venus faire à Londres? Il nous posait mille questions sur Beaumarchais, qui était, insistait-il avec un sourire énigmatique, « un de ses grands amis ». Nous restions dans le vague.

Boswell, qui était immensément riche, avait du goût. De nombreux artistes fréquentaient sa demeure. Nous y rencontrions des peintres, des sculpteurs, des musiciens. Mais il y avait aussi des négociants, des hommes politiques, et quand la discussion cessait de tourner autour de Monsieur Haendel, ce musicien allemand qui vivait à Londres et que les Anglais admiraient beaucoup, ils se lamentaient tous sur la rébellion des colonies d'Amérique, qui avait tellement ralenti le commerce.

Trois fois par semaine, Fabien me quittait pour aller aux clubs où Boswell l'avait introduit. Il en revenait tout excité. Je lui posais des questions. Il m'affirmait que les gentlemen qu'il y rencontrait passaient leur temps à parler de politique, de guerre et d'argent.

— J'apprends beaucoup d'eux, me disait-il. Ils se sont habitués à moi. Ils se méfient des Français, mais ils admirent notre pays, et surtout ses artistes.

— Tout cela est bien beau, lui répondis-je. Mais enfin, nous ne sommes pas là pour nouer des amitiés, mais pour apprendre ce qui se trame contre Monsieur de Beaumarchais, s'il se trame quelque chose.

— Patience, patience, Marie, me dit-il. Nous ne resterons pas là indéfiniment, mais je ne peux brusquer les choses. Je te promets que nous retournerons à Paris bientôt.

Un jour – c'était six à sept semaines après notre arrivée à Londres –, Fabien affichait, à son retour du club, un air mystérieux, un peu grave. Mais je le sentais tressaillir. Je lui demandai ce qui se passait.

— Eh bien, Marie, ton souhait sera bientôt exaucé. Nous retournerons bientôt en France.

— Comment cela? As-tu appris ce que tu voulais savoir?

— Oui, j'ai appris l'essentiel. Et je dois en informer Beaumarchais. Mais je ne peux lui écrire, c'est trop important. Je le lui dirai dès notre retour à Paris.

— Alors, nous partons demain?

— Non, pas demain. Je sais l'essentiel, mais j'ai besoin d'apprendre quelques détails de plus. Mais nous ne tarderons guère. Peut-être même que nous quitterons Londres dans trois ou quatre jours. D'ici là, sois discrète. Il faut que personne ne se doute de notre départ prochain, ni Morande, ni Boswell, ni d'Éon, ni les autres.

Ce fut deux jours après cette conversation que le malheur frappa. Fabien était allé à sa réunion au club. Il tardait à rentrer. Je m'inquiétais, lorsqu'on frappa à la porte. J'ouvris. Une servante, qu'éclairait une chandelle fumeuse, me dit :

— Un Monsieur veut vous voir. Il vous attend en bas, dans la salle commune.

Je descendis en hâte. J'y trouvai Monsieur Boswell. Je ne distinguais pas son visage dans la pénombre fumeuse de la salle. Il se racla la gorge avant de murmurer :

— Il faut vous armer de courage, Mademoiselle Séguier. Votre frère…

Il hésitait. Je m'écriai :

— Quoi, Fabien? Qu'est-il arrivé à Fabien?

— Mademoiselle, votre frère a été arrêté par la police du Roi. Il a été emmené en prison…

Chapitre X

La clef tourna dans la serrure. Ce grincement sinistre me faisait sursauter chaque fois. Comme la veille et comme le matin, le geôlier entra sans me regarder ni m'adresser la parole. Il sentait mauvais et portait une capuche qui plongeait son visage dans l'ombre.

Il déposa un plateau sur une petite table. Il m'avait apporté, comme la nuit d'avant, une cruche d'eau fraîche, un ragoût de mouton aux pommes de terre et du pudding. La nourriture n'était pas mauvaise, mais je n'avais pas le cœur à manger.

J'étouffais dans cette cellule, même si je n'y étais que depuis vingt-quatre heures. Elle était propre, mais étroite. Un lit, une petite table et une chaise la meublaient. Dans un coin, une torche fumait en jetant autour d'elle une vague lueur dansante.

J'étais désespéré : j'étais seul, et les questions que m'avait posées quelques heures auparavant l'espèce d'argousin – mi-greffier, mi-procureur – qui était venu m'interroger me plongeaient dans une grande inquiétude. Pourtant, l'homme avait été d'une froide politesse – les Anglais ne savaient pas trop encore à quoi s'en tenir avec moi –, mais son ton suspicieux et ses yeux inquisiteurs n'avaient rien pour me tranquilliser.

Je me pris la tête entre les mains : comment avais-je pu en arriver là ? À peine deux jours plus tôt, j'étais heureux, je jubilais. J'avais réussi, j'avais rempli la mission que m'avait confiée Monsieur de Beaumarchais, il ne me restait plus qu'à retourner à Paris. Même si Marie et moi avions aimé Londres, sa propreté, sa tranquille richesse, l'urbanité de ses habitants, nous nous réjouissions déjà à l'idée de retourner à l'hôtel de Hollande.

J'avais été arrêté à la porte de la *Mitre Tavern*, après avoir assisté à une réunion du *Royal Society Club*. Lorsqu'on m'avait présenté à Sir Alistair Dickson, j'avais compris que j'étais en danger. Je voulus partir immédiatement, d'autant plus que je remarquais, du coin de l'œil, des chuchotements entre certains gentlemen, un mouvement inhabituel, des membres qui quittaient discrètement la salle, mais la plus élémentaire politesse m'en empêchait. Le temps de m'excuser auprès de mes hôtes et d'échanger quelques ultimes « *Goodbye* », de longues minutes avaient passé, des minutes précieuses et, en quittant la taverne, je trouvai dans la rue deux hommes sobrement habillés, qui se présentèrent à moi comme étant des « inspecteurs de Sa Majesté » et qui me prièrent de les suivre.

Dans le carrosse où ils m'invitèrent à monter, ils m'encadrèrent sans dire un mot. La voiture cahota longtemps dans Londres. Les rideaux étaient tirés, mais je pus, à travers les interstices, deviner quelques monuments, voir quelques édifices. Je reconnus ainsi Saint-Paul et le Monument commémoratif du Grand Incendie. On se dirigeait manifestement vers la Tamise. Où donc me menait-on?

Le carrosse passa sous un lourd portail, s'engagea dans une cour pavée, s'arrêta devant une porte basse. On me pria de descendre et on me fit entrer. J'avais cependant eu le temps de jeter un coup d'œil autour de moi, et de confirmer ainsi ce dont je commençais à me douter et qui me glaçait d'effroi : on venait de m'amener à la Tour de Londres.

On me conduisit dans une cellule et on me pria fort poliment de m'y mettre à l'aise. Lorsque le geôlier m'apporta un repas, j'essayai de le repousser en arguant que j'avais déjà bien mangé au club, mais l'homme ne m'écoutait pas. Il laissa son plateau sur la table. Je passai la nuit éveillé, les yeux grands ouverts dans l'obscurité. Le lendemain, le même gardien taciturne m'amena de l'eau, du gruau, du café. Je me forçai à boire un peu. Je pensais à Marie, et un étau m'étranglait la gorge : que deviendrait-elle, seule à Londres? Vers qui pourrait-elle se tourner? Comment repartirait-elle pour Paris? Et la question la plus brûlante, la plus désespérée, me taraudait l'esprit: quand allais-je la revoir? Je me retenais à grand-peine de ne pas sangloter.

Je me sentais coupable. Pourquoi l'avais-je entraînée avec moi dans cette ville? Pourquoi l'avais-je associée à une mission qui comportait des risques? Certes, j'avais pris mes précautions, nous n'avions commis, Marie et moi, aucune faute, aucune indiscrétion, aucun faux pas. Mais j'aurais dû tenir davantage compte de l'imprévu. L'imprévu m'avait rattrapé, et Marie allait peut-être en payer le prix.

Vers midi, les deux hommes qui m'avaient arrêté revinrent me voir. Ils me prièrent de m'asseoir sur la chaise ou sur le lit, mais demeurèrent tous les deux debout. Je les regardai : ils avaient des chapeaux de feutre, des visages fermés sans être hostiles, des habits propres, mais communs. On devinait qu'ils voulaient se fondre dans la foule, qu'ils adoptaient les habits et les mines les plus anonymes.

L'un d'eux, manifestement le chef, me dit :

— Pardonnez-nous, Monsieur, de vous imposer notre présence. Nous sommes au service de Sa Majesté le roi George et, dès que nous aurons éclairci certaines questions, vous serez libre de vos mouvements.

Je fis un effort pour rester calme et tentai même une pointe d'humour pour détendre l'atmosphère :

— Et en quoi donc mon humble personne peut-elle intéresser Sa Majesté, Monsieur...?

L'autre ne broncha pas.

— Je m'appelle Peter Tillson, *Esquire*[5], dit-il. Et vous êtes...?

Je craignais cette question. Je dominai mon angoisse, car je ne voulais pas que ma voix tremble :

— Vous devez bien le savoir, Monsieur, puisque vous m'avez fait l'honneur de m'aborder le premier. Je m'appelle Fabien Séguier.

Je sentis l'autre homme, celui qui se tenait en retrait et n'avait pas encore parlé, qui tressaillait et regardait Tillson. Celui-ci reprit :

— Vous êtes français, n'est-ce pas, Monsieur Séguier?

— Parfaitement, Monsieur, comme vous pouvez le deviner à mon accent.

— Que faites-vous donc à Londres, Monsieur?

Je pris mon air le plus convaincant pour lui répéter ce que j'avais déjà raconté à Morande, à Boswell, au chevalier d'Éon et à tous les Anglais qui me posaient la même question : j'étais venu à Londres avec ma sœur Marie pour rechercher des occasions

5. Le mot *esquire* (traduction du français « écuyer ») désigne en Angleterre, depuis le seizième siècle, toute personne de petite noblesse, ou simplement de condition (officier du roi, fonctionnaire, etc.).

de commerce. Je me targuais de l'amitié et du patronage de Monsieur de Rozières, que de nombreux gentlemen de Londres, et notamment certains membres du *Royal Society Club*, connaissaient fort bien, puisqu'ils commerçaient avec lui. Et puis, Monsieur Boswell me faisait l'honneur de son amitié et de sa protection...

Tillson m'interrompit:

— Fort bien, Monsieur, mais connaissez-vous à Paris Monsieur de Beaumarchais?

— Oui, Monsieur, il nous fait également l'honneur de son amitié. Ma sœur tient quelquefois compagnie à Madame de Willers.

J'avais pris un ton léger tout en tâchant de maîtriser le tremblement de ma voix.

— Avez-vous, Monsieur, déjà rencontré à Paris des sujets de Sa Majesté le roi George?

La brutalité de l'attaque faillit me désarçonner. Je pris un air étonné:

— Des Anglais? Euh... Oui, Monsieur, quelques-uns de vos compatriotes fréquentent le salon de Monsieur de Rozières.

Tillson sembla soudain impatient.

— Fort bien, Monsieur, me dit-il. Nous poursuivrons cette conversation à un autre moment.

Je passai l'après-midi dans un état de grand trouble. Les événements des dernières semaines défilaient dans ma tête. Si seulement j'avais quitté Londres deux jours plus tôt!

Je me souvenais encore de la première fois où Monsieur Boswell m'avait invité à l'accompagner au *Royal Society Club*. J'avais été un peu surpris: j'avais déjà appris que les clubs, à Londres – et celui-là, l'un des plus prestigieux, en particulier –, n'accueillaient que les plus grands personnages de la ville et du royaume. Seuls quelques étrangers du plus haut rang y étaient admis sur invitation. Pourquoi Boswell m'y avait-il invité?

Je fus troublé par la réponse qui se frayait insidieusement un chemin dans ma tête. J'avais déjà remarqué les regards qu'il ne cessait de jeter à Marie, et qui m'agaçaient de plus en plus. Mais son invitation était irrésistible, car elle me permettait de pénétrer dans les milieux où je pourrais enfin apprendre ce que j'étais venu découvrir à Londres. J'avais donc accepté d'accompagner Monsieur Boswell.

Nous étions allés un soir à Fleet Street. Le club s'y réunissait à la *Mitre Tavern*, non loin de Covent Garden. Le quartier était animé. Des dizaines de cafés et de tavernes, ainsi que quelques maisons aux usages plus discrets, y entretenaient une activité constante, surtout la nuit.

J'avais pénétré dans une vaste salle éclairée par des lanternes, des lampes à huile et quelques candélabres. Des dizaines de gentlemen siégeaient autour de tables rondes et basses. La conversation créait un bourdonnement continu, tandis que la fumée des cigares emplissait la salle d'une vapeur bleue et odorante.

Monsieur Boswell m'avait présenté à un homme aux cheveux gris et à la redingote serrée et boutonnée jusqu'au cou :

— Sir Pringle, permettez-moi de vous présenter Monsieur Fabien Séguier, un jeune Français qui aime notre nation.

Puis, se tournant vers moi :

— Monsieur Séguier, Sir Joseph Pringle est le président de notre club.

Pringle m'accueillit avec affabilité. Il me présenta à d'autres gentlemen, dont des évêques, des chevaliers, des baronnets. Il y avait même un général ou deux, des colonels, des astronomes, des médecins. Tous me saluèrent avec courtoisie, mais leurs regards semblaient curieux et étonnés : j'étais l'un des rares Français invités à leur tenir compagnie.

Sir Pringle me dit ensuite, en me priant de m'asseoir avec lui à sa table :

— Je suis sûr qu'en votre qualité de Français, vous allez particulièrement jouir de notre conversation.

Devant ma mine étonnée, il ajouta avec un sourire malicieux :

— Ne savez-vous pas que notre club s'appelle aussi le *Club of Royal Philosophers*[6] ? Et ne sont-ce point vous, les Français, qui avez inventé et perfectionné l'art de la conversation philosophique? De nombreux membres de notre club admirent ici votre compatriote, Monsieur de Voltaire.

Je souris avec discrétion. Je ne tenais pas à m'aventurer à discuter des idées ou de l'œuvre de Monsieur de Voltaire, dont on parlait beaucoup à Paris et que mon maître vénérait, mais que je ne connaissais guère moi-même. Bientôt, la conversation reprit de plus belle entre les gentlemen du club.

Au bout d'une heure – il était exactement cinq heures de l'après-midi –, comme à un signal donné, tous les gentlemen se levèrent en même temps. Les garçons de la taverne avaient monté une longue table rectangulaire au milieu de la salle, et tous s'y installèrent pour le dîner.

Le repas fut absolument gargantuesque. Les garçons apportèrent des dizaines de plats : d'énormes pièces de bœuf, des tourtes de gibier, des canards

6. Le Club des philosophes royaux.

rôtis, des asperges, des pois et des haricots, des soles de Douvres… On fit circuler de grandes cruches d'une bière rousse. Chacun se servait ce qu'il voulait et mangeait dans l'ordre qui lui plaisait, ce qui me surprit fort, puisqu'à Paris les plats étaient servis dans un ordre précis, ce qui permettait aux convives de manger ensemble les mêmes mets.

Quand enfin les plats furent presque tous vides, les cruches renversées et mon ventre bien plein, je crus que le repas était fini, d'autant plus que les garçons étaient venus débarrasser et enlever la nappe.

Je me trompais. Une longue théorie de garçons apportèrent alors toute une série d'autres plats que l'on disposa sur le bois luisant de la table : des puddings, des tartes aux cerises, des fruits, des olives, du fromage, du beurre. La mastication reprit de plus belle, huilée cette fois par d'excellents vins français et du porto bien vieilli.

J'étais vraiment abasourdi. Mais ce qui mit le comble à ma surprise, c'est que les gentlemen, tout en mangeant fort proprement, sans hâte excessive, mais non plus sans lenteur, s'adonnaient à la conversation la plus vive, la plus animée. Des exclamations fusaient de partout et l'on abordait, après une discussion bien grave sur l'état de l'Europe, des sujets plus légers, sinon plaisants, assaisonnés d'un humour fin.

La seconde table fut aussi bien nettoyée que la première. Nous mangions depuis deux heures et je commençais à me trouver fort alourdi, lorsque Sir Pringle, le président du club, se leva, un verre à la main. Tous les gentlemen se mirent debout : le moment solennel du toast était arrivé. Le président leva son verre et proposa de boire à la santé du souverain. Puis on but à celle du prince de Galles. Ensuite, il se tourna vers moi :

— Nous boirons également à la santé de notre hôte français, Monsieur Séguier.

J'étais paralysé par la surprise et la confusion, mais je dus lever mon verre et sourire aux visages congestionnés qui se tournaient aimablement vers moi. Quand, enfin, chaque membre eut bu à la santé de son voisin de droite et à celle de son voisin de gauche, je vis certaines silhouettes qui commençaient à vaciller dangereusement.

Ce rituel du toast, qui allait se répéter toutes les fois que j'assistai aux réunions du club, me rappela des conversations que j'avais entendues entre Beaumarchais et La Brenellerie. Tous deux étaient membres d'une loge de francs-maçons à Paris. À quelques reprises, je les entendis évoquer devant moi les toasts portés à la fin des banquets de la loge.

Je leur demandai un jour ce qu'ils faisaient dans ces réunions. Ils m'assurèrent qu'ils étaient tenus au secret par un serment solennel. Mais ils ajoutèrent en souriant que j'avais bien compris leur conversation, et que leurs repas étaient suivis d'une abondance de toasts, portés à la santé du Roi, de l'humanité, de la France, de nombreux Français, de leurs amis, de leurs voisins, de leurs parents et de mille autres causes.

Je revins régulièrement à la *Mitre Tavern*, en compagnie de Monsieur Boswell. L'on m'y recevait toujours très aimablement. Je souriais à tout le monde, mais me faisais le plus discret possible. Après avoir tenté à quelques reprises de m'entraîner, en ma qualité de Français, dans «une discussion philosophique», les gentlemen du club durent conclure que j'étais un peu simplet, car je ne répondais que par monosyllabes. On finit par me laisser tranquille, et j'eus souvent le sentiment qu'on ignorait même ma présence.

J'eus ainsi l'occasion de mieux observer mes hôtes et de mieux les connaître. J'appréciai encore davantage leur affabilité à mon égard quand je me rendis compte que la plupart des membres du club appartenaient à la classe la plus élevée, celle des aristocrates, et que les rares exceptions à cette règle ne favorisaient que quelques commerçants très riches, qui pouvaient ainsi fréquenter la noblesse et la gentry les plus huppées de Londres. Monsieur Boswell appartenait à cette catégorie, et je me demandais quelquefois si sa fréquentation assidue du club n'était pas, pour lui, une façon de se servir de sa fortune pour se frayer un chemin vers un titre de noblesse.

Les premières fois, j'écoutais, ahuri, la conversation de mes hôtes. Ils parlaient du souverain et du gouvernement avec une liberté de ton surprenante. Ils critiquaient, quelquefois avec virulence, les décisions du roi George et surtout de ses ministres. Que de fois ne m'étais-je dit qu'à Paris ces critiques et cette fronde auraient été punies par un séjour à la Bastille! Quelques-unes des exclamations, d'une verdeur et d'une vigueur étonnantes, rivalisaient avec les injures et les invectives des folliculaires et des pamphlétaires de Paris, que la police du Roi poursuivait avec acharnement.

Je crus, au début, que certains de ces propos frôlaient la trahison. Mais je me rendis compte assez vite que les gentlemen n'avaient à l'esprit qu'une seule idée, qu'une seule préoccupation: la plus grande gloire de l'Angleterre. Leurs critiques, quoique virulentes, ne touchaient qu'aux décisions qui, pour eux, ne favorisaient pas la gloire de la Couronne et la grandeur du pays. De nouveau, je pensai à Paris et aux discussions qui y avaient cours;

aussi vives que celles que l'on tenait à Londres, elles ne tendaient cependant qu'à favoriser une faction, à avantager un groupe, à enrichir une coterie.

Les membres du club se préoccupaient beaucoup de l'embellissement de leur ville et de l'hygiène de sa population. Ils discutaient avec passion des mérites comparés des différentes méthodes d'éclairage public et se demandaient ensuite avec inquiétude si le nouveau procédé, qu'ils appelaient l'inoculation, préconisé par quelques hardis chirurgiens, et qui consistait à ouvrir avec une lame une petite plaie dans les doigts des enfants et des jeunes gens, puis à la frotter avec un linge trempé dans les excrétions d'un malade, allait vraiment combattre les ravages de la vérole.

Mais s'il y avait un sujet qui soulevait les plus vives passions, c'était bien celui de la rébellion des Insurgents des colonies d'Amérique. Les membres du club étaient unanimes dans leur colère, et condamnaient dans les termes les plus vifs ces Américains ingrats et rebelles qui osaient se révolter contre le souverain.

— Ils prétendent vouloir la liberté en combattant le Roi, affirma un jour Sir Pringle, et ils oublient que toutes les libertés dont ils jouissent déjà leur ont été conférées par le Royaume-Uni.

— Ils veulent bien jouir de la protection de nos soldats, mais refusent de payer des taxes, bougonna un gentleman qui possédait de vastes terres dans le Gloucestershire.

Il ne cessait de se plaindre du gouvernement, qui, affirmait-il, l'étouffait de taxes, d'impôts et de redevances, même si ses terres étaient incultes.

— De toute façon, expliqua un général au visage cramoisi et à la moustache roulée en pointe et relevée des deux côtés des narines, de toute façon, ils ne tarderont pas à payer cher leur insolence. On dit qu'un de leurs chefs exige la liberté ou la mort. Eh bien, ajouta-t-il avec un rire qui fit frémir ses joues veinées de rose, eh bien, ils l'auront, la mort, puisqu'ils la souhaitent!

— Le général John Burgoyne, le commandant de nos troupes, et son adjoint le général Sir Henry Clinton sont en train de poursuivre ces ingrats, ajouta Pringle. Et les Insurgents n'auront plus alors qu'à bien se tenir!

— Oh! affirma le général cramoisi, il y a longtemps que ces misérables auraient été battus et que les colonies seraient revenues dans le giron de la couronne, si...

Il hésita un instant.

— Si quoi? le relança Pringle.

— Si des souverains ennemis de notre Roi n'encourageaient pas en sous-main les Insurgents dans leur félonie.

Quelques têtes se tournèrent discrètement vers moi. Je fis semblant de ne pas saisir l'allusion. Cependant, tout en me faisant le plus discret possible, j'ouvris grand mes oreilles pour ne rien perdre de la conversation. Les gentlemen du club abordaient enfin le sujet pour lequel j'étais venu à Londres.

— Oui, il y a longtemps que notre armée aurait eu raison de ces paysans, de ces pêcheurs et de ces chasseurs, s'échauffait le général. Mais il a fallu qu'on leur envoie des armes. Il a fallu qu'on les encourage dans leur révolte. Eh bien! nous ne nous laisserons pas faire, et, s'il le faut, notre souverain bien-aimé s'attaquera à la source même de l'aide que les Insurgents reçoivent.

Je m'enfonçai un peu plus dans mon fauteuil.

La discussion devenait particulièrement intéressante. Cependant, comme l'horloge venait de sonner cinq heures, les échanges s'interrompirent brusquement au beau milieu d'une phrase inachevée; l'heure du rituel du repas était arrivée.

Les jours suivants, la conversation revint souvent sur la guerre dans les colonies américaines ou, comme disaient les nobles seigneurs de Londres, la « déloyauté et la fourberie des Insurgents ».

Un jour du début d'octobre, je fus surpris en arrivant à la *Mitre Tavern*. De nombreux gentlemen étaient silencieux, les autres chuchotaient entre eux d'un air grave.

Je m'assis à ma place habituelle, n'osant même pas saluer mes voisins, comme je le faisais d'habitude. Personne ne me prêtait attention.

Les conversations, cependant, reprirent peu à peu, s'enflèrent bientôt. Un vacarme assourdissant emplit la grande salle où nous nous trouvions. Il était fait d'exclamations indignées, de répliques échangées d'un bout à l'autre de la salle, de brusques interjections dans lesquelles je crus même reconnaître des jurons. J'étais sidéré : jamais ces nobles gentlemen, d'habitude si calmes, si pondérés dans leurs échanges, n'avaient témoigné d'une telle colère.

Je prêtai l'oreille aux propos autour de moi et, peu à peu, je réussis à comprendre les raisons de ce hourvari. Un navire venait d'arriver de Boston. À son bord, un messager du gouverneur anglais du Massachusetts apportait une lettre que, à peine débarqué, il s'empressa de porter aux bureaux du *Colonial Office*. Et bientôt, la nouvelle, l'incroyable nouvelle se répandit dans Londres : le général Burgoyne, le commandant des troupes de Sa

Majesté en Amérique, venait de se rendre avec armes et bagages aux milices des rebelles, menées par un certain Horatio Gates.

Les gentlemen n'arrivaient pas à le croire: une armée de Sa Majesté, forte de plus de six mille hommes, obligée de se rendre à de misérables colons! Burgoyne était critiqué amèrement, conspué, traité de lâche.

— Imaginez donc, grondait le général dont les joues tremblotaient de rage et viraient au mauve, que cet incompétent, pour ne pas dire ce traître, avait fait un pari avant son départ pour les colonies.

— Un pari? demanda Sir Pringle en frottant vigoureusement son monocle avec un grand mouchoir. Quel pari?

— Il avait parié, précisa le général en ricanant, qu'il reviendrait à Londres dans moins d'un an, après avoir maté les rebelles et fait prisonniers leurs chefs. La rumeur veut qu'il revienne bientôt, après avoir été fait prisonnier lui-même par ces chefs qu'il méprisait si ouvertement!

Un grondement accueillit ces mots, et je me dis que cela ressemblait beaucoup à un gémissement.

Les jours suivants, les membres du club analysèrent avec passion, avec rage, avec mépris, la stratégie du général Burgoyne. Bientôt, le mot Saratoga fut sur toutes les lèvres: c'était le nom de la bourgade de la colonie de New York où le général anglais avait dû se rendre aux Américains.

On en revint assez rapidement aux raisons fondamentales de cette défaite. On affirmait que les va-nu-pieds d'Amérique n'auraient jamais pu combattre les soldats de Sa Majesté le roi George s'ils n'étaient pas poussés en sous-main par « l'éternelle ennemie du Royaume-Uni ».

— C'est bien plus grave que cela, gronda le général aux joues couperosées.

— Oui, renchérit Sir Pringle. Nos ennemis ne se contentent pas d'encourager les commerçants de Boston, de New York et de Philadelphie, ils leur fournissent des armes.

— Je me suis laissé dire que notre gouvernement ne reste pas les bras croisés devant cette félonie de la France, chuchota un jeune dandy que son père entretenait à Londres et qui, s'y ennuyant beaucoup, caressait l'espoir de se faire élire un jour aux Communes.

C'était l'une des rares fois que j'entendais un membre du club désigner de manière aussi directe la cause des déboires anglais en Amérique. Je prêtai encore plus attentivement l'oreille.

— Vous avez bien raison, renchérit le gentleman du Gloucestershire. Un de mes amis du *Foreign Office* m'a affirmé que notre ambassadeur à Paris ne restait pas inactif, et que ses gens dans les ports français avaient réussi à empêcher de nombreuses cargaisons d'armes de partir pour l'Amérique.

Je frémis: si seulement ils se doutaient qu'un des rouages – minuscules, certes, mais un rouage tout de même – de l'engrenage qui avait mené aux échecs anglais dans le Nouveau Monde se trouvait justement devant eux, l'air un peu simplet, le regard perdu dans le vague, mais les oreilles largement ouvertes!

Les jours suivants, les membres du club continuèrent de ruminer la situation dans les colonies américaines. Un jour, cependant, le ton changea. Ce fut le général qui causa une éclaircie soudaine dans les humeurs.

Il arriva, ce jour-là, l'air tout guilleret, les joues

particulièrement fraîches, le sourire aux lèvres, les pointes de la moustache fièrement dressées vers le ciel. Les membres influents du club sentirent tout de suite que quelque chose de nouveau, d'inattendu, l'avait revigoré. Ils s'approchèrent de lui, les yeux interrogateurs.

Le général ne se fit pas longtemps prier : il brûlait d'envie de parler. Il invita Sir Pringle, le gentleman du Gloucestershire et deux ou trois autres membres à le rejoindre autour d'une table en retrait. Je n'avais rien perdu de la manœuvre. J'étais assis non loin du lieu du conciliabule, je m'enfonçai profondément dans mon fauteuil en faisant semblant de prêter la plus vive attention au dandy désœuvré qui pérorait sans cesse sur les mérites insignes de sa famille, mais je ne perdais pas un mot de la conversation du général.

— La situation pourrait bientôt changer dans nos colonies, et les rebelles qui ont battu et emprisonné Burgoyne vont vite déchanter, dit le général, qui croyait chuchoter, mais dont la voix grondante portait loin.

— Comment cela? demanda Sir Pringle, à qui les autres laissaient toujours l'honneur de poser la première question, en sa qualité de président du *Royal Society Club*.

— Eh bien, vous savez que Burgoyne a été démis de son commandement et qu'il revient incessamment à Londres. Il nous faut donc le remplacer. Oh! je sais bien que nos généraux en Amérique sont compétents. Après tout, ils ont fait leurs armes contre les Français, ils se sont emparés de la colonie du Canada, ils ont pris Québec et Montréal, mais...

Le général hésita un moment.

— Mais…? le relança un évêque habillé d'une soutane rouge et coiffé d'une perruque blanche.

— Mais Lord Germain pense promouvoir Cornwallis.

— Cornwallis? s'exclama le gentleman du Gloucestershire. Mais il n'est même pas commandant en second. Pourquoi donc le secrétaire d'État à l'Amérique envisage-t-il de lui confier les rênes de nos troupes?

— Vous avez raison, expliqua le général, Cornwallis n'a pas encore commandé de nombreuses troupes, mais Lord Germain lui fait confiance, car il a l'étoffe d'un grand stratège. Je suis bien d'accord avec lui: Cornwallis saura rétablir la situation dans les colonies.

— Vous pensez donc que la rébellion sera bientôt matée? demanda Sir Pringle.

— Je le crois bien, affirma le général en roulant sa moustache. D'autant plus que…

Et il prit un petit air mystérieux.

— Mais encore? s'exclama l'évêque, que la coquetterie du général semblait particulièrement exaspérer.

— D'autant plus que ce n'est pas tout. Cornwallis va diriger les opérations dans les colonies, mais nous allons, pour notre part, tout faire pour l'aider.

— Allons-nous envoyer d'autres troupes en Amérique? demanda Sir Pringle.

— Oui, d'autres régiments vont bientôt s'embarquer à Portsmouth. Mais surtout, nous allons isoler et affamer les rebelles.

Il baissa la voix, et je dus tendre l'oreille pour distinguer ce qu'il disait.

— Le cabinet a résolu de mener une action décisive pour arrêter le flot des armes et des renforts qui partent de France pour les colonies.

— Mais ce serait une déclaration de guerre aux Français! s'exclama l'évêque.

— Oui, reconnut le général, mais notre souverain ne peut rester insensible aux provocations de Versailles. Si le roi Louis XVI veut la guerre, eh bien! il l'aura.

— Mais comment allons-nous empêcher les armes de parvenir aux Américains?

— Il n'y a pas mille façons d'opérer, et notre *Navy* a reçu l'ordre d'intercepter tous les navires qui quittent les ports français, de les arraisonner et de les fouiller en pleine mer. Cette opération va débuter dans deux semaines.

Le général continuait d'expliquer en détail les plans du gouvernement anglais, mais je ne l'écoutais plus. J'étais tout à la fois atterré et excité. Je me rendais compte que je venais, là, de façon fortuite, de remplir la mission pour laquelle Monsieur de Beaumarchais m'avait envoyé à Londres. J'avais appris l'essentiel. Les navires dont mon patron emplissait les cales de fusils, de munitions, d'uniformes et de chaussures allaient être la proie des navires de guerre anglais.

Les Américains risquaient fort de faire les frais de cette décision du cabinet anglais, mais ce n'était pas à eux que je pensais le plus à ce moment-là. C'était à mon maître: si, d'un seul coup, les Anglais se saisissaient de tous ses navires, il serait réduit à la faillite et ses ennemis, nombreux à Versailles et à Paris, n'hésiteraient pas à le déchiqueter dans les libelles et les pamphlets des écrivaillons de service.

Je songeais que, plus encore que les pertes financières de Roderigue Hortalez et Cie, ce qui affligerait particulièrement mon maître serait son impuissance à aider les révoltés d'Amérique. J'avais suffisamment côtoyé Beaumarchais pour savoir que la cause de la liberté américaine lui tenait à cœur plus que tout. Je me souvenais encore du ton passionné avec lequel il avait un jour répondu à Monsieur Lecouvreur, venu se plaindre de tracas avec la police et de pertes financières:

— Mon cher Lecouvreur, avait-il dit au premier commis, je n'ai de cesse de vous le répéter: la cause que nous défendons, la cause de la liberté de l'Amérique, est une noble cause et mérite bien quelques tracas, comme vous dites!

Il ne dépendait que de moi d'empêcher que toute l'entreprise de mon maître ne s'effondre. Je savais ce que les Anglais tramaient. Il me fallait retourner le plus rapidement possible à Paris pour avertir Monsieur de Beaumarchais. Ce soir-là, je dis à Marie de s'apprêter à quitter Londres.

— Quand est-ce que nous partons? me demanda-t-elle.

— Oh, dans trois jours, lui dis-je. J'aimerais en savoir un tout petit peu plus sur les plans de la marine anglaise. Peut-être que le général, qui est en verve, nous en apprendra plus à la prochaine réunion du club.

Je devais regretter amèrement ma décision. J'aurais dû quitter Londres immédiatement. En effet, ce fut le lendemain de ce jour que je me trouvai nez à nez avec Alistair Dickson, le secrétaire de l'ambassade anglaise à Paris. Sir Pringle, qu'il accompagnait, le présentait aux membres du club en leur précisant que son ami, Monsieur Dickson, était un fidèle serviteur du roi George et qu'il était revenu à Londres à la demande du secrétaire au *Foreign Office*.

Dickson ne m'avait rencontré que deux fois, à

Paris, pour me proposer d'espionner Beaumarchais. Mais, comme tout bon diplomate, il avait l'œil vif et la mémoire longue. Quand Sir Pringle s'approcha de moi, Dickson commença par sourire. Le président du club disait d'une voix affable :

— Permettez-moi, Monsieur Dickson, de vous présenter Monsieur Séguier. Monsieur Séguier, vous pourrez converser avec Monsieur Dickson dans votre langue, puisqu'il maîtrise parfaitement le français.

En entendant mon nom, Monsieur Dickson s'était raidi. Il m'avait serré la main poliment, m'avait dit deux mots de français et avait continué sa tournée.

Je voulus donc quitter la *Mitre Tavern* au plus vite. Le temps de me lever, de dire bonsoir aux membres qui m'entouraient et de récupérer mon manteau, je me trouvai accosté, dans Fleet Street, par deux agents du Roi en civil.

À présent, je me trouvais donc à la Tour de Londres. Sa réputation était terrible, mais la cellule où je me trouvais n'était pas infâme. Je ne cessais de me morigéner : « Pourquoi donc n'ai-je pas quitté Londres il y a deux jours? Je serais probablement aujourd'hui à Paris, à l'hôtel de Hollande, plutôt qu'entre quatre murs dans la Tour de Londres. J'ai été imprudent, imprudent et bête. Au club, les Anglais m'ont bien accueilli – ce peuple est toujours courtois à l'égard des étrangers –, mais j'aurais dû me douter que mon subterfuge ne durerait pas indéfiniment. »

J'étais inquiet, certain que mes geôliers finiraient par connaître ma véritable identité. Je risquais peut-être le cachot, même si on ne pouvait rien me reprocher, sauf un changement de nom. Mais

Dickson n'était pas imbécile : il ferait facilement le lien entre ma fausse identité à Londres et les renseignements incomplets ou faux que je lui avais donnés en France.

Je m'en voulais surtout d'avoir entraîné Marie dans cette aventure. Elle avait dû, maintenant, apprendre mon arrestation. Elle devait s'inquiéter, s'affoler peut-être. Pourrait-elle retourner à Paris sans être ennuyée par les Anglais? Une foule de questions me tourmentaient sans arrêt, et mon inquiétude mêlée à mes remords m'empêchait de réfléchir, de dormir, de trouver le moindre repos.

Le troisième jour, la clef grinça de nouveau dans la serrure. Je m'attendais à voir le geôlier m'apporter mon gruau du matin. À sa place, je vis entrer les deux hommes qui m'avaient arrêté. Allons bon! On voulait donc me priver de nourriture, m'affaiblir, m'interroger dès l'aube?

L'homme qui m'avait déjà questionné s'adressa à moi d'un ton froid :

— Monsieur Séguier, veuillez m'accompagner. Vous avez une visite. Un gentleman et une dame vous attendent.

Chapitre XI

Nous attendions, Monsieur Boswell et moi, dans une pièce carrée. Deux grandes fenêtres l'inondaient d'une surprenante lumière d'automne. L'une des deux donnait sur la Tamise, qui coulait, large et lente, au pied de la Tour. Au milieu de la pièce, quatre fauteuils de cuir entouraient une table ronde. Monsieur Boswell m'avait invitée à m'asseoir, mais j'étais trop nerveuse, trop inquiète aussi, et je préférais rester debout en attendant l'arrivée de Fabien.

J'étais épuisée: les trente-six dernières heures avaient été atroces. Je me souvenais encore de l'arrivée du négociant anglais, l'avant-veille au soir, à l'auberge où j'attendais Fabien.

C'était une soirée comme les autres. Je dois avouer que je m'ennuyais beaucoup, toute seule dans cette auberge, et j'en voulais même un peu à mon ami. Quelques jours plus tôt, quand il m'avait appris qu'il avait réussi sa mission, j'avais cru que nous allions retourner immédiatement en France. Je me trompais.

— Non, pas tout de suite, me dit-il avec distraction. Il me reste encore deux ou trois choses à vérifier.

Des larmes me montèrent aux yeux: il n'avait même pas remarqué mon émotion, il était obnubilé par sa mission, il voulait réussir à tout prix, mais, en attendant, il oubliait de remarquer ma présence, mon attente. Il m'oubliait tout simplement...

L'avant-veille, donc, je me morfondais à l'auberge lorsque, dans la soirée, Monsieur Boswell vint me voir. Je le rencontrais régulièrement, en compagnie de Fabien. J'étais heureuse de l'amitié qu'il portait à mon ami, mais, pour ma part, je continuais de ressentir un malaise quand je me trouvais devant lui. Tout, dans son allure et son comportement à mon égard, me troublait et m'inquiétait. Il s'approcha de moi, l'air plein de sollicitude, puis me dit:

— Il faut vous armer de courage, Mademoiselle Séguier. Votre frère...

Saisie d'angoisse, je m'écriai:

— Quoi, Fabien? Qu'est-il arrivé à Fabien?

Après une hésitation, il reprit:

— Eh bien, Mademoiselle, votre frère a été arrêté par la police du Roi. Il a été emmené en prison...

Il se tut un moment, puis reprit:

— Ma pauvre amie, ma pauvre amie...

Et soudain, comme cédant à une impulsion, il m'étreignit et me serra dans ses bras.

Je ne pus résister à un mouvement de répulsion et le repoussai. Je criais presque:

— Fabien arrêté? Pourquoi?

— Ma pauvre amie, j'aurais tant voulu vous épargner cette épreuve. Il a été arrêté par des agents du gouvernement, qui l'ont emmené à sa sortie du club.

— Emmené où? Savez-vous où il se trouve?

— Oui, reprit-il, de nouveau l'air plein de commisération. On l'a emprisonné à la Tour.

Une grosse boule se forma dans ma gorge. Je pensais suffoquer: la Tour de Londres avait une sinistre réputation. J'imaginais Fabien dans une cellule souterraine, sans soupirail, les pieds enchaînés, des rats courant dans le noir autour de ses jambes.

Monsieur Boswell m'observait attentivement. Il me demanda d'un ton doucereux :

— Savez-vous, Mademoiselle, pourquoi on a arrêté votre frère?

Sa question me réveilla de la prostration dans laquelle j'étais plongée. Je savais bien, moi, pourquoi Fabien avait pu attirer les soupçons des Anglais. Sa vraie identité avait peut-être été percée à jour. Ou peut-être soupçonnait-on seulement quelque chose? Ce ne serait certes pas moi qui le livrerais à ses ennemis. Je pris l'air le plus surpris du monde et répondis :

— Non, Monsieur, je n'en ai pas la moindre idée.

— Savez-vous si votre frère s'est attiré des inimitiés?

— Oh! non, Monsieur, mon frère est l'affabilité même. Tout le monde l'aime à Paris, et vous avez vu vous-même qu'à Londres il s'est fait de nombreux amis.

— Serait-ce par hasard lié à son commerce? Pourriez-vous me dire la nature précise de son négoce? Avec qui donc traite-t-il exactement à Paris?

Je savais que j'étais sur un terrain glissant. Je pris un air ingénu.

— Je crois bien que mon frère voyait souvent un certain Monsieur de Rozières. Pour le reste, je ne sais trop.

Monsieur Boswell se tut. Me croyait-il? Pour le détourner de ses réflexions, je m'exclamai soudain :

— Monsieur, Monsieur, pourrais-je voir mon frère? Pourriez-vous, s'il vous plaît, intercéder pour moi et m'organiser une rencontre avec Fabien?

Il parut surpris.

— Voir votre frère? Euh... oui, je crois. Je vais voir ce que je peux faire pour vous.

Il semblait soudain ragaillardi. Il me quitta en me promettant de revenir me voir.

Le lendemain, il revint le soir à l'auberge.

— J'ai, me dit-il, de bonnes nouvelles pour vous. On m'a permis de vous emmener rencontrer votre frère.

— Nous y allons tantôt? m'exclamai-je.

— Oh non, il fait bien trop noir maintenant, Mademoiselle. Je reviens vous prendre demain matin.

Je le remerciai avec effusion. Je faillis lui demander qui étaient ces gens qui lui avaient donné la permission d'arranger une rencontre entre Fabien et moi, mais je me retins à la dernière minute: il fallait continuer de jouer mon rôle d'ingénue.

Le lendemain matin, il m'attendait dans son carrosse devant l'auberge. Je m'assis à côté de lui. Pendant tout le trajet dans Londres, il ne cessa de me dire à quel point il s'intéressait à Fabien et à moi, et combien il nous voulait du bien. Pour me prouver sa sincérité, il se saisit de ma main qu'il pressa fortement entre les siennes. Je fus tentée de le repousser, comme l'autre jour, mais je m'abstins. L'important, pour le moment, était de voir Fabien.

Je fus surprise en entrant dans la cour de la Tour. L'endroit était beaucoup moins sinistre que je ne l'imaginais. Des dizaines de militaires y déambulaient, des femmes y circulaient librement, et des enfants jouaient dans un préau gazonné.

On nous fit entrer dans une pièce carrée. Quelques instants plus tard, la porte s'ouvrit, un homme au chapeau de feutre entra, suivi de Fabien. En me voyant, mon ami eut un sursaut de joie: il ne s'attendait manifestement pas à me voir. Je me précipitai vers lui, mais me retins au dernier instant de l'embrasser sur les lèvres: après tout, il était mon frère.

Il était pâle, il paraissait fatigué. Je me dis même qu'il semblait avoir maigri depuis son arrestation. Je lui demandai s'il se portait bien. Il m'assura que tout allait pour le mieux et que je ne devais pas m'inquiéter. Monsieur Boswell nous invita à nous asseoir autour de la table.

— Mon cher Fabien, dit-il, je suis très fâché que l'on vous ait arrêté. Vous a-t-on dit pourquoi les agents du Roi vous attendaient à la sortie du club?

— Non, Monsieur, ils ne m'ont rien dit.

— Et vous, avez-vous la moindre idée, la plus petite notion des raisons pour lesquelles le gouvernement de Sa Majesté vous en voudrait?

— Absolument pas, Monsieur, répliqua paisiblement mon ami, même si je le vis tressaillir.

— Votre commerce, vos amis à Paris ou à Londres, pourraient-ils être la cause de votre arrestation?

— Mon commerce, Monsieur, est loin d'être important, comme vous le savez. Je n'en suis qu'à mes débuts, et j'apprends les rudiments du négoce. Quant à mes amis, eh bien! vous savez qu'à Londres je m'enorgueillis de l'amitié des meilleurs gentlemen, dont vous êtes. Vous savez aussi que les membres du *Royal Society Club*, que vous connaissez intimement, me font l'honneur de m'accueillir en leur compagnie. Non, Monsieur, honnêtement, je ne sais ce que l'on peut bien me reprocher.

Nous continuâmes à converser ainsi pendant encore quelques minutes. J'aurais aimé que Monsieur

Boswell nous laisse seuls quelques instants, Fabien et moi, mais il ne montrait aucune velléité de s'éloigner. Il finit par se lever. La visite était terminée, et il m'invita à le suivre.

Fabien m'étreignit et, profitant du moment où il m'embrassait, il me chuchota à l'oreille :

— Surtout, ne dis rien…

En retournant à l'auberge, je demandai à Monsieur Boswell si je pouvais revoir mon frère le lendemain ou le jour suivant. Il prit un air dubitatif et me répondit :

— Je vais voir ce que je peux faire, chère Mademoiselle. Vous savez bien que je ne peux refuser grand-chose à une personne telle que vous.

Le lendemain, il vint me chercher dans son carrosse. Je crus qu'il m'amenait de nouveau à la Tour de Londres, mais sa voiture s'enfonça dans les rues de la City et s'arrêta devant son hôtel. Devant mon air surpris, il m'expliqua :

— Nous allons visiter Fabien, ne vous inquiétez pas, Mademoiselle, mais auparavant je voudrais vous entretenir de quelque chose. Quelque chose d'important.

Nous pénétrâmes dans son hôtel. Le majordome nous attendait, impassible, et nous précéda dans un petit salon, qui ressemblait à un boudoir. Un sofa profond faisait face à deux fauteuils moelleux. Monsieur Boswell s'assit sur le sofa et m'invita à prendre place à ses côtés. Je me sentais mal à l'aise : pourquoi ne m'avait-il pas emmenée au grand salon, où il nous recevait d'habitude, Fabien et moi?

— J'ai été touché, me dit-il, par l'affection que vous témoignez à votre frère. L'attachement que vous avez pour lui est bien celui d'une belle âme. J'ai donc décidé de vous aider de toutes mes forces.

Je fus surprise par ces paroles. Je m'écriai :

— Oh! Monsieur, je vous en serai éternellement reconnaissante.

Une lueur passa dans son regard. Il se tourna vers moi :

— C'est que, voyez-vous, la tâche n'est pas aisée, Mademoiselle. Vous m'avez demandé, hier, de vous ménager une autre rencontre avec Fabien. Hélas! pour le moment, cela semble bien compliqué. J'ai demandé à mes amis – vous savez, ceux qui ont facilité votre première visite à la Tour – de nous permettre d'y retourner. Ils ont refusé tout net. Ils m'ont laissé entendre que de graves soupçons pesaient sur Fabien et qu'il devait rester au secret.

Ces paroles me plongèrent dans le plus grand désespoir. Je m'écriai :

— Quels soupçons, Monsieur? De quoi l'accuse-t-on, enfin?

— Je ne saurais vous le dire, Mademoiselle. Cependant, tout n'est pas perdu.

— Comment cela, Monsieur?

— Eh bien, je connais d'autres personnes, au Ministère. Des gens haut placés. Des gens qui peuvent tout ordonner; ils seraient obéis aveuglément.

— Alors, Monsieur, je vous prie de parler à ces gens. Aujourd'hui même, s'il vous plaît…

Je vis de nouveau, dans ses yeux, une lueur qui m'inquiéta soudain :

— Je vous ai dit, Mademoiselle, que j'étais tout disposé à vous servir. Nous pourrions, dès cet après-midi, visiter votre frère, nous pourrions même demander pour lui l'indulgence du gouvernement, si vous acceptiez que je puisse vous témoigner tous les sentiments que j'éprouve pour vous. Vous avez pu voir l'effet que vous me faites…

J'étais pétrifiée. Son exaltation croissait, sa voix devenait haletante, aiguë, pendant qu'il me disait à quel point j'étais belle et à quel point il m'aimait. Soudain, il m'entoura de ses bras, se pencha sur mes lèvres qu'il voulait saisir, pendant qu'il chiffonnait, à travers ma robe, ma croupe et mes seins. Je vis, en un éclair, pendant que son visage approchait du mien, une verrue au coin de sa narine que je n'avais pas remarquée auparavant.

Quand sa bouche toucha la mienne, j'eus un sursaut de dégoût. Je le repoussai, mais il était fort et lourd. Il haletait, et son souffle chaud m'écœurait. Je finis par me libérer de son étreinte. Je me levai du sofa, échevelée; ma robe était chiffonnée, j'avais le souffle court.

Monsieur Boswell se redressa lourdement. Il grimaçait, et l'air affable qu'il se donnait d'habitude avait fait place à une expression de froide colère.

— Mademoiselle, me dit-il, vous avez choisi. Vous tâcherez de trouver quelqu'un d'autre pour aider votre frère. Pour ma part, je ne souhaite ni vous revoir ni user de mon crédit pour Fabien. Vous regretterez peut-être alors votre insensibilité et votre refus de répondre à l'affection pure que je vous offrais.

Il tira un cordon; une clochette tinta, et le majordome entra dans le boudoir.

— Spencer, lui dit Monsieur Boswell en quittant brusquement la pièce, raccompagnez donc Mademoiselle.

Je me retrouvai dans la rue. J'étais désemparée : je n'étais jamais venue à pied chez Monsieur Boswell, et je me perdis vite dans les rues étroites de la City. Finalement, une vieille dame m'indiqua le chemin et je finis par arriver à l'auberge. Je m'enfermai aussitôt dans ma chambre.

Je me mis à pleurer, puis à sangloter. Les caresses que Monsieur Boswell m'avait prodiguées, bien malgré moi, m'avaient écœurée.

Mon instinct ne m'avait pas trompée : depuis nos premières rencontres, il nourrissait à mon égard des intentions odieuses. Mais j'avais baissé ma garde après l'arrestation de Fabien, et il en avait profité. Je me blâmais d'avoir accepté son invitation, quand il m'avait amenée chez lui plutôt qu'à la Tour. J'aurais dû alors refuser, mais j'étais obnubilée par une seule idée : revoir Fabien et trouver un moyen de le faire libérer.

Je finis par cesser de pleurer : la pensée de Fabien m'avait sortie de mon abattement. Je ne pouvais plus compter sur Monsieur Boswell et je ne souhaitais pour rien au monde le revoir. Qui donc, à Londres, pouvait m'aider?

Je me souvins alors de Monsieur Théveneau de Morande, le premier Français que nous avions rencontré en arrivant dans la ville. Monsieur de Beaumarchais et Monsieur de La Brenellerie avaient dit à Fabien, avant notre départ de Paris, que Morande était un espion et qu'il connaissait beaucoup de gens à Londres. La Brenellerie avait même vaguement laissé entendre qu'il avait quelquefois collaboré avec Beaumarchais. Peut-être pourrait-il m'aider.

Je ne l'avais vu que rarement depuis que nous fréquentions Boswell. Je me rappelais cependant sa demeure, la première où nous nous étions rendus à notre arrivée.

Je frappai à sa porte. Il m'ouvrit et s'effaça pour me laisser entrer.

Il était déjà au courant de l'arrestation de Fabien : les nouvelles se répandent vite à Londres.

Je lui demandai s'il savait pourquoi on avait arrêté mon frère. Il prit un air sournois et me dit:

— Oh! beaucoup de rumeurs courent à son sujet. Mais peut-être que vous pourriez, vous, Mademoiselle, éclairer notre lanterne.

— Je ne sais absolument rien, Monsieur, de ce qui se passe.

— Comment, Mademoiselle! Vous ne savez rien des entreprises de votre frère?

— Je vous assure, Monsieur, que je fais la plus absolue confiance à Fabien et ne me suis jamais mêlée de ses projets.

— Peut-être vous a-t-il confié, un jour, quelque chose qui aurait pu vous surprendre?

— Je vous répète, Monsieur, que mon frère est comme un livre ouvert. Jamais ce qu'il a dit ou fait n'a pu me surprendre.

— Les Anglais ne sont pourtant pas des imbéciles, je suis bien payé pour le savoir, Mademoiselle. Je vis chez eux depuis si longtemps! Ou bien ils ont des inquiétudes légitimes à l'égard de votre frère, ou alors ils se trompent.

Il se tut quelques instants. Je restai silencieuse. Il reprit, sur le ton doucereux et avec le regard en dessous que je détestais tant chez lui:

— Quoi qu'il en soit, il y a peut-être un moyen d'éviter à votre frère les désagréments d'un plus long séjour à la Tour. Voyez-vous, Mademoiselle, dans les bureaux anglais comme dans ceux de Paris, vous trouverez toujours quelqu'un qui veut vous rendre service.

Je ne comprenais pas trop ce qu'il voulait dire, mais je m'accrochais à tout espoir de sortir Fabien de sa prison. Je répondis:

— Monsieur, qui sont ces personnes serviables? Et pourquoi ne les approcherait-on pas?

— Holà, Mademoiselle, me dit-il en riant, pas si vite. Ces personnes serviables, comme vous dites, ont des familles à nourrir, des maîtresses à entretenir… Elles sont d'autant plus serviables qu'on les aide à traverser plus aisément les difficultés de la vie.

J'avais enfin compris. Je me raidis un peu avant de demander:

— Et… qu'est-ce qui pourrait aider ces personnes à mener une vie plus facile?

Il sourit. Il n'avait plus besoin de finasser.

— Eh bien, Mademoiselle, un millier de guinées devraient satisfaire les appétits les plus gourmands et graisser les engrenages les plus rouillés.

J'eus un sursaut. Le montant était énorme. Je compris en un éclair que ces guinées n'iraient pas seulement dans les bourses des employés des ministères que Morande voulait soudoyer, mais qu'une bonne partie tomberait dans sa propre escarcelle.

Je n'avais certes pas une telle somme à Londres, et je doutais même de pouvoir la trouver à Paris. De toute manière, je ne voulais pas attendre indéfiniment avant de tirer Fabien des griffes de ses geôliers. Mais comme je ne voulais pas m'aliéner Morande, je lui répondis que je devais réfléchir au moyen de réunir ces fonds et que je lui ferais signe dans les jours suivants. Un éclair de surprise et de joie passa dans ses yeux.

De retour à l'auberge, j'étais effondrée. J'avais bien vu à Paris que les bourgeois tout autant que les nobles n'hésitaient pas, derrière des façades riantes et pleines d'urbanité, à favoriser leur fortune et leurs plaisirs par tous les moyens, même les moins honnêtes, mais l'arrogance, la duplicité et l'hypocrisie de Boswell et de Morande m'avaient troublée et abattue. Je me dis qu'il me restait bien des choses encore à apprendre sur le beau monde de Paris ou de Londres, et que ma vie aux Huit-Maisons, tout unie qu'elle était, m'évitait les désagréments du vice déguisé sous de beaux habits, et les chagrins de l'amitié trompée pour quelques deniers.

Je me secouai. Mes ruminations ne me menaient nulle part, et le sort de Fabien était bien plus important que mes désillusions d'ingénue. Si Boswell et Morande ne pouvaient m'aider, vers qui pouvais-je me tourner à Londres?

Je me souvins alors du chevalier d'Éon. Il s'était comporté avec nous de façon fort aimable. Il était réservé et ne me semblait pas faux. De plus, il était français. Enfin, je ne connaissais personne d'autre à Londres.

Je me fis donc annoncer chez lui par le valet de l'auberge. Le chevalier me répondit par un billet dans lequel il me disait qu'il serait heureux de me recevoir.

Je me rendis donc chez lui le lendemain, au 38 de la rue Brewer, au Golden Square. Ce fut son logeur, un certain Lautem, qui m'ouvrit et me précéda dans la pièce où travaillait Monsieur d'Éon.

Il était assis derrière une grande table sur laquelle s'éparpillaient des liasses de papiers. Autour de lui, une bibliothèque couvrait trois pans de mur du plancher au plafond.

Le chevalier m'accueillit avec un sourire engageant. Il ne prétendit pas ignorer les raisons de ma visite, car il me dit, après m'avoir invitée à m'asseoir :

— Vous devez être bien inquiète au sujet de votre frère, Mademoiselle.

— Ah, Monsieur, vous êtes donc au courant de ce qui lui arrive?

— Eh! qui pourrait l'ignorer? me dit-il avec un

léger sourire. Sous leur masque de discrétion, les Anglais sont friands des malheurs d'autrui, et le nom de votre frère a soudain, à Londres, une notoriété inattendue.

— J'aurais bien souhaité, hélas! qu'il reste dans l'ombre la plus complète. Mais enfin, maintenant qu'il est en prison, mon seul souci, mon seul souhait, mon seul espoir est de l'en faire sortir et de regagner rapidement la France avec lui.

Monsieur d'Éon sembla soudain intéressé.

— Ah! Vous voulez retourner à Paris?

— Oui, Monsieur, mon frère et moi en avions la ferme intention et nous nous préparions déjà, avant ce malheureux événement, à réserver deux places dans le coche qui nous aurait emmenés à Douvres.

Monsieur d'Éon semblait plongé dans ses réflexions. Je repris:

— Je crois savoir que vous vivez à Londres depuis longtemps, Monsieur. Vous connaissez sûrement beaucoup de monde dans cette ville, et votre condition doit vous permettre l'accès aux plus puissants. Je suis venu vous supplier. Pourriez-vous faire quelque chose pour mon frère?

Le chevalier ne répondit pas directement à ma demande. Il me regarda avec intensité:

— Vous savez que je vis depuis longtemps à Londres, Mademoiselle. Que savez-vous d'autre sur moi?

— Je…, je sais que vous êtes un ami de Monsieur Boswell et de Monsieur de Beaumarchais.

— Et que pensez-vous donc du procès qu'on m'intente?

— Un procès? Je ne savais pas, Monsieur…

Le chevalier d'Éon me regarda avec surprise, sinon avec stupéfaction.

— Vous ne savez rien du procès qui fait les délices des gazetiers et des commères de Londres?

Devant mon silence étonné, le chevalier dut se rendre à l'évidence: j'ignorais tout de cette affaire. Il se détendit et sourit:

— Eh bien, Mademoiselle, laissez-moi donc vous instruire d'une histoire incroyable, et pourtant bien vraie. J'ai à Londres de nombreux ennemis, et ils n'ont rien trouvé de mieux pour me nuire que de m'attaquer dans ma virilité. Ces bonnes gens prétendent que votre serviteur, le chevalier, n'est autre que la chevalière d'Éon, et que mon uniforme de dragon n'est qu'un déguisement.

— Un déguisement?

— Oui, Mademoiselle, reprit-il avec une pointe d'impatience et un soupçon d'amertume, un déguisement. Je serais, selon ces bonnes âmes, une femme déguisée en homme. J'ai combattu sur mille champs de bataille en Europe, j'ai versé mon sang pour feu le roi Louis, mais je suis, aux yeux de la foule braillarde de Londres aussi bien que de la foule méchante de Paris, une amazone déguisée en dragon. Vous n'avez pas entendu parler des paris qui me concernent?

— Non, Monsieur, dus-je reconnaître. De quels paris s'agit-il?

— Eh bien, on s'amuse à Londres à parier sur mon sexe. Et comme les parieurs veulent gagner leur mise, ils insistent pour s'assurer de mon sexe, ou plutôt, pour le voir, sinon le palper. Vous voyez, Mademoiselle, dans quel bourbier de turpitudes et de méchanceté je suis enfoncé.

Il poursuivit longuement son histoire. Il me raconta comment il avait défié en duel ceux qui répandaient sur lui ces calomnies, et comment les journalistes de Londres s'étaient déchaînés en insinuations, sinon en allusions grossières et obscènes sur son sexe. Pour mettre le comble à cette atroce aventure, les parieurs, impatientés, voulaient le traîner devant les tribunaux et insistaient pour que les magistrats établissent son sexe sans le moindre doute, et préférablement de visu.

J'étais stupéfaite et je me sentais rougir. Comment pouvait-on douter du sexe du bel homme au port martial qui me parlait ainsi? Je découvrais des horreurs qui auraient révolté et scandalisé les bonnes gens des Huit-Maisons.

Le chevalier m'invita à revenir le voir le lendemain. Entre-temps, il allait, me dit-il, réfléchir au meilleur moyen d'aider Fabien.

Avant de le quitter, je regardai avec curiosité sa bibliothèque. Il s'en aperçut et m'invita à examiner plus attentivement ses livres. Je lui posai quelques questions là-dessus. J'appris ainsi qu'il y en avait plus de six mille, sans parler des manuscrits. C'était une magnifique collection des œuvres les plus diverses, depuis les ouvrages de philosophie et de politique jusqu'aux recueils de poésie et aux romans. Il y avait là des traités de stratégie militaire qui voisinaient avec d'épais recueils de lois, des bibles en latin à côté d'ouvrages en langue persane, hébraïque ou turque, l'*Encyclopédie* de Monsieur Diderot à côté de dictionnaires de médecine! Je ne croyais pas avoir jamais vu, ni en France ni en Angleterre, une bibliothèque aussi riche et variée. Je l'en félicitai. Il se rengorgea en souriant.

Je retournai le lendemain au Golden Square. Le logeur m'ouvrit. Je connaissais le chemin du bureau de Monsieur d'Éon et je m'y rendis seule.

À peine avais-je franchi la porte que je m'arrêtai,

foudroyée par la surprise et l'effroi. Le chevalier se dirigeait vers moi, vêtu d'une belle robe bouffante de soie moirée. Des rubans de plusieurs couleurs pendaient de sa ceinture, un col de dentelle blanche mettait son cou en valeur, et son visage était poudré.

Il rit devant mon ébahissement et m'invita à m'asseoir.

— Voyez-vous, Mademoiselle, me dit-il, on veut absolument que je sois femme? Eh bien, je le serai donc. Oh! je suis bien le chevalier d'Éon, mais la méchanceté publique souhaite que je sois chevalière... Et pas seulement la méchanceté des Anglais. À Paris même, le chevalier exaspère, et la chevalière ferait l'affaire de nombreuses gens.

Je l'écoutais à peine. J'étais troublée par son déguisement! Le chevalier – et je me retins de penser la chevalière – était tout à fait à l'aise dans sa robe, qui épousait son corps avec souplesse et naturel. Son visage avait la vivacité de celui d'une femme, ses mouvements des bras et des mains, la douceur et la suavité des gestes d'une jeune fille. Bref, je reconnaissais les traits du chevalier, mais tout le reste avait soudain changé, comme pour donner raison aux « méchants » de Londres et de Paris!

Je sortis de mon ébahissement quand j'entendis le nom de Fabien. Le chevalier-chevalière me disait:

— De toute façon, vous n'êtes pas venue ici, ma chère Mademoiselle, pour entendre mes aventures, que le tout-venant à Londres peut vous conter. Vous êtes venue pour tirer Monsieur Fabien de la mauvaise passe où il s'est mis – ou bien alors, celle où on l'a mis...

— Vous avez raison, Monsieur le chevalier, dis-je en surmontant mes hésitations, ce sont bien ses ennemis qui l'ont mis dans cette mauvaise passe, et j'ignore tout des raisons qui les ont poussés à le persécuter. C'est bien pourquoi je suis venue vous trouver.

— Et moi, je veux vous aider, car vous me semblez, vous et votre frère, de bien honnêtes Français. Cependant, je dois, auparavant, rencontrer votre frère.

— Rencontrer Fabien? Pourquoi? Comment?

— Pourquoi le rencontrer? Vous verrez bien, Mademoiselle, puisque vous serez avec nous. Permettez-moi, d'ici là, de réserver la primeur de mes intentions à Monsieur Séguier. Quant au comment...

Il sourit avec gaieté.

— Quant au comment, cela n'est pas bien compliqué. Malgré la meute des folliculaires et des envieux qui aboie à mes trousses, j'ai encore, à Londres, de nombreux amis puissants. Lord Ferrers, l'amiral de la flotte, me fait notamment l'honneur de sa protection. Ne vous inquiétez donc pas. Nous nous rendrons demain à la Tour.

Le lendemain, le chevalier avait remis son uniforme de dragon. Son visage avait retrouvé le sérieux et la réserve que je lui avais toujours vus, avant qu'il ne se dévoile à moi sous un autre jour, en robe et poudre, chez lui, plein (ou pleine? je ne savais plus...) de charme, de souplesse et de féminine suavité.

Il me prit en voiture à l'auberge. Nous restâmes silencieux durant la traversée de Londres. À la Tour, après que Monsieur d'Éon eut mis sous le nez du geôlier un papier que je devinai être de Lord Ferrers, on nous amena Fabien.

Mon ami, qu'on n'avait pas prévenu de notre venue et qui se morfondait depuis ma première visite avec Boswell, eut un grand sourire quand il me vit. Il salua chaleureusement mon compagnon.

— Bonjour, Monsieur Séguier, dit d'Éon.

— Monsieur le chevalier, je suis fort honoré de votre visite, et je vous remercie de vous être dérangé.

— Eh bien, dit d'Éon avec le sourire, il faut surtout remercier votre sœur. Tout le mérite lui en revient. Elle est venue me prier de vous aider. Comme, entre compatriotes éloignés de leur patrie, l'entraide est nécessaire, je n'ai pas hésité à lui dire que je ferais tout mon possible pour vous sortir de ce mauvais pas.

— Je vous en serai toujours reconnaissant, Monsieur, quelle que puisse être l'issue de vos démarches.

— Oh! dit le chevalier avec un petit air mystérieux, l'issue ne fait guère de doute. Mais ne précipitons pas les choses. Dites-moi plutôt : vous a-t-on instruit des raisons de votre arrestation?

— Non, Monsieur le chevalier, j'ignore tout des causes de ce malheur.

— Allons, allons, Monsieur Séguier, examinez bien votre conscience. N'y voyez-vous point quelque faute, quelque peccadille qui aurait pu agacer nos hôtes anglais?

— Je vous assure, Monsieur, que je ne sais pas pourquoi les agents de Sa Majesté britannique m'ont arrêté.

— Eh bien, si vous ne le savez pas, d'autres ne se privent pas de… conjecturer.

— D'autres? dit Fabien avec inquiétude.

Moi aussi, j'avais dressé l'oreille.

— Oui, d'autres, beaucoup d'autres à Londres, Monsieur Séguier. La rumeur se répand – remarquez, les rumeurs, ici à Londres, sont comme un feu follet, elles naissent quand on ne les attend pas, brillent pendant quelques instants et finissent par se consumer et s'éteindre –, la rumeur, donc, se répand que vous êtes... quelqu'un d'autre et que Séguier serait un nom d'emprunt.

Fabien avait pâli. Il commençait à balbutier quelque chose quand le chevalier l'interrompit:

— Ne vous en formalisez pas trop, Monsieur... Séguier. Les Anglais sont friands d'histoires de déguisement, je peux en témoigner moi-même, dit le chevalier en riant. Votre sœur vous racontera, à un autre moment, les élucubrations dont je suis moi-même la victime.

Fabien et moi restions silencieux. À quoi bon protester? Le chevalier semblait vouloir prendre cette histoire de fausse identité avec un grain de sel.

— Cependant, reprit-il, que vous vous appeliez Monsieur Séguier ou que vous portiez un autre nom, il me semble indubitable que vous venez de Paris et que vous y connaissez beaucoup de monde.

— Oui, Monsieur, vous avez bien raison, dit sobrement Fabien, je connais beaucoup de monde à Paris.

— Vous m'avez dit, je crois, que vous y connaissez Monsieur de Beaumarchais.

— Oui, Monsieur, répondit prudemment mon ami, nous avons eu l'honneur de le rencontrer.

— De le rencontrer seulement? Le connaissez-vous suffisamment pour qu'il vous fasse confiance? Pouvez-vous le visiter à votre gré?

Fabien et moi étions déconcertés: où voulait donc en arriver le chevalier? Mon ami s'aventura prudemment.

— Oui, Monsieur le chevalier, je crois bien que...

D'Éon l'interrompit avec un geste d'impatience.

— Monsieur Séguier, le moment est grave. Trêve de prudence, de votre part et de la mienne. Répondez-moi nettement. Avez-vous un accès facile auprès de Monsieur de Beaumarchais? Vous fait-il confiance?

— Oui, Monsieur, ne tournons pas autour du pot, répondit Fabien après une infime hésitation. Vous êtes un homme d'honneur et je suis un honnête homme: oui, j'ai un accès facile auprès de Monsieur de Beaumarchais. Il me suffirait d'être à Paris pour qu'il me reçoive.

— Fort bien, dit d'Éon, cela ne m'étonne guère: je pressentais bien quelque chose de ce côté-là. Alors, Monsieur, si vous retournez à Paris sain et sauf, accepteriez-vous de me rendre un service auprès de Monsieur de Beaumarchais?

Fabien parut inquiet. S'était-il trop aventuré? Pourrait-il faire du tort à son patron, qui avait mis tant de confiance en lui? Il répondit cependant:

— Je suis votre serviteur, Monsieur le chevalier, si je peux vous rendre ce service.

— Oh! ne vous inquiétez pas. J'ai juste besoin d'un messager honnête et que ce messager arrive à Paris le plus vite possible.

— Mais, Monsieur, dit Fabien, je suis toujours incarcéré ici, et les agents de police m'ont encore interrogé ce matin en me promettant de revenir me voir demain.

— Ne vous inquiétez pas, dit d'Éon en faisant un geste dédaigneux de la main, ce sont là gens subalternes, et il suffira d'une lettre du Lord de l'Amirauté pour ouvrir toutes les portes.

Je n'en croyais pas mes oreilles, et mon cœur battait la chamade. D'Éon se tourna vers moi:

— Tenez-vous prête, Mademoiselle, vous pourriez quitter cette ville dès demain.

Effectivement, le lendemain, le chevalier vint me prendre à l'auberge. Son valet déposa mes malles dans un carrosse et nous nous dirigeâmes vers la Tour. Monsieur d'Éon me demanda de l'attendre dans la voiture. Quelques instants plus tard, je le vis sortir accompagné de Fabien. Je ne pus me retenir. J'ouvris la portière, sautai dehors et me précipitai dans les bras de Fabien, qui m'étreignit fort. Le chevalier nous regardait d'un œil goguenard.

— Attention, attention, Monsieur Séguier, dit-il à Fabien, votre impétueuse affection pourrait bien meurtrir votre... sœur. Et puis, ne tentons pas le diable : vos adversaires à Londres ne tarderont pas à apprendre votre départ et voudront vous rattraper, nonobstant le laissez-passer de Lord Ferrers. Il faut donc partir. Et tout de suite.

Fabien se répandit en remerciements. D'Éon l'interrompit :

— Vous me remercierez quand nous nous reverrons, Monsieur. Car il se peut bien que nous nous revoyions, et plus tôt que vous ne l'imaginez, ajouta-t-il d'un air mystérieux. Pour le moment, mon carrosse va vous mener à la diligence qui part pour Douvres. Vous y serez demain, et vous embarquerez sur le premier navire en partance pour la France. On me dit que les grandes tempêtes d'automne n'ont pas encore commencé, et il est fort possible que vous soyez à Paris dès la semaine prochaine.

— Merci encore, Monsieur le chevalier. Mais vous aviez évoqué un service...

— Nous y arrivons, Monsieur, et je vous remercie d'y avoir pensé. Voilà.

Il sortit d'une sacoche que lui remettait son valet une enveloppe scellée avec de la cire rouge.

— Comme vous le voyez, cela n'est pas difficile. Il s'agira pour vous de remettre cette enveloppe à Monsieur de Beaumarchais à votre arrivée à Paris.

— Je le ferai, Monsieur, soyez-en assuré.

— Oh! je n'ai aucune inquiétude là-dessus, dit légèrement le chevalier. Cependant, deux choses de plus.

— Oui, Monsieur?

— La première, c'est que je vous prie de garder cette enveloppe comme la prunelle de vos yeux. Ne la laissez pas dans vos bagages, et gardez-la tout le temps sur vous.

— Vous pouvez y compter, Monsieur le chevalier. Et la seconde?

— Eh bien, la seconde chose est aussi importante que cette lettre que vous portez. Il s'agit d'un message oral.

— Un message à qui, Monsieur?

— Toujours à Monsieur de Beaumarchais. Vous lui direz, quand vous lui remettrez cette lettre, que je vous ai prié d'insister auprès de lui pour l'assurer de ma sincérité la plus absolue et de mon vif désir de voir se réaliser ce que je lui demande. Vous lui direz que je suis son serviteur et que j'attends ses ordres.

Ces paroles me semblèrent incompréhensibles. Pourtant, Fabien ne posa pas d'autres questions.

— Il sera fait comme vous le souhaitez, Monsieur le chevalier. Adieu donc, ou peut-être, comme vous nous l'avez laissé entendre, au revoir.

Monsieur d'Éon lui serra la main, embrassa la mienne, et, lorsque le cocher fit claquer son fouet, la voiture s'ébranla.

J'étais heureuse et soulagée. Le cauchemar que je vivais depuis quelques jours prenait fin soudainement, comme par magie. Nous quittions Londres pour retrouver Paris, et Fabien avait réussi la mission que lui avait confiée son patron. Dans la voiture, je me saisis de sa main que je serrai très fort.

Chapitre XII

Enfin, la France! Devant nous se déployait la côte plate autour de Boulogne, tandis que, derrière nous, les falaises de craie de Douvres se dissolvaient dans le flamboiement des rayons du soleil levant.

La nuit avait été tranquille, et j'avais pu dormir un peu dans l'étroite cabine que le batelier nous avait réservée. Marie aussi avait dormi, pelotonnée contre moi. Nous étions tous les deux épuisés et nous avions hâte de mettre enfin les pieds en France et d'oublier le cauchemar de la dernière semaine.

Je me rappellerai toujours l'aventure infernale qui précéda notre embarquement, et qui faillit me ramener en prison et m'entraîner, qui sait? vers pire encore.

Après nos adieux au chevalier d'Éon, nous avions longtemps cahoté dans la berline qui nous menait à Douvres. Marie m'avait raconté la semaine fébrile qu'elle avait vécue pendant mon emprisonnement à la Tour.

Ni la basse cupidité de Morande ni la grossière indécence de Boswell ne me surprirent vraiment. J'avais déjà remarqué à quelques reprises l'intérêt que portait ce dernier à Marie, et les regards hardis qu'il lui lançait à la dérobée, mais je ne m'inquiétais guère: après tout, me disais-je, Monsieur Boswell était un gentleman, et il se comporterait en gentleman. Cependant, pour être tout à fait honnête, je dois aussi reconnaître qu'à Londres j'écartais de moi toute idée, toute préoccupation, tout souci qui n'étaient pas immédiatement liés à ma mission. Dois-je l'avouer? Pendant que notre voiture bringuebalait sur les routes du Kent, je me morigénais d'avoir été tellement léger et d'avoir permis à Boswell de tenter ses menées infâmes auprès de Marie.

Mais l'histoire que Marie me raconta à propos du chevalier d'Éon me stupéfia plus que tout. Ce personnage de chevalier-chevalière semblait sortir d'un véritable conte. Il est vrai aussi qu'à Paris, j'avais cru capter des mots mystérieux entre Beaumarchais et ses aides, quand ils évoquaient Monsieur d'Éon, des sous-entendus, des clins d'œil et des sourires. Je croyais toutefois qu'ils étaient dus aux activités d'espionnage du chevalier. Je comprenais mieux, maintenant, certains gloussements de La Brenellerie.

Le chevalier était-il homme ou femme? J'en discutais sans fin avec Marie. Nous tâchions de nous rappeler le moindre de ses mots, la plus infime de ses expressions pour tâcher d'y trouver des indices, et nous étions d'accord: chaque fois que nous l'avions rencontré chez Boswell, le chevalier avait été l'image parfaite du soldat viril. Mais Marie m'assurait que, chez lui, quand il s'était affublé d'une robe, on aurait juré qu'il était femme, que la douceur de son sourire, l'élégance de ses gestes, la finesse de sa conversation, la retenue de son rire, tout en lui exprimait la féminité la plus suave.

Je ne me doutais pas qu'avant même de quitter le sol anglais, Monsieur d'Éon allait illustrer de façon éclatante l'une des deux faces de sa personnalité.

Nous étions arrivés à Douvres. Nous nous rendîmes au port. Un navire partait le lendemain pour Boulogne; nous y réservâmes des places. Après avoir passé la nuit à l'auberge, nous retournâmes au port pour embarquer.

Je m'approchais du navire quand je vis, rassemblés au pied de la passerelle, deux ou trois hommes en habits sombres et aux chapeaux rabattus sur le visage. La silhouette de l'un d'eux me sembla familière. Je le regardai attentivement. Je ne me trompais pas, il s'agissait bien de l'homme qui accompagnait Peter Tillson, quand le policier anglais m'interrogeait dans la Tour. Il s'était toujours tenu en retrait et restait silencieux la plupart du temps, mais sa présence ici, au moment où je m'apprêtais à quitter l'Angleterre, n'augurait rien de bon.

Je fis signe à Marie et m'apprêtais à faire demi-tour lorsqu'il nous vit. Il se dirigea vers nous d'un pas rapide.

— Monsieur Séguier?

— Oui…

— Voulez-vous me suivre? Une voiture nous attend.

— Vous suivre où, Monsieur?

— Je ne peux vous le dire ici, Monsieur. On vous l'expliquera quand nous serons arrivés là où je dois vous conduire.

— Et si je refusais?

— Je me trouverais alors dans l'obligation de vous y contraindre, me dit-il d'un ton froid.

— De quel droit, Monsieur? Qui vous permet?

— Nous n'avons pas fini nos conversations à la Tour. Il est inconvenant de votre part, Monsieur, de nous fausser ainsi compagnie.

— Monsieur, j'ai quitté la Tour grâce à la bienveillance du Lord de l'Amirauté.

— Je le sais, mais d'autres personnes à Londres souhaitent continuer à jouir pendant quelque temps encore de votre conversation. Allons, Monsieur…

Il s'impatientait et s'avançait vers moi, tandis que l'un de ses sbires s'approchait de Marie. J'étais effondré. Comment pourrais-je leur résister? Je me revoyais de nouveau dans ma cellule et, cette fois-ci, les agents de la police et du *Foreign Office* ne prendraient pas de gants avec moi.

Au moment où je m'apprêtais à faire signe à Marie de les suivre, nous entendîmes une galopade furieuse sur les pavés du quai. Monsieur d'Éon, surgi de nulle part, tout en sueur, sauta de son cheval. Il portait son uniforme de dragon et avait une longue épée au côté.

Il ignora les policiers et se tourna vers nous d'un air affable :

— Je suis venu vous dire adieu, chers amis, et vous souhaiter de rentrer sains et saufs dans votre patrie.

Le chef des policiers s'avança :

— Monsieur, ce retour est reporté de quelques jours, puisque Monsieur et Mademoiselle doivent nous accompagner à Londres.

D'Éon le regarda, un sourire glacé sur le visage :

— Et qui donc en a décidé ainsi?

— J'ai mes ordres, Monsieur…

— Et moi, je sais que c'est Lord Ferrers qui a signé le sauf-conduit de Monsieur Séguier. Vos pouvoirs outrepassent-ils ceux du Lord de l'Amirauté?

Je vis les deux adjoints du policier se regarder, l'air inquiet. Mais leur chef ne se laissa pas démonter :

— Je dois, Monsieur, obéir à mes ordres, et je ne peux me permettre de déterminer qui, à Londres, a tort ou raison.

Puis il se tourna vers ses acolytes en nous désignant d'un geste impératif. Je vis alors les deux sbires qui l'accompagnaient plonger les mains dans leurs poches pour en sortir des pistolets. En même temps, Marie se tourna vers moi, les yeux pleins de larmes.

Je n'oublierai jamais les cinq secondes qui suivirent. Soudain, nous vîmes un éclair briller au soleil : c'était Monsieur d'Éon qui avait dégainé son épée et, avant que les policiers aient même eu le temps de broncher, avait d'un ample mouvement du poignet fait sauter des mains des deux agents les pistolets qu'ils voulaient armer. La pointe de son épée termina son mouvement sifflant directement sur la gorge du policier principal.

— Je crois bien, Monsieur, dit-il d'un ton froid et calme, que vous n'avez pas bien compris : Monsieur et Mademoiselle doivent retourner dans leur pays, et vos ordres ne peuvent rien y faire.

Le policier avait pâli. Il fit un bref signe de la main : ses deux acolytes firent demi-tour. En partant, ils voulurent récupérer leurs pistolets qui gisaient sur le pavé, mais d'Éon, d'un geste nonchalant, les poussa de la pointe de son épée et les envoya chuter dans l'eau. Les trois hommes partirent, mais les regards qu'ils jetaient sur le chevalier donnaient froid dans le dos. Je ne m'inquiétais pas trop pour lui : Monsieur d'Éon venait d'illustrer de façon convaincante la réputation qu'il avait, celle d'un guerrier intrépide et d'un escrimeur redouté dans toute l'Europe.

D'Éon attendit que les trois hommes disparaissent au bout du quai avant de se retourner en souriant vers nous :

— Il faut vous dépêcher. Le capitaine du navire ne vous attendra pas indéfiniment.

— Mais, Monsieur, dis-je, qu'est-ce qui nous a valu l'honneur d'être sauvés par vous? Comment se fait-il que vous soyez ici?

— Oh! dit en riant Monsieur d'Éon, il n'y a guère de mystère là-dedans. À peine aviez-vous quitté la Tour qu'une grande agitation s'est emparée du *Colonial Office*, du *Foreign Office* et de l'*American Office.* On fulminait partout contre votre départ. Monsieur Dickson, qui est encore à Londres, s'est démené comme un diable dans l'eau bénite. J'ai appris tout cela : j'ai mes contacts, moi aussi. Et quand les responsables du *Foreign Office* ont donné instruction qu'on vous ramène à Londres, j'ai décidé d'être le grain de sable qui enraierait ce bel engrenage. J'ai quitté Londres, et me voici.

— Mais, Monsieur, dit Marie, ne craignez-vous pas la colère de vos hôtes anglais?

— Ne vous préoccupez pas de cela, Mademoiselle, dit d'Éon en s'inclinant d'un air galant, j'ai non seulement des contacts, mais aussi des amis à Londres. L'important, vous dis-je, est que vous partiez et que vous remettiez à Monsieur de Beaumarchais la missive que je vous ai confiée. Vous ne l'avez pas perdue dans cette agitation, n'est-ce pas?

Je souris et sortis l'enveloppe de dessous ma chemise.

— Fort bien, Monsieur, je vois que je peux compter sur vous. Allons, au revoir, et cette fois pour de bon…

Et il prit la main de Marie qu'il effleura de ses lèvres. Elle sourit, tandis que ses joues rosissaient légèrement.

Pendant les jours suivants, je ne cessai de m'interroger sur la véritable nature de la relation du chevalier avec les Anglais. Était-il leur ami? Était-il un espion qui menait suprêmement bien sa partie? Ou bien encore était-il agent double? Travaillait-il pour la France, pour lui-même ou pour les deux? Quoi qu'il en soit, je m'émerveillais de l'aisance avec laquelle il frayait avec les grands, cette aisance qui avait permis, sans le moindre doute, ma libération et m'avait évité des épreuves que je n'osais même pas imaginer.

Au bout d'une navigation sans histoire, nous débarquâmes à Boulogne et, trois jours plus tard, nous entrions dans Paris. Nous nous dirigeâmes tout de suite vers l'hôtel de Hollande. À l'entrée, Marie me quitta pour aller saluer Madame de Willers.

Dès qu'il me vit, Monsieur Lecouvreur, le premier commis, eut un geste qui me surprit : il m'étreignit fort.

— Ah! Fabien, me dit-il, c'est que vous nous avez manqué... Monsieur de Beaumarchais m'a dit à plusieurs reprises : « Il faut souhaiter que le séjour de Fabien à Londres ne se prolonge pas indûment. Ce jeune homme m'est fort utile, parce qu'il est intelligent et fin, et je l'aime beaucoup. »

Les autres commis vinrent tour à tour me serrer la main. Lambert me fit un sourire crispé.

Je demandai à Monsieur Lecouvreur si je pouvais rencontrer immédiatement Monsieur de Beaumarchais. Il me précéda dans les bureaux du directeur de Roderigue Hortalez et Cie. Dès qu'il me vit, Beaumarchais bondit de son siège. Lui aussi me serra dans ses bras.

— Je ne m'attendais pas à te revoir de sitôt, me dit-il. La dernière fois que tu m'as écrit de Londres, tu m'as longuement parlé de tes soirées au *Royal Society Club*, mais tu me disais aussi que tu pensais rester encore quelque temps chez les Anglais pour mieux savoir ce qui se tramait contre les Insurgents américains.

— J'ai, en effet, appris bien des choses, Monsieur, et la situation est grave. Mais voici une missive qui vous éclairera là-dessus.

Je lui tendis l'enveloppe que je venais de sortir de sous ma chemise. Beaumarchais brisa le cachet de cire et lut lentement la missive qu'elle contenait. Je voyais ses sourcils se froncer sous l'effet de la concentration. Il réfléchit longtemps, puis ses traits se détendirent. Il se tourna vers moi, une lueur amusée dans les yeux.

— Je vois que la lettre est signée de Monsieur d'Éon. Tu connais donc le chevalier? Que s'est-il passé, Fabien? J'ai hâte d'entendre le récit de tes aventures.

Je racontai brièvement à mon patron l'arrivée à Londres d'Alistair Dickson, le secrétaire de l'ambassade du Royaume-Uni à Paris, sa visite à la *Mitre Tavern* et comment il m'y avait reconnu.

Beaumarchais devint grave quand je racontai mon arrestation, mon emprisonnement à la Tour de Londres et les interrogatoires que j'y avais subis. Il m'interrompit:

— T'ont-ils bousculé? T'ont-ils brutalisé? As-tu parlé?

— Oh non! Monsieur. Ils ont été d'une froide correction avec moi, même s'ils martelaient encore et toujours les mêmes questions: qui étais-je? que faisais-je à Londres? Vous pouvez être tranquille, Monsieur: je n'ai rien dit de compromettant.

— À la bonne heure! Je suis bien heureux, mon cher Fabien, de savoir que tu n'as pas souffert à cause de moi. Tout cela ne me dit pas, cependant, comment tu te trouves ici aujourd'hui? Les murs de la Tour de Londres sont bien épais, que je sache, et tu n'as pas le don d'ubiquité. T'a-t-on libéré? T'es-tu enfui?

Je lui racontai alors l'intervention de Marie auprès du chevalier. Dès que j'eus prononcé à nouveau le nom de d'Éon, Beaumarchais devint sérieux.

— Tu me diras plus tard ce que tu as pensé du chevalier. Pour le moment, relate-moi comment il t'a sorti de prison.

Je lui dis tout: la visite que m'avait faite le chevalier avec Marie, comment il m'avait fait libérer en usant de son crédit auprès de Lord Ferrers et, surtout, comment il avait dispersé les policiers anglais à la pointe de son épée. Beaumarchais sourit:

— D'Éon est certes un curieux personnage, mais nul ne peut contester son courage. Sais-tu qu'il est l'un des bretteurs les plus réputés et les plus redoutés d'Europe? Sais-tu qu'il s'est battu avec un courage fou dans les armées de feu le roi Louis? Mais trêve de digressions. Il ne t'a certes pas sorti de prison pour les beaux yeux de Marie. Pourquoi donc s'est-il commis, sinon compromis avec toi?

J'avais souri quand Beaumarchais avait mentionné Marie et Monsieur d'Éon. Je lui répondis:

— Il semblait fort anxieux de correspondre avec vous. Il voulait vous faire parvenir la missive que je vous ai remise le plus rapidement possible. Il avait besoin d'un messager sûr, et il m'a choisi pour cela. Voilà, Monsieur.

— Fort bien, me dit-il. A-t-il ajouté autre chose?

— Oui, Monsieur. Il m'a prié de vous assurer de la manière la plus vive de sa sincérité, et de son souhait le plus ardent de voir aboutir l'affaire dont il vous entretient dans la missive. Il a insisté pour que je vous le dise avec force, ce sont là ses propres mots.

Beaumarchais ne dit rien. Il sonna son valet et lui intima l'ordre de convoquer Monsieur de la Brenellerie, toutes affaires cessantes.

L'ami et associé de Beaumarchais ne tarda pas. Surpris de me voir, il me salua avec chaleur. Sans autre préambule, le patron annonça:

— D'Éon veut revenir incessamment en France.

La Brenellerie sembla étonné du ton direct de son ami. Il me regarda avec hésitation. Beaumarchais dit:

— Ne vous inquiétez donc pas, mon cher Budin. Fabien nous apporte des nouvelles de Londres, et nous pouvons lui faire confiance.

— Mais, Pierre-Augustin, le chevalier veut revenir en France depuis très longtemps, mais à ses conditions. Pourquoi Sa Majesté accepterait-elle le retour d'un Français qui a osé contester ses ordres et a refusé à maintes reprises de lui obéir?

— Pour une raison bien simple, Budin: d'Éon veut désespérément revenir en France. Il est fatigué de son exil, il est fatigué des Anglais. Cette fois-ci, il se soumet pleinement. Il accepte tout. Il obéira à Sa Majesté en tout.

— En tout? dit La Brenellerie avec une expression de profonde surprise. Même pour... ce que vous savez?

— Oui, Budin, dit mon patron en riant très fort, il accepte tout. Il va remettre les documents et s'habiller en femme.

Devant mon air ahuri, Monsieur de Beaumarchais dit:

— Tiens, il faut instruire ce jeune homme, d'autant plus que le sexe du chevalier est le sujet de conversation de toute l'Europe. Vois-tu, Fabien, comme je te l'ai déjà dit, d'Éon a été un grand soldat, un capitaine d'un courage extraordinaire, qu'il a mis au service du feu Roi. Celui-ci l'appréciait beaucoup et a décidé d'en faire l'un de ses espions?

— Un espion?

— Oui, un espion à Londres. Là, le chevalier a collectionné et caché de nombreux documents qui peuvent mettre notre gouvernement et notre souverain dans le plus grand embarras, en dévoilant aux Anglais nos plans contre eux. Imagine donc: feu le roi Louis Quinzième s'était mis un jour en tête d'envahir l'Angleterre et de réunir, pour ce faire, une grande flotte. Il s'agit là d'un secret que très peu de gens connaissent, et qui exploserait comme une bombe s'il devenait public. Or, notre chevalier détient là-dessus des papiers fort dangereux. Et il ne s'est pas contenté d'espionner; il s'est trouvé au cœur d'une controverse nauséabonde sur son sexe.

— Je sais, Monsieur, que le sexe de Monsieur d'Éon est fort débattu à Londres.

Je leur racontai à tous deux la visite de Marie au chevalier, et comment il l'avait accueillie en robe de soie et en froufrous de dentelles. Mon patron et Monsieur de la Brenellerie éclatèrent de rire. Je m'enhardis à leur demander:

— Et puis... Monsieur D'Éon est-il un homme ou une femme?

Beaumarchais recommença de rire.

— De nombreux visiteurs jurent leurs grands dieux, après l'avoir vu et avoir passé beaucoup de temps en sa compagnie, qu'il est indubitablement homme. D'autres, aussi nombreux et affirmatifs, vous certifient sur ce qu'ils ont de plus sacré que c'est bel et bien une femme. Et il s'en trouve, dans les deux cas, pour vous affirmer gravement que leur verdict est certain, et vous soufflent à l'oreille d'un air grivois qu'ils l'ont bien palpé.

— Mais, Monsieur, dis-je, ne lui connaît-on pas de maîtresse? N'a-t-elle pas un amant?

— Hé! c'est bien là que le bât blesse, mon cher Fabien, puisque nul ne peut affirmer qu'il a été aimé d'amour par le chevalier, ou la chevalière.

— Mais vous, Monsieur, qu'en pensez-vous?

— Oh! moi, dit Beaumarchais avec légèreté, le sexe du chevalier m'importe peu, pourvu qu'il obéisse à Sa Majesté, qui m'a fait l'honneur de me déléguer auprès de lui pour le ramener à la raison et récupérer les papiers compromettants qu'il détient. Je l'ai déjà rencontré plusieurs fois à Londres pour le convaincre de faire preuve de sagesse, et il m'a toujours ri au nez. Mais là, après avoir résisté longtemps, il abandonne la partie, il se soumet, il va enfin obéir.

— Et quels sont les ordres de Sa Majesté?

— Ils sont bien simples, Fabien: d'Éon doit remettre tous ses documents, ses notes, ses lettres secrètes d'espion, et surtout celles que lui ont envoyées le feu Roi et ses ministres. Enfin, il doit s'habiller en femme. Notre Roi est fatigué et scandalisé de cette histoire d'hermaphrodite. Il veut que, dans son royaume, on soit pleinement homme ou pleinement femme. Et il est convaincu que le chevalier est une femme. Il lui impose donc de s'habiller en femme.

J'étais songeur: cette affaire-là était incroyable, et l'on aurait brocardé tout auteur, tout écrivaillon qui aurait osé écrire un tel roman. Et voilà que j'apprenais que c'était tout à fait vrai, et qu'un être divisait toute l'Europe, sans que personne ne puisse vraiment affirmer avoir vu ses organes.

Monsieur de Beaumarchais me tira de ma rêverie.

— Tout cela est fort piquant, mais tu n'es pas allé en Angleterre pour te joindre aux parieurs sur le sexe de notre chevalier.

Je me secouai: mon patron avait raison. Dans l'excitation où m'avait mis le destin invraisemblable du chevalier-chevalière, j'avais perdu de vue le but de ma visite à Londres.

Je lui racontai donc en détail mon séjour chez les Anglais, et comment Boswell m'avait entraîné avec lui au *Royal Society Club*. Je lui parlai de Sir Joseph Pringle, de l'évêque, du général, du gentleman du Gloucestershire et de tous les lords et autres nobles et puissants Anglais que j'y avais croisés. Je lui rapportai nos conversations, l'urbanité de leur accueil et la vénération dans laquelle ils tenaient les rites du dîner et du toast.

Monsieur de Beaumarchais m'écoutait en s'amusant. Mais il devint grave quand je lui dis que le sujet principal de conversation à Londres était la révolte des colonies américaines. Je lui parlai longuement de la colère, sinon de la rage que l'évocation des Insurgents américains déclenchait chez la gentry anglaise.

L'intérêt que portait mon patron à mes propos me flattait. Je ménageais mes effets, mais dès que je perçus chez lui un léger mouvement d'impatience, je lui parlai enfin de ce que j'avais appris deux jours avant mon emprisonnement, et de la décision du gouvernement anglais d'arraisonner les navires français en pleine mer afin de les fouiller tous, pour empêcher la France d'envoyer armes et munitions aux rebelles.

Monsieur de Beaumarchais avait eu un véritable sursaut en entendant les plans de Londres.

— Es-tu certain de ce que tu dis, Fabien? As-tu bien compris?

— Oh! oui, absolument, Monsieur, et je vous rapporte leurs propos tels que je les ai entendus de mes propres oreilles.

La Brenellerie intervint:

— Vous savez, Fabien, que Lord Stormont, leur ambassadeur à Paris, a obtenu de notre ministre le droit de fouiller les cargaisons de nos navires quand ceux-ci sont encore à quai. Ce n'est pas de cela que vos amis du club discutaient?

— Absolument pas, Monsieur. Ils ne parlaient plus de port, mais bien de fouille en haute mer.

Beaumarchais se leva et se mit à arpenter son bureau.

— Mais c'est fort grave, ce que tu me dis là, Fabien! Ce serait un véritable acte de piraterie. Les Anglais ont perdu la tête! Veulent-ils la guerre avec la France? Il suffirait qu'un de nos navires marchands soit accosté loin de nos côtes pour que ce soit pris comme une véritable déclaration de guerre.

Je restais silencieux. Il continuait de tourner en rond et de réfléchir à haute voix.

— Cela fait longtemps que j'adjure Monsieur de Vergennes, notre ministre, de conseiller à Sa Majesté de reconnaître l'indépendance des colonies américaines. Cela fait quatre ans que je dis à nos politiques, à nos comtes et marquis, à nos négociants et à nos commerçants, bref, à tout ce qui compte en France, que l'honneur de notre pays devrait nous ranger du côté des rebelles qui recherchent la liberté. On m'écoute, on me sourit, on me chuchote même que j'ai raison, mais on hésite, on a peur d'offenser le souverain anglais, on tergiverse, et, pendant ce temps, les Américains combattent et meurent.

— Heureusement, Monsieur, qu'il y a des gens comme vous…

— Tu as donc compris, Fabien, pourquoi j'ai créé Roderigue Hortalez? C'était pour aider, tout simple citoyen que je sois, les combattants de la liberté de Philadelphie, de New York et de Boston. Mais si les Anglais sont assez arrogants pour nous humilier en pleine mer, eh bien! je ne serai plus seul à aider les Américains, et le roi Louis devra bien se résoudre à déclarer la guerre au roi George.

La Brenellerie interrompit ce long monologue:

— Pierre-Augustin, tu as bien raison: les nouvelles que nous ramène Fabien sont fort importantes. Il faut donc agir et tâcher de prendre les Anglais de vitesse.

Beaumarchais sembla se secouer. Il se redressa, et je vis dans son regard une lueur d'excitation: il se préparait à entrer en action:

— Oui, Budin, trêve de bavardages. Il nous faut prévenir le Cabinet, et je vais de ce pas demander une audience au ministre, Monsieur de Vergennes. Quant à toi, tu enverras dans l'instant plusieurs messagers à Delahaye, notre commissionnaire au Havre, et à Eyriès, notre correspondant là-bas, et à tous nos autres correspondants à Lorient, à Bordeaux et à Saint-Malo.

— Dois-je leur dire de retarder les départs de nos navires?

— Non, Budin, bien au contraire. Si nos navires restent au port, les Anglais se douteront que nous avons eu vent de leur intention. Bien au contraire: que nos navires partent comme prévu, au jour et à l'heure prévus. Qu'ils partent donc, qu'ils se fassent accoster par la marine anglaise.

— Mais les Anglais vont confisquer les armes et les munitions, Pierre-Augustin, et détourner nos navires dans leurs ports. Ce sera la faillite totale.

— Mon cher Budin, ne t'inquiète pas, dit Beaumarchais en se frottant les mains. Les Anglais ne confisqueront rien et ne prendront aucun navire.

— Comment cela?

— Tout simplement parce qu'ils ne trouveront rien. Parce que tu donneras, mon cher ami, des ordres stricts à nos agents. Ils devront vider les cales de toute arme et de toute munition, et les remplacer par des marchandises. Et il faudra que cette substitution se fasse discrètement, de nuit, pour éviter les yeux et les oreilles des espions de Lord Stormont.

Je vis La Brenellerie qui souriait.

— Ainsi, quand ils aborderont nos navires, les Anglais n'y trouveront rien, poursuivit mon patron, mais ils se seront discrédités aux yeux de toute l'Europe. Versailles cessera d'atermoyer et nous ferons la guerre aux Anglais, afin de rabattre un peu leur arrogance. Tiens! ce jeune homme, Fabien, devrait être content à l'idée de cette guerre...

— Comment cela, Monsieur? dis-je, un peu surpris de me voir soudain mêlé à ces considérations de haute politique.

— Hé! Fabien, n'es-tu donc pas acadien?

— Oui, Monsieur, vous le savez bien.

— Eh bien! cette arrogance des Anglais est devenue insupportable depuis qu'ils ont dispersé les Acadiens il y a vingt-cinq ans et surtout depuis qu'ils nous ont battus il y a quinze ans et se sont emparés de Québec et de Montréal. Qui sait? Si les Anglais nous font vraiment la guerre et que la fortune des armes nous sourit, peut-être bien que nous pourrons même retourner en Canada et retrouver en Amérique du Nord les immenses territoires qui nous y appartenaient. Tu pourrais enfin retourner avec tes parents et ta… sœur dans cette Acadie dont tu n'as cessé de nous rebattre les oreilles.

Il m'avait fait un clin d'œil comique en évoquant Marie.

— Et toi, Pierre-Augustin, enchaîna La Brenellerie, tu atteindras enfin le but que tu poursuis avec passion depuis plusieurs années: aider les Américains à triompher des Anglais et à obtenir leur pleine indépendance.

— Tu as bien raison, Budin, et puisque tu évoques les Américains, cela me rappelle que nous devons les prévenir de ce que Londres trame. Il va falloir que je rende visite à Monsieur Franklin.

— Monsieur Franklin? dis-je.

Le nom me semblait vaguement familier, mais je n'avais jamais rencontré ce personnage et j'ignorais qui il était exactement.

— Monsieur Franklin est l'envoyé des Américains en France, m'expliqua Beaumarchais. Il a rédigé à Philadelphie leur *Déclaration d'Indépendance* et il est en Europe pour solliciter tous les gens de cœur en leur faveur.

Il se tut un moment, puis, se tournant vers La Brenellerie:

— Quand je le rencontrerai, il faudra que Fabien m'accompagne, pour lui répéter dans les moindres détails ce qu'il a entendu à Londres.

Les jours suivants, je repris mon service auprès de Monsieur de Beaumarchais, tandis que Marie retournait auprès de sa maîtresse. La « ménagère » de mon patron fut ravie de la retrouver, car elle s'ennuyait beaucoup quand elle était seule, et les rares moments où elle voyait sa fille Eugénie, quand la nourrice ne s'en occupait pas, ne suffisaient pas à meubler ses loisirs.

Elle accabla Marie de questions; elle voulait tout savoir de Londres et de ses habitants. Elle insistait surtout sur les dames anglaises, et Marie se rendit compte que sa maîtresse tâchait de tout connaître des milieux que son amant avait jadis fréquentés et des femmes qu'il y avait rencontrées. Beaumarchais, en effet, comme je venais de l'apprendre, était souvent allé à Londres.

— Les hommes, Marie, s'épanchait-elle auprès de mon amie, sont bien volages, et il leur suffit de voir quelque part un nouvel oiseau pour que son plumage paraisse briller à leurs yeux d'un éclat irrésistible.

Marie, qui connaissait l'amour de Beaumarchais pour Madame de Godeville, compatissait avec sa maîtresse et comprenait sa jalousie.

Quelques semaines plus tard, Beaumarchais me convoqua dans son bureau avec La Brenellerie. Il était agité :

— Ce fou d'Éon, nous dit-il, ne cesse de nous tromper et de tromper le Roi. Après avoir pris connaissance de la lettre qu'il nous a fait tenir par Fabien, Sa Majesté l'a autorisé à revenir en France. Mais voilà qu'il se présente à Versailles en uniforme de dragon. Sa Majesté est entrée dans une vive colère et lui a intimé l'ordre de s'habiller comme toutes les personnes de son sexe, c'est-à-dire en femme, sans quoi il l'enverrait à la Bastille. D'Éon a enfin obtempéré et on l'a vu à Paris en femme. Or, il m'a envoyé un billet et désire me rencontrer à l'auberge où il est descendu. Vous voudrez bien m'accompagner tous les deux!

Nous nous rendîmes le lendemain dans une auberge de la Cité, à l'ombre de la cathédrale. Monsieur d'Éon nous attendait dans un salon que l'aubergiste avait mis à sa disposition.

Tout prévenu que je fus, j'eus un sursaut en le voyant. Le chevalier, que j'avais toujours vu sanglé dans d'étroites tuniques ou dans son uniforme d'officier, portait une belle robe de percale. Une haute coiffure surmontait sa tête, et un collier de perles autour de son cou soulignait l'ambre de sa peau et le blanc de son visage poudré, au milieu duquel une ligne carmin accentuait le tracé de deux lèvres minces.

Beaumarchais, qui l'avait déjà vu ainsi à Londres, ne cilla pas. La chevalière m'accueillit avec beaucoup d'aménité et me remercia de l'avoir si bien servie en portant sa lettre à mon patron. Elle m'assura qu'elle m'en serait toujours reconnaissante, car, dit-elle, elle souhaitait dorénavant vivre et mourir dans le pays de ses ancêtres.

Ensuite, la chevalière eut une longue conversation avec mon patron et Monsieur de La Brenellerie, qu'elle connaissait aussi pour l'avoir rencontré à Londres. Elle souhaitait que Beaumarchais, dont elle disait qu'il avait un immense crédit à Versailles et auprès de Sa Majesté et de ses ministres, intervienne pour qu'on lui permette de remettre ses habits d'homme. Elle jura ses grands dieux qu'elle était un homme, et que, si on lui en donnait l'occasion en lui permettant de redevenir un officier de Sa Majesté, elle saurait bien faire taire les rumeurs immondes qui circulaient.

Beaumarchais semblait s'amuser beaucoup, à en juger par un pétillement dans son regard et un pli au coin de la bouche. Il répondit gravement à la chevalière qu'elle devait, pour le moment, obéir en tous points aux désirs de Sa Majesté, garder ses habits de femme et surtout se comporter en femme, c'est-à-dire, précisa-t-il, « avoir la modestie, la discrétion et la réserve qui siéent à ce sexe ». La Brenellerie étouffa un rire. Nous savions tous deux que la Rosine du *Barbier de Séville* était loin d'être la poupée soumise que décrivait Beaumarchais, et que les femmes qu'il aimait, Madame de Godeville en tête, avaient un tempérament vif et décidé, tout à l'opposé de « la modestie, la discrétion et la réserve ». Beaumarchais se moquait manifestement de la chevalière.

Elle continuait cependant de le supplier d'intercéder pour elle, au nom de leur amitié, mais mon patron l'encourageait à patienter.

— Rentrez dans vos terres en Bourgogne, lui dit-il, faites-vous oublier, et quand le scandale qui s'attache à votre nom se sera dissipé, Sa Majesté, dont le cœur est bon, voudra peut-être vous revoir à sa cour et peut-être même vous permettre de reprendre du service dans ses armées.

Quand d'Éon se rendit compte qu'il se dérobait, elle se renfrogna et se leva pour nous signifier la fin de la visite. Je la vis qui partait devant nous en battant furieusement de l'éventail, tandis que son ample robe se déployait autour de ses hanches, qu'elle balançait de façon fort sensuelle.

Je repris mon travail avec fougue, car les activités de Roderigue Hortalez et Cie devenaient frénétiques. Des messagers partaient dans les ports, d'autres en revenaient, les fournisseurs se pressaient aux portes de l'hôtel de Hollande, et les créanciers envoyaient huissier sur huissier pour demander leur dû.

J'étais tellement occupé que je ne voyais Marie que rarement. Nous avions repris nos habitudes et allions dîner dans une taverne voisine, mais le rythme effréné de mon patron m'empêchait quelquefois de quitter les bureaux avant tard dans la soirée, et je demandais alors à Marie de dîner chez Madame de Willers.

Un jour, mon patron me laissa quitter les bureaux plus tôt. Je fis appeler mon amie.

— Je suis libre, lui dis-je, et nous pouvons aller nous promener un peu avant d'aller manger.

Elle fronça les sourcils.

— C'est que… je ne peux pas. Je suis occupée ce soir.

— Occupée? Tu peux expliquer à Madame de Willers que tu veux avoir quelques heures de liberté.

— C'est que…, ce n'est pas elle qui me retient. Je suis invitée ce soir chez Madame de Gouges. Elle y tient salon et m'invite gracieusement à y être.

— Madame de Gouges? Quand donc l'as-tu retrouvée? Et où?

— Je l'ai rencontrée il y a deux semaines dans une boutique. Elle m'a accueillie le plus gracieusement du monde. Nous nous sommes revues, et elle m'a invitée.

Je laissai Marie, qui était pressée de s'habiller, et revins au bureau. Je ne voulais pas me promener tout seul dans les rues de Paris.

Ce fut ce soir-là que Beaumarchais me dit:

— Fabien, nous rencontrons demain Monsieur Benjamin Franklin.

Chapitre XIII

Il m'arrivait, quelquefois, de regretter notre séjour à Londres.

Au moins, là-bas, quand il n'était pas à la *Mitre Tavern* pour assister aux réunions du *Royal Society Club*, Fabien était tout à moi. Quand il revenait à l'auberge, au milieu de la soirée, il était plein d'excitation, il m'embrassait à m'étouffer et il me disait :

— Viens donc t'asseoir là, que je te raconte ce que j'ai appris ce soir.

Et il s'étendait longuement sur sa conversation avec tel général, tel lord, tel évêque ou tel gentleman-farmer, et il me dévoilait les dessous de la politique de la cour de Saint-James qu'il avait fini par percer. Ses yeux brillaient, sa voix vibrait, tout son corps s'animait, et il ne cessait de me répéter :

— Ah ! Marie, Marie ! Qui croirait qu'il y a moins de deux ans, nous étions aux Huit-Maisons ! Moi-même, j'ai peine à me persuader de cette bonne fortune qui nous arrive, et je me pince quelquefois pour m'assurer que je suis bien à Londres depuis quelques mois, et que ce gentleman qui s'adresse à moi avec courtoisie est bien Sir Joseph Pringle, le président du *Royal Society Club*, et que l'homme dont il rapporte les propos est tel ministre du roi George, ou tel responsable du *Foreign Office* !

Puis il reprenait son discours enfiévré, et j'admirais son enthousiasme, je trouvais beau son visage si mobile et je me laissais à mon tour saisir par la fièvre qui l'agitait. Il remarquait soudain mon sourire, mon regard brillant levé vers lui, il se penchait vers moi dans un élan irrésistible et il me disait :

— Ah ! Marie, Marie ! Je t'aime… Tu sais que je t'aime ?

Je ne répondais rien, je me blottissais contre lui. Il poursuivait son monologue plein de fierté et même de fanfaronnade, car la fréquentation de ces gens importants à Londres lui montait à la tête comme un vin capiteux.

Quand il s'était suffisamment soûlé de paroles, quand son exaltation débordait, il se penchait de nouveau vers moi, il prenait mes lèvres entre les siennes et, tard dans la nuit, je me demandais parfois si ses mots, ses caresses, son délire étaient seulement dus à son amour pour moi ou s'ils n'étaient pas aussi la pointe extrême de la houle qui l'avait porté et soulevé pendant le jour.

Quand je pensais à ces soirées à Londres, quand je me souvenais combien nous étions alors heureux, les larmes me montaient aux yeux. Car, depuis notre retour à Paris, Fabien s'était retrouvé pris dans le même tourbillon qui l'accaparait avant notre départ pour l'Angleterre.

Il était tellement fier de faire part à Monsieur de Beaumarchais du succès de sa mission ! Il ne cessait d'en raconter les moindres détails et, quand il évoquait son emprisonnement à Londres, c'était tout juste s'il ne prenait pas un air de martyr. Et je devenais mélancolique quand je remarquais que, dans le récit de ses aventures, il passait très vite sur mes démarches pour le faire libérer et sur toutes les portes auxquelles j'avais dû frapper avant que le chevalier d'Éon ne décide de nous aider.

Quelquefois, une pointe acérée de souffrance me traversait le cœur : m'aimait-il vraiment? Ne pensait-il à moi que quand j'étais près de lui, collée à lui, et qu'il pouvait m'embrasser, me caresser, gémir de plaisir? Ne devais-je toujours passer qu'après les instructions de Beaumarchais, la frénésie de son travail, l'excitation où le tenait continuellement la mission qu'il menait?

D'autres fois, je me reprochais ces idées sombres. Je me souvenais alors du regard tendre qu'il me jetait quand nous étions seuls, de son envie de me raconter toujours ce qu'il faisait, de son épanchement avec moi.

Je passais ainsi d'un extrême à l'autre, de l'abattement à l'exaltation. Un jour, j'étais convaincue qu'il m'avait oubliée. Le lendemain, j'étais certaine de son amour entier.

Fabien s'était donc remis au travail avec une frénésie qui ne se démentait pas. Au début, nous allions manger régulièrement à notre taverne habituelle. Mais ces sorties avaient fini par s'espacer, car mon ami restait souvent le soir au bureau avec son patron, à qui il avait fini par devenir indispensable. À quelques allusions qui lui avaient échappé, j'avais compris que, en plus de s'occuper des transactions commerciales de Roderigue Hortalez, il avait également repris son rôle d'intermédiaire entre son patron et Madame de Godeville.

Au début, je me consolais de ses longues absences. J'étais heureuse de retrouver Madame de Willers et la petite Eugénie, qui me tendait les bras en gazouillant. Mais, au fur et à mesure que les semaines passaient, j'en vins à m'ennuyer. J'en voulais à Fabien de sa frénésie au travail et de sa distraite attention à mon égard.

Ce n'était pas qu'il me boudait! Quand nous nous retrouvions, les soirs où il était libre, il me répétait qu'il m'aimait, et ses caresses, ses soupirs et sa fougue, dans l'obscurité de sa chambre, témoignaient assez de ses sentiments pour moi.

Mais dès que le jour se levait et qu'il se précipitait dans les bureaux, il semblait m'oublier. Nous mangions rarement ensemble, nous n'avions guère le temps de nous parler et nous n'avions pas fait une seule promenade dans les rues et les parcs de Paris depuis notre retour.

Une frustration qui prenait quelquefois les couleurs de la colère me saisissait quand je pensais à ce qui ressemblait de plus en plus à de l'insouciance de sa part. J'avais quelquefois tenté de lui en parler, mais il se lançait tout de suite dans une tirade sur les dangers de la situation actuelle, sur les risques encourus par Roderigue Hortalez et son patron, et sur le courage des Insurgents américains qui menaient le combat de la liberté.

Au bout de quelques semaines, je me lassai. Je décidai de ne plus attendre mon ami et je recommençai à déambuler dans Paris. Je m'arrêtais longuement dans les boutiques du faubourg Saint-Honoré et du Palais-Royal et, quand j'étais fatiguée, j'allais m'asseoir quelques instants dans le jardin des Tuileries.

Un jour que je me promenais rue Royale, je m'entendis héler. Je me tournai : c'était Madame de Gouges qui s'avançait vers moi en souriant. Nous tombâmes dans les bras l'une de l'autre. Elle m'embrassait, m'éloignait d'elle pour mieux me voir, puis m'embrassait encore.

Nous nous rendîmes à un café pour prendre une limonade. Elle s'étonnait de ne pas m'avoir vue depuis longtemps et me demanda de mes nouvelles.

Je lui racontai mon voyage en Angleterre. Je ne lui dis pas pourquoi nous y étions allés, Fabien et moi, mais je lui parlai longuement de Londres.

Elle m'interrompait par mille questions. Elle voulait tout savoir des Londoniens : leurs coutumes, leur conversation, les monuments de leur ville, leurs lois et leur gouvernement. Elle s'intéressait tout particulièrement aux Anglaises. Comment s'habillaient-elles? Étaient-elles bien différentes des Parisiennes? Étaient-elles libres de leurs mouvements, de leurs opinions, de leurs amours?

Je répondais de mon mieux à ce déluge de questions. Elle fronça les sourcils, puis éclata de rire quand je lui racontai que Fabien se rendait en compagnie des gentlemen anglais dans un club où je n'avais jamais été invitée, et où les femmes n'étaient pas admises.

— Pouvez-vous concevoir, Marie, une situation plus ridicule que celle-là? Pouvez-vous imaginer nos salons, ici à Paris, où ne se retrouveraient que des hommes ou des femmes seuls? On s'y ennuierait à mourir, ma chère Marie!

Je crus percevoir, dans ses exclamations, une espèce de dédain et de condescendance pour ces Anglais capables de s'amuser loin de la compagnie des femmes, et pour ces Anglaises qui acceptaient une telle entorse à la bienséance.

Madame de Gouges insista pour que nous nous retrouvions de nouveau, et elle me donna rendez-vous dans la boutique de Mademoiselle Bertin.

Je l'y retrouvai le lendemain, et nous prîmes l'habitude d'y aller ensemble deux fois par semaine. Nous palpions avec bonheur le satin, le velours et la soie des robes agrémentées de broderies, nous admirions les escarpins et les mules de soie, nous

nous exclamions devant les rangées d'ombrelles aux mille motifs et aux mille couleurs. Mademoiselle Rose Bertin, qui aimait beaucoup Madame de Gouges, nous tenait souvent compagnie et nous détaillait les différences entre un chapeau à la Bostonienne et un casque à la Minerve, ou entre un bonnet à la Chérubin et une coiffure à l'Insurgente.

Au bout de quelques semaines, Madame de Gouges, qui se plaisait beaucoup en ma compagnie, me dit :

— Marie, vous devriez nous faire le plaisir de revenir à mon salon. Nos amis seront fort heureux de vous y revoir. Quand vous êtes partie pour l'Angleterre, toute la compagnie – et, pourquoi vous le cacherais-je? surtout les messieurs – a déploré votre absence.

Je rougis un peu et lui dis que les regrets de ses amis me surprenaient.

— Allons, allons, Marie, ne faites pas l'innocente! me dit-elle. Vous savez que vous êtes d'agréable compagnie, et votre physionomie fraîche, votre joli teint, votre vivacité, votre spontanéité, tout est fait pour séduire les cœurs. D'ailleurs, le marquis me disait l'autre jour…

Elle s'arrêta, hésita un moment, puis ajouta :

— Allons, c'est dit, vous viendrez, n'est-ce pas? Tenez, nous nous rencontrons ce mercredi soir.

Son entrain, son affabilité, et surtout mon ennui et quelque chose de plus vague encore, comme une envie informulée de sortir de l'hôtel de Hollande sans dépendre de Fabien et de ses obligations, tout me poussa à acquiescer.

— Fort bien, me dit Madame de Gouges avec le sourire. Votre retour, que je garderai secret, ajoutera du piment à notre cénacle.

Le mercredi après-midi, son valet vint rue Vieille-du-Temple pour m'accompagner rue des Fossoyeurs.

Des exclamations, une vague de oh! et de ah! m'accueillirent à mon entrée au salon. Madame de Gouges, manifestement ravie de la surprise qu'elle faisait à ses intimes, vint m'embrasser en souriant. Toutes les dames la suivirent, et les messieurs me baisèrent la main.

On me demanda les raisons de ma longue absence. De nombreux habitués du salon ignoraient mon séjour à Londres. Quand ils l'apprirent, ce furent d'autres exclamations, et les messieurs de se récrier, et les dames de sourire en agitant leur éventail.

Londres était fort à la mode. Tout ce qui touchait aux Anglais et à l'Angleterre intéressait au plus haut point. On me demanda ce que j'y avais fait, et comment j'avais trouvé les Londoniens.

Je parlai vaguement des raisons qui m'y avaient amenée, mais je me plus à décrire longuement les monuments de la ville et les habitudes de ses habitants. Quand je dis que j'avais même visité la Tour de Londres, on me regarda avec stupéfaction et on me demanda comment j'y avais pu entrer. Je rougis : je m'étais laissé entraîner par l'enthousiasme. J'assurai que je m'étais simplement promenée dans sa cour et que j'avais pu monter sur son chemin de ronde, d'où l'on voyait la Tamise.

Un des invités de mon amie semblait particulièrement intéressé par mon récit. Il s'agissait de Monsieur Mercier, un auteur que j'avais déjà rencontré chez mon amie et dont les pièces, jouées au Théâtre-Italien, avaient un vif succès, selon notre hôtesse.

Monsieur Mercier était insatiable. Il voulait tout savoir des rues de la ville, de ses quartiers, de sa police, de son hygiène. Chaque fois que je m'arrêtais, il me relançait, au point que les autres invités, fatigués de ses questions, s'éloignèrent discrètement.

Quand je lui parlai de la City ou de Covent Garden, ou encore de l'est misérable de la ville, Monsieur Mercier s'exclama :

— Ma foi, Mademoiselle, ce que vous peignez sous nos yeux, ce sont des tableaux vivants.

Devant mon sourire étonné, il ajouta :

— Oui, Mademoiselle, des tableaux. Vous êtes comme un bon peintre; vous mettez de la couleur et du mouvement dans votre récit.

Il se tut un moment, absorbé pendant de longs instants dans une réflexion profonde. Quand il releva la tête, il souriait :

— Eh bien, Mademoiselle, vous ne pouvez imaginer à quel point vous m'avez été utile. Voyez-vous...

Il se pencha vers moi en baissant la voix.

— Voyez-vous, c'est que moi aussi je m'intéresse à une grande ville. C'est, bien entendu, Paris qui me fascine, et que j'arpente nuit et jour.

Il sourit :

— Je l'arpente véritablement, Mademoiselle. J'y marche jusqu'à tomber de fatigue, mais c'est ainsi qu'on sent le pouls d'une ville et qu'on découvre, sur le vif, les mœurs de ses habitants. J'ai d'ailleurs – mais n'allez surtout pas le dévoiler à nos amis, car je n'ai mis à peu près personne dans la confidence –, j'ai donc l'intention de dépeindre cette grande ville, la plus belle sûrement de l'univers, dans un ouvrage sur lequel je travaille. Et c'est pourquoi votre récit...

Il sourit de nouveau, plissa les yeux et m'embrassa brièvement la main.

— C'est pourquoi votre récit m'a été si utile. Il faut en effet peindre la ville en une série de tableaux, comme vous l'avez fait pour Londres. Vous m'avez même suggéré un titre. J'appellerai mon ouvrage *Tableau de Paris*. Dorénavant, quand je m'attellerai à décrire tel palais, telle église, tel monument, ou encore à sonder les cœurs et les reins des Parisiens, ce sera votre joli visage que j'aurai sous les yeux.

Monsieur Mercier m'accapara encore longtemps, me parlant des misères et des splendeurs de Paris avec dans les yeux une flamme et dans le ton une ardeur, un halètement semblable à celui d'un amant qui évoque son aimée.

La soirée touchait à sa fin. J'allai saluer Madame de Gouges. En quittant le salon, je me dis : « Tiens! Je n'ai pas vu le marquis de Liria. Peut-être est-il retourné en Espagne... » Cette hypothèse que je me fis me surprit: pourquoi donc le souvenir du marquis m'avait-il effleuré l'esprit?

Je fus détrompée très rapidement : le marquis n'était pas en Espagne. En effet, quand je retournai au salon de Madame de Gouges quelques jours plus tard, il était là.

Dès qu'il me vit, il vint me saluer avec la hardiesse et l'assurance qu'il avait témoignées lorsque j'avais fait sa connaissance. Il me dit, en me fixant de ses yeux noirs :

— J'apprends, Mademoiselle, que vous avez voyagé à Londres. Madame de Gouges, Monsieur Mercier et tous leurs amis m'assurent que votre récit sur la capitale des Anglais a été fort captivant. Hélas! j'étais absent et je n'ai donc pas pu jouir de vos propos. Auriez-vous la bonté de m'instruire de ce que vous avez fait et vu à Londres? Venant de vous, sortant de vos lèvres, votre récit aura pour moi d'autant plus de saveur.

Je ne prêtais pas attention à cette galanterie un peu poussée; la voix basse du marquis, et surtout ses « r » rocailleux, qui roulaient de sa bouche en ponctuant son discours de vives sonorités, me fascinaient.

Comme je ne répondais pas, il s'approcha de moi, son visage tout près du mien, et me pria de lui faire l'aumône de ma voix.

Je me secouai. Je repris à son intention mon récit. Je racontai de nouveau mon ébahissement devant l'étendue de Londres, ma découverte de ses parcs qui n'avaient pas d'équivalents à Paris; je parlai des Londoniens et de leur réserve qui cachait beaucoup de courtoisie.

J'allais poursuivre, lorsque je m'arrêtai soudain: le marquis m'écoutait-il? Il était silencieux, il semblait attentif, mais quelque chose dans son regard me disait que ce n'était pas mon discours qui l'intéressait. Ses yeux tout proches me dévisageaient sans ciller, un très léger sourire plissait ses lèvres, je sentais contre ma joue une haleine tiède.

D'autres invités vinrent se mêler à notre conversation. J'accueillis leurs questions et leurs reparties avec gratitude: je pouvais enfin détourner mes yeux du regard hypnotisant du marquis de Liria.

Au cours des trois semaines suivantes, chaque fois que je revins chez Madame de Gouges, le marquis était là. On eût dit qu'il m'attendait. Il me baisait toujours la main, et ses lèvres insistantes semblaient chaque fois s'y attarder un peu plus.

Je faisais de mon mieux pour ne pas m'isoler avec lui, même quand il voulait m'entraîner dans un coin, sur un sofa éloigné de la vive lumière des lampes et qui baignait donc dans la pénombre. J'étais soulagée quand d'autres invités nous entouraient. Monsieur Mercier, en particulier, semblait m'avoir prise en amitié. Je faisais semblant de m'intéresser vivement à ses propos, afin d'oublier un peu la présence insistante du marquis.

Et pourtant! Quand j'avais bavardé quelques instants avec Monsieur de Rozières, Madame de Gouges ou Monsieur Mercier, il m'arrivait de me retourner discrètement pour voir si le marquis me regardait encore. Et je frissonnais – d'appréhension? d'une vague expectative? je ne le savais pas – chaque fois que je trouvais deux prunelles noires qui me fixaient intensément, sans ciller.

J'avais quelquefois l'impression d'être une proie autour de laquelle le marquis tissait une toile qui m'enveloppait chaque jour un peu plus. Quand, devant son regard appuyé et sa présence enveloppante, j'éprouvais un malaise, je me secouais en me disant: « Voyons, Marie, que crains-tu? Il te suffirait d'espacer, ou même d'interrompre tes visites chez Madame de Gouges. » Et pourtant, chaque fois que notre hôtesse, m'accompagnant à sa porte, me disait:

— Alors, Marie, nous allons vous revoir mercredi prochain?

Je répondais:

— Oui, Olympe, je serai là.

Un soir, au moment où je venais de quitter la rue des Fossoyeurs en compagnie du valet qui m'accompagnait dans les rues noires de Paris, nous vîmes le marquis qui avait quitté en hâte le salon et qui nous rejoignait:

— Tu peux prendre congé, l'ami, dit-il au valet, j'accompagne Mademoiselle.

Et il lui jeta une pièce de monnaie que le valet attrapa au vol avant de s'incliner bien bas.

Le marquis me saisit le bras. Il ne dit rien jusqu'à la porte de l'hôtel de Hollande et fit semblant de ne pas remarquer l'émotion qui me faisait trembler. Avant de me quitter, il se pencha sur ma main qu'il baisa longuement.

Les semaines suivantes, le marquis me suivit quand je quittais le salon de Madame de Gouges. On eût dit que le valet l'attendait; en tout cas, il se confondait en remerciements quand le marquis, qui ne le regardait même pas, lui lançait d'un geste dédaigneux une pièce luisante.

Le marquis restait silencieux; à la porte de l'hôtel de Hollande, il me baisait la main. Un soir, au lieu de s'en saisir, il approcha son visage du mien. Je tendis les lèvres. Il m'embrassa longuement.

Toute la nuit, je fus bouleversée. Je repassais sans cesse dans ma tête la scène du baiser. Pourquoi n'avais-je pas, cette fois-ci, repoussé le marquis, comme la première fois qu'il avait essayé de m'embrasser, il y avait déjà quelques mois? Pourquoi l'avais-je laissé se saisir de mon visage, le prendre dans ses mains, s'approcher de ma bouche tandis que ses yeux, grands ouverts, continuaient de me fixer?

« Pourtant, me disais-je, j'essaie de l'éviter au salon de Madame de Gouges. Je tâche toujours de me mêler à un groupe nombreux. Je souffre les longs monologues de Monsieur Mercier, les déclarations à l'emporte-pièce de Monsieur de Rivarol, les discours de Monsieur de Rozières sur la nécessité du commerce et la grandeur du négoce, tout cela afin que le marquis de Liria ne puisse m'accaparer. »

J'avais les yeux grands ouverts dans l'obscurité. Je voyais devant moi le marquis tel qu'il était au salon, la silhouette svelte et élancée, la culotte serrée qui révélait des cuisses longues frémissant sous l'étoffe, les cheveux bouclés, et surtout ce regard noir qui brillait encore maintenant dans l'obscurité de la nuit.

Je me rabrouai : « Tu prétends l'éviter, Marie, et pourtant tu ne cesses de penser à lui. Quand il est chez Madame de Gouges, tu jettes autour de toi des regards furtifs pour t'assurer qu'il te fixe, encore et encore, et tu t'agaces des coquettes qui l'entourent en minaudant. »

J'étais épuisée et j'allais m'enfoncer dans le sommeil quand une idée me réveilla brusquement. Dans toutes mes ruminations, pas une fois le visage de Fabien ne m'était apparu, pas une fois sa silhouette ne s'était interposée entre le marquis et moi. Les larmes me montèrent aux yeux. Que me réservait l'avenir? Que m'arrivait-il donc?

Deux jours après, au salon, le marquis n'était pas là. Un bref moment, le soulagement et la déception se disputèrent en moi. Puis je fus accaparée par les invités d'Olympe.

En quittant sa demeure, ce soir-là, notre hôtesse me remit un billet plié.

— On m'a prié de vous remettre cela, me dit-elle avec un sourire énigmatique.

Je glissai le papier dans mon manchon. Le valet qui m'accompagnait bougonnait : il regrettait la pièce du marquis.

Chez moi, j'ouvris le billet. Il était couvert d'une écriture penchée, curieusement féminine. Pourtant, c'était le marquis qui m'écrivait :

Mademoiselle,

D'impérieuses obligations m'empêchent ce soir d'être chez Madame de Gouges. Soyez assurée que je le regrette profondément : je suis ainsi privé de votre présence.

Je crains d'être bien occupé au cours des semaines qui viennent, mais ne puis me résoudre à ne pas vous voir pendant ce qui me semblerait une éternité. Me ferez-vous donc l'honneur de venir me rencontrer, samedi soir prochain, chez moi, au lieu de vous rendre chez notre hôtesse? Elle est au courant de mon invitation et ne s'offusquera pas de votre absence.

L'un de mes valets vous attendra à la porte de l'hôtel de Hollande, afin de vous accompagner chez celui qui saura alors vous témoigner toute l'estime et l'admiration qu'il vous porte et qui veut vous assurer qu'il restera toujours votre très humble et très obéissant serviteur,

Marquis de Liria

Cette invitation déclencha chez moi un nouveau torrent d'émotions. J'étais, je l'admets, flattée : Monsieur de Liria avouait qu'il m'aimait; j'avais séduit cet homme important, ce marquis de vieille noblesse, dont Madame de Gouges m'avait affirmé que ses aïeux avaient accompagné Isabelle la Catholique dans sa reconquête de Grenade et que son père jouissait à Madrid de la confiance du roi Charles. Car je ne pouvais me méprendre sur le sens de sa missive; son estime et son admiration n'étaient que le paravent, bien transparent, de son amour.

Je m'émerveillais de mon destin : moi, la petite Marie des Huit-Maisons, j'attirais l'attention d'un Grand d'Espagne! Il était vrai que j'avais beaucoup mûri à Paris, au cours de ces deux dernières années. J'avais appris à mieux m'habiller, j'avais tâché de masquer mon accent, un mélange indéfinissable de poitevin et d'acadien, j'avais beaucoup appris au contact de Fabien, et Madame de Willers m'avait enseigné l'art de la conversation.

J'étais flattée, donc, mais est-ce que j'aimais le marquis? À cette question, je ne savais que répondre. J'étais troublée par Monsieur de Liria, je le trouvais beau. Quand il me tenait le bras ou m'effleurait la main de ses lèvres, des ondes me parcouraient le corps, je frissonnais... Mais est-ce que je l'aimais?

Je savais à quoi je m'exposais si j'acceptais l'invitation du marquis. La pensée de ses baisers me remuait profondément. Mais voulais-je vraiment de ses caresses? Étais-je prête à me donner à lui?

Les jours qui suivirent, je fus troublée et agitée. Je ne savais que faire. Quelquefois, je me décidais soudain: oui, j'accepterais l'invitation du marquis et je tâchais alors de me convaincre que je saurais résister à ses avances, surtout si elles dépassaient les limites de l'honnêteté; d'autres fois, je me raisonnais: «Allons, Marie, tu sais bien qu'une fois chez le marquis, tu ne seras plus libre! En acceptant son invitation, tu acquiesces nécessairement à toutes ses avances, à tous ses désirs.»

Les jours passaient ainsi, dans un balancement perpétuel. J'étais angoissée et malheureuse.

Le samedi soir, sur une impulsion, je m'enfermai chez Madame de Willers. Le valet du marquis allait faire le pied de grue devant l'hôtel de Hollande, puis il retournerait bredouille chez son maître.

Le lendemain, je reçus un billet de Madame de Gouges. Elle m'invitait à aller la rencontrer chez elle, un matin, pour un tête-à-tête.

Olympe m'accueillit avec son amitié habituelle. Elle portait un négligé qui dégageait son cou, qu'enserrait un ruban bleu ciel. Elle m'embrassa et m'entraîna dans son boudoir. À trente ans, elle était rayonnante de beauté :

— Ma chère Marie, me dit-elle, vous m'étonnez.

— Je vous étonne, chère Olympe? Comment ai-je pu étonner une femme aussi savante et aussi sage que vous?

— Allons, Marie, vous savez bien de quoi je parle. Notre ami le marquis de Liria est passé ici dimanche matin. Il semblait fort secoué. Il m'a appris que vous aviez refusé l'invitation qu'il vous faisait.

J'étais surprise du degré d'intimité entre mon amie et le marquis. Je lui dis :

— J'ai, en effet, refusé l'invitation de Monsieur de Liria. Je ne crois pas qu'il soit bienséant que j'accepte de le rencontrer chez lui.

Un éclair passa dans les yeux d'Olympe.

— Et pourquoi donc ne serait-ce pas bienséant? Le marquis est un homme de cœur et d'honneur.

— Mais, Olympe, je le connais à peine. Je ne l'ai rencontré que quelques fois, chez vous.

— C'est vrai que vous n'avez vu le marquis qu'entouré de beaucoup de gens. C'est pour cela qu'il vous invitait. Il souhaitait mieux faire votre connaissance. C'est que, ma chère Marie, vous l'avez séduit.

J'esquissai un geste de dénégation. Olympe reprit, avec un léger ton d'agacement dans la voix :

— Allons, Marie, vous n'êtes plus une enfant. Vous avez bien vu l'effet que vous faites au marquis. Pendant votre séjour à Londres, il s'était plaint à moi de votre longue absence. Depuis votre retour, il n'a d'autre idée, d'autre souhait, que de vous voir. C'est pourquoi il a quitté de nombreux cercles d'amis, et même des soirées à Versailles, pour venir régulièrement à mon salon.

— Ma chère Olympe, je ne sais quoi vous dire. Je suis flattée et en même temps surprise: qui suis-je pour attirer ainsi son attention?

— Eh bien, parlons clairement, dit fermement Olympe. Vous êtes belle, vous avez le charme et la fraîcheur de la jeunesse. De plus, dans les affaires du cœur, il ne faut pas trop analyser. Le marquis est séduit, et il ne vous est pas indifférent, n'est-ce pas?

J'étais désemparée; je tentai une parade gauche:

— Que voulez-vous dire par là, Olympe?

— Allons, Marie, croyez-vous qu'on soit aveugle? Les regards que vous jetez au marquis – bien discrètement d'ailleurs – valent bien ceux qu'il vous jette. À telle enseigne que certaines de mes amies ont remarqué votre attitude. On commence à murmurer derrière les éventails.

J'étais effondrée. Je balbutiai:

— Mais, Olympe, je ne suis rien pour le marquis. Quand il sera rassasié de ce que vous appelez ma fraîcheur, il me rejettera, il m'abandonnera.

Madame de Gouges resta silencieuse un moment. Elle reprit avec gravité:

— Vous avez raison, Marie. Il est fort probable qu'une liaison avec le marquis ne serait pas éternelle. Mais, sait-on jamais? Vous savez que Monsieur de Rozières m'aime. Il m'aime au point même de me proposer le mariage, et je crois que je l'ai bien chagriné en refusant.

— Et... pourquoi n'acceptez-vous pas? Monsieur de Rozières est aimable, et il est riche.

— Ah! Marie, me dit-elle en éclatant de rire. Ne me parlez surtout pas de mariage! Ne savez-vous pas que le mariage est le tombeau de la confiance et de l'amour?

J'étais abasourdie. Ces propos me semblaient incompréhensibles.

— Oui, répéta-t-elle, le tombeau de l'amour. Il nous lie, nous, les femmes, avec des chaînes dont on ne peut se débarrasser. Mais trêve de discours! Revenons à Monsieur de Liria. Je vous le répète, vous avez raison. Il pourrait vous quitter, au bout de quelques mois ou de quelques années. Où est donc le malheur, là-dedans?

— Mais, Olympe, l'amour…

— Eh bien, l'amour, on le savoure, on en jouit quand il est présent! Monsieur de Liria vous aime. Vous ne le détestez pas. Il vous fait des avances. Pourquoi y résisteriez-vous?

— Mais, je suis une femme…

— Et lui est un homme. Voilà le grand sophisme lâché. Pourquoi donc, ma chère Marie, les hommes auraient-ils le droit d'aimer comme ils le veulent, et que nous ne l'aurions pas, nous? Ne sommes-nous pas le sexe supérieur en beauté comme en courage, dans les souffrances maternelles? N'avons-nous pas les mêmes droits, que la nature impartit aux femmes aussi bien qu'aux hommes?

Cette harangue me rappela les propos qu'elle m'avait tenus jadis sur les hommes et les femmes, et sur la condescendance, sinon le mépris, qui avaient accueilli son intention d'écrire une pièce. Je répétai:

— Les mêmes droits?

— Oui, les mêmes droits, reprit Madame de Gouges. Il s'agit de nos droits naturels, inaliénables et sacrés. L'ignorance, l'oubli et le mépris des droits des femmes sont les seules causes des malheurs publics et de la corruption des gouvernements. Pour revigorer le royaume, il faut donner aux femmes les droits qu'on leur nie par la force des préjugés.

Elle se tut un moment. Sa poitrine palpitait. Elle finit par se calmer et se tourna vers moi.

— Marie, je vous ai peut-être fatiguée par mes propos. C'est que ces questions m'agitent beaucoup. Pour en revenir à vous, si le marquis de Liria veut vous aimer, qu'est-ce qui vous empêcherait, vous, toute femme que vous soyez, de vouloir l'aimer aussi? Si le marquis croit, comme tous les hommes, qu'il peut jouir à sa guise, qu'est-ce qui nous empêche, nous les femmes, de penser comme lui, de penser comme eux? Qu'est-ce qui vous empêcherait, vous, Marie, de vous abandonner au marquis, si c'est de votre plein gré et si vous pouvez ainsi atteindre au bonheur légitime auquel aspirent nos cœurs et nos corps? Enfin, qu'est-ce qui vous empêcherait, si un jour vous vous fatiguez du marquis, de choisir vous-même de le quitter, au lieu d'attendre qu'il se lasse, lui, de vous?

Son discours m'étourdissait. Elle passa encore de longues minutes à me convaincre de ma liberté de vouloir, ou de ne pas vouloir, céder aux avances du marquis.

— Voyez-vous, Marie, me dit-elle en conclusion, il me semble évident – et vous ne m'avez pas démentie – que le marquis vous plaît. Qu'attendez-vous pour céder à votre penchant? Vous pourrez toujours changer d'avis et vous reprendre. N'oubliez pas, Marie: vous êtes libre… Ou plutôt, apprenez à devenir libre.

Elle me dit aussi que le marquis lui avait fait savoir qu'il ne s'était pas formalisé de ma première rebuffade et qu'il souhaitait toujours me voir. Elle servirait d'intermédiaire entre nous.

Je passai la semaine suivante dans une grande angoisse. J'étais plongée dans l'indécision, mais surtout dans la stupéfaction. Ce que Madame de Gouges m'avait dit me semblait, sinon incroyable, du moins merveilleux.

Il était vrai que j'avais souvent entendu dans son salon des propos semblables, mais ils portaient toujours sur le Roi, ses ministres, le gouvernement. Monsieur de Rivarol, en particulier, n'était pas avare de mots cinglants. Il allait répétant :

— Quand le peuple est plus éclairé que le trône, il est bien près d'une révolution.

Tout le monde l'applaudissait, et on dissertait gravement de liberté, de bonheur, d'innocence et de justice. Mais jamais je n'aurais cru que cette liberté puisse aussi s'appliquer aux femmes en matière d'amour, et le long discours d'Olympe m'avait surprise, sinon désarçonnée, mais il se frayait un chemin dans ma tête, et je m'exaltais, en mon for intérieur, en pensant à tout ce que je pourrais faire si j'étais libre comme les hommes, libre comme mon amie m'avait invitée à l'être.

Au bout de sept jours, dans un mouvement impulsif, je lui écrivis un court billet, la priant de faire savoir au marquis que je serais heureuse de répondre, le samedi suivant, à son invitation.

Le moment venu, je m'habillai avec soin. Je mis une belle robe de satin bleu, avec des garnitures de dentelle. Sous ma robe, j'insérai une tournure, afin d'épanouir mes hanches. Je me maquillai soigneusement et coiffai mes cheveux en couronne montante que je retins avec de nombreux rubans de soie. Une broche en émail, d'un jaune doux, tranchait sur le bleu du tissu.

Je me couvris d'un ample manteau, afin de ne pas attirer l'attention et je sortis au crépuscule. Devant la porte de l'hôtel, un valet à la livrée discrète attendait. Il s'avança vers moi, souleva son chapeau:

— Mademoiselle Landry? me dit-il.

Je devinai que c'était Olympe qui avait donné au marquis le nom que j'utilisais à Paris, depuis que nous avions décidé, Fabien et moi, de passer pour frère et sœur. J'inclinai la tête. L'homme me pria de le suivre.

Il m'amena jusqu'à un petit hôtel particulier, près de l'ambassade d'Espagne. Je devinai que Monsieur de Liria vivait là, près de ses bureaux. Le valet frappa à une porte, qui s'ouvrit immédiatement; je devais être attendue. Il me fit signe d'entrer et s'évanouit dans l'obscurité de la rue.

Un majordome prit mon manteau et mon chapeau et me précéda dans un petit salon. La maison était d'un luxe discret et raffiné, et les nombreuses lampes éclairaient de belles toiles accrochées aux murs, de petites tables basses en marqueterie et un superbe cabinet en bois sculpté.

Le marquis de Liria entra aussitôt dans la pièce. Il était habillé avec une grande élégance. Droit, la taille légèrement cambrée, les cheveux cascadant en courtes boucles sur son front et sa nuque, il était beau à couper le souffle. Il s'avança vers moi, souriant, les mains tendues. Dès qu'il fut près de moi, il se pencha sur mes lèvres pour m'embrasser.

Chapitre XIV

J'étais étourdi. J'avais l'impression de vivre dans un tourbillon perpétuel et je ne savais plus à quel saint me vouer.

J'avais travaillé tard dans les bureaux de Rodrigue Hortalez, comme si souvent ces dernières semaines. J'avais vaguement pensé à m'arrêter un moment pour dîner avec Marie, mais le patron m'avait demandé de fouiller dans un carton pour trouver une lettre ancienne. Puis il m'avait chargé d'écrire à un correspondant pour lui rappeler qu'il n'avait pas livré à temps, dans le port de Lorient, une cargaison de bottes de soldat. Marie devrait, encore une fois, dîner toute seule, ou peut-être souper avec Madame de Willers, m'étais-je dit avant de me replonger dans mes écritures.

Vers la fin de la soirée, j'étais fatigué et je n'avais pas vraiment faim. Je me contentai de quelques biscuits et d'un fruit, puis je me retirai dans mon petit appartement, tandis que Monsieur de Beaumarchais s'enfermait dans son bureau avec Madame de Godeville.

À peine avais-je commencé à retirer ma chemise qu'on gratta à la porte. Je n'attendais personne; très peu de gens savaient où je vivais. J'étais donc surpris. J'entrouvris doucement le battant. Dans la pénombre, je vis Marie qui me tendait les mains.

Je la fis entrer; à la lumière de la lampe, je vis

mieux son visage. Elle hoquetait. Des larmes pressées, brûlantes, jaillissaient de ses yeux; son maintien, sa mine, tout en elle disait une grande détresse.

Elle se jeta dans mes bras; j'étais ému, troublé, inquiet aussi, car je ne savais pas, je n'arrivais même pas à entrevoir ou à deviner les causes de son chagrin.

Elle se pendit à mon cou. Elle embrassait mes joues, mes yeux, mes lèvres, elle me mouillait le visage de ses larmes.

Au bout de quelques instants, elle sembla se calmer. Elle se lova contre moi. Je l'entraînai vers le lit en lui demandant:

— Marie, Marie, qu'as-tu? Que t'arrive-t-il?

Elle ne répondit pas, m'embrassa avec encore plus de passion. Puis, comme j'insistais, elle me dit:

— Fabien, Fabien, je t'aime! Sais-tu que je t'aime?

— Je sais, Marie, que tu m'aimes, comme je t'aime. Mais pourquoi pleures-tu?

Elle ne répondait pas, reprenait sa complainte:

— Fabien, Fabien, tu sais que je t'aime?

Puis elle se redressa, me regarda avec intensité, comme si elle voulait graver dans ses prunelles le moindre détail de mes traits, la moindre parcelle de mon visage, avant de s'abattre de nouveau sur ma poitrine, et d'insister:

— Je t'aime, Fabien, mais ne me quitte pas!

Elle reprit, en une plainte suppliante:

— Surtout, ne me quitte pas!

Je la déshabillai, et elle me déshabilla. Elle haletait pendant que je l'embrassais, répétant sa complainte. Quand, après l'amour, j'insistai pour savoir la cause de ses larmes, elle persista à rester dans le vague:

— Oh! Rien qui puisse t'intéresser. Simplement,

tu m'as manqué. Ne me quitte plus. Tu te débrouilleras pour que nous dînions de nouveau ensemble. Je suis certain que Monsieur de Beaumarchais comprendra...

Et elle me demanda de passer la nuit avec moi, dans mon lit, au lieu de retourner dans l'appartement de Madame de Willers.

Le lendemain, j'étais dans un état de grande agitation. Pourquoi Marie était-elle malheureuse? Qu'est-ce qui l'avait bouleversée à ce point? Quelle était la cause de ses larmes? Étais-je responsable de son chagrin? Qu'avais-je bien pu faire pour qu'elle soit dans un tel état de désarroi?

J'avoue que je n'avais pas la conscience tout à fait tranquille. Pour tout dire, j'avais même quelques remords.

J'avais beau être occupé de longues heures dans la journée, être accaparé tout le temps par Monsieur de Beaumarchais qui, depuis la réussite de ma mission à Londres, me faisait encore plus confiance, je savais que je négligeais Marie.

Quand ces idées me traversaient l'esprit, je tâchais de me justifier en me disant: «Bah! Marie est avec Madame de Willers. Elle s'entend bien avec la patronne. Elle doit trouver à s'occuper.» Je savais aussi qu'elle avait revu Madame de Gouges et qu'elles sortaient ensemble. Je lui disais quelquefois: «Tu m'as souvent dit que cette femme est pleine d'esprit et qu'elle t'aime beaucoup. Tant mieux! Tu te distrairas avec elle.»

Quand mes raisonnements ne suffisaient plus à me convaincre et que je continuais à me reprocher ma conduite avec mon amie, je me rabattais sur mon rôle à Roderigue Hortalez. «C'est quand même important, ce que nous faisons ici, me disais-je. Sans

Beaumarchais, les Américains auraient-ils tenu le coup contre l'armée anglaise? Je ne suis peut-être qu'un infime rouage, mais un rouage tout de même, dans ce combat pour la liberté. »

En effet, à force de fréquenter mon patron et de l'entendre déclamer avec emphase les bienfaits de la liberté, si nécessaire aux Américains, j'en étais venu à épouser son point de vue. Cette entreprise qui, au début, m'avait séduit par son côté un peu mystérieux et ses dangers qui faisaient battre mon cœur, j'y croyais maintenant profondément. Je me disais quelquefois que cette liberté des Américains était la même que celle que je souhaitais pour les Acadiens, pour mes parents et mes grands-parents, enchaînés sur leur terre poitevine et que j'imaginais, une fois cette précieuse liberté acquise, vivant dans la douceur et l'abondance d'une Acadie qui prenait dans mon imagination les contours de l'Éden.

Enfin, quand je voulais faire taire la petite voix qui me susurrait dans la tête et dans le cœur que tout cela, c'étaient des sophismes, je m'assenais un argument massue, celui de notre retour en Acadie. « C'est bien là le but ultime de Marie, comme c'est le mien. Mon action auprès de Monsieur de Beaumarchais n'avance-t-elle pas le moment du retour que nous souhaitons de tout notre cœur? »

Je voyais donc Marie de moins en moins souvent. Pourtant, à ma grande surprise, quand je pouvais me libérer un après-midi ou une soirée, elle me répondait quelquefois qu'elle était prise, qu'elle devait aller au salon de Madame de Gouges et qu'elle s'excusait de ne pas pouvoir rester avec moi.

Ces réponses, je l'avoue, me surprenaient et m'agaçaient vaguement. Je réussissais à me rendre libre, à me rendre disponible, et elle était occupée?

Je dois cependant dire qu'à la réflexion je me calmais. C'était moi qui disposais maintenant de fort peu de temps, et je ne pouvais tenir rigueur à mon amie de vouloir se distraire.

Pourtant, je commençais à m'étonner de cette intimité croissante entre Marie et Madame de Gouges. J'avais fini par comprendre que mon amie allait maintenant régulièrement au salon de cette dernière; une fois même, elle m'avait dit, sur un ton de fierté: « Tu sais? J'ai bavardé aujourd'hui longuement avec Monsieur Mercier. Tu le connais, n'est-ce pas? Non? C'est un auteur dramatique à succès, et ses pièces sont fort courues à Paris. Et puis, Monsieur de Rivarol et Monsieur Marmontel me font aussi l'honneur de leur conversation. » Un pincement de je-ne-sais-quoi, peut-être de l'étonnement, peut-être une vague jalousie, peut-être de l'envie, m'avait alors serré le cœur.

Mais je n'avais pas le temps d'être jaloux. Je faisais le sourd aux questions qui me harcelaient, je tâchais d'oublier mes craintes et mes appréhensions en me disant: « Il faut bien que Marie se distraie. Et puis, elle m'aime... Il faudra pourtant que je me libère un peu. Peut-être même devrais-je l'accompagner un soir chez Madame de Gouges, pour voir tous ces gens dont elle me parle? »

Je me replongeais tête baissée dans les dossiers et j'aidais mon maître avec encore plus d'ardeur à tisser un réseau plus fort, mais discret, d'aide aux Insurgents américains.

C'est que les événements se bousculaient maintenant, et mon patron n'était pas loin de voir le succès couronner ses inlassables efforts en faveur des Américains depuis trois ans.

Comme il l'avait indiqué à Monsieur de La

Brenellerie, Beaumarchais nous avait invités tous deux à l'accompagner le jour où il rendit visite à Monsieur Benjamin Franklin.

L'ambassadeur des Insurgents demeurait à l'hôtel de Valentinois, à Passy. Nous quittâmes Paris et traversâmes une campagne verdoyante avant d'arriver à l'hôtel. C'était un bel édifice, dont la façade était décorée de guirlandes de pierre. Une effigie de guerrier, qui surmontait la porte, était entourée d'une couronne de laurier sculptée. Ses vastes fenêtres y laissaient entrer une belle lumière.

Monsieur Franklin nous accueillit avec beaucoup d'amabilité. C'était un homme corpulent, la poitrine ronde, le ventre rond, les épaules rondes, les bras ronds, les poignets et les mains potelés. Il portait une redingote de drap gris, et une cravate blanche lui enserrait le cou.

Mais ce qui frappait le plus en lui, c'était son visage, qui faisait penser à un masque romain. Un front immense et haut surmontait de petits yeux inquisiteurs, qu'ombrageaient d'épais sourcils. Son nez était ferme et droit. Son menton, carré, annonçait l'homme de décision. De longs cheveux bruns lui descendaient jusqu'à la nuque.

Monsieur Franklin, qui parle un excellent français, se répandit en amabilités auprès de Monsieur de Beaumarchais, et mon maître n'était pas en reste. Les mots « liberté », « indépendance », « tyrannie » et « peuple » ponctuaient chacune de leurs phrases.

Puis mon patron annonça à l'ambassadeur des Américains qu'il avait des nouvelles importantes à lui donner. Il se tourna vers moi :

— Et c'est ce jeune homme, Monsieur Fabien Landry, qui vous mettra au courant des dernières intentions du cabinet de Saint-James.

Franklin se tourna vers moi en souriant, mais je sentais, à l'acuité de son regard, qu'il se demandait quel rôle un jeune homme comme moi pouvait bien jouer dans le drame qui agitait l'Europe et l'Amérique. Beaumarchais reprit :

— C'est que Fabien est l'un de mes collaborateurs. Il a récemment séjourné à Londres, où il a entendu des choses fort intéressantes. Fabien, voulez-vous répéter à Monsieur Franklin ce que vos amis du *Royal Society Club* vous ont appris?

Je vis Franklin qui levait les sourcils de surprise en entendant le nom d'un des plus prestigieux clubs de Londres. Il resta quelques instants silencieux avant de m'inviter à commencer mon récit.

Je racontai brièvement comment j'avais été introduit au club, et lui détaillai les échanges auxquels j'avais pu assister. Franklin devenait de plus en plus grave. Quand je lui mentionnai les intentions de la marine anglaise, son visage se contracta. Il se tourna vers Beaumarchais :

— Les Anglais savent bien que, s'ils parviennent à interrompre le flot d'hommes, d'armes et de munitions que la France nous envoie, ils auront déjà gagné la guerre. Ils savent aussi que vous vous trouvez à la tête de ces valeureux Français qui se dressent à nos côtés, et que votre entreprise joue un rôle charnière dans l'aide à nos combattants. Les nouvelles que nous transmet Monsieur Landry sont fort graves. Il va falloir que j'en avise le Congrès, à Philadelphie. Monsieur de Beaumarchais, qu'en pensez-vous vous-même? Ai-je bien raison dans ce que j'avance? Votre opinion m'est d'autant plus précieuse que vous êtes un grand ami de mon peuple.

Avant que mon patron ait pu répondre, Franklin sembla se souvenir de quelque chose. Il bondit de son fauteuil avec une légèreté qui me surprit et se tourna vers moi :

— Pardon, Monsieur Landry, je ne crois pas vous insulter en disant que vous êtes bien jeune. D'ailleurs, votre épopée à Londres justifie bien l'aphorisme de votre compatriote, Corneille, quand il disait qu'« aux âmes bien nées, la valeur n'attend pas le nombre des années ». Cependant, je ne voudrais surtout pas que vous vous ennuyiez en notre compagnie. Si vous voulez bien m'excuser quelques instants.

Il quitta la pièce, mais revint presque immédiatement. Il était accompagné d'un garçonnet, qui devait avoir dix ans, et d'un jeune homme de mon âge.

— Permettez-moi, nous dit-il, que je vous présente mes petits-enfants. Voici Benjamin Franklin Bache (il désignait le garçonnet) et voici William Temple Franklin, ajouta-t-il en tendant le doigt vers le jeune homme.

Tous deux nous saluèrent poliment. Le garçon semblait réservé, un peu sauvage, tandis que William avait un visage plus avenant.

Mon patron et Monsieur Franklin reprirent bientôt leur conversation. Beaumarchais mettait l'émissaire américain au courant de son plan pour déjouer la marine britannique. Franklin hochait la tête et souriait.

Je m'étais un peu écarté avec les petits-enfants de notre hôte. William s'adressa à moi en français. Je fus surpris. Il le remarqua, sourit et me dit :

— C'est que Benjamin et moi sommes allés à l'école ici même à Passy. Mon cousin, malgré son jeune âge, traduit déjà du latin au français, au grand dam de ses condisciples français, qui en sont, je crois, un petit peu jaloux.

Le jeune Benjamin restait toujours renfrogné. Je demandai à William ce qu'il faisait à Paris. Il m'expliqua qu'il accompagnait son grand-père, mais qu'il espérait bientôt retourner en Amérique, « pour participer au combat de la liberté », précisa-t-il.

Il me demanda à son tour qui j'étais. Je lui racontai brièvement quel travail j'effectuais aux côtés de Monsieur de Beaumarchais. Je mentionnai en passant, mine de rien, mon séjour à Londres. Il m'interrompit par une exclamation :

— Ah! Vous connaissez Londres? J'y suis allé moi aussi avec mon grand-père.

Nous continuâmes à bavarder. Une sorte de complicité amicale s'était établie entre nous. Quand Monsieur de Beaumarchais donna le signal du départ, William me dit qu'il serait « fort heureux et honoré » si je lui donnais l'occasion de me revoir.

Ce fut quelques jours après cette visite que je rencontrai Monsieur Alistair Dickson. Je marchais dans la rue lorsque je le vis venir vers moi. Je n'eus pas le temps de m'esquiver.

C'était la première fois que nous nous voyions depuis qu'il avait salué, avec une expression de profonde surprise, un certain « Monsieur Séguier » au *Royal Society Club.*

Quand il fut à quelques pas de moi, il sourit.

— Monsieur Séguier?

Je fis semblant de ne pas lui prêter attention et m'apprêtais à poursuivre mon chemin, mais il me barra la route et dit, à voix plus haute :

— Monsieur Landry?

Je levai la tête et m'exclamai :

— Monsieur Dickson? Je suis bien heureux de vous rencontrer. Comment allez-vous?

Il me regardait d'un air suspicieux. Il finit par répondre :

— Fort bien, Monsieur. Et vous?

— Je vais fort bien également.

— Monsieur Landry, cela fait bien longtemps que vous ne nous avez pas fourni d'informations. Vous vous souvenez sûrement de notre entente et de nos promesses! La guerre bat son plein en Amérique et, malgré les machinations françaises, nous allons la gagner. Mais vous pourriez nous aider et accélérer ainsi votre retour en Acadie.

Ce long discours m'avait donné le temps de rassembler mes idées. Je lui répondis, de l'air le plus innocent et le plus niais que je pus imprimer à mon visage :

— C'est que, voyez-vous, Monsieur, mon patron, Monsieur de Beaumarchais, semble bien inquiet ces temps-ci. Je l'ai entendu dire qu'il allait ralentir son commerce et même, peut-être, cesser tout à fait ses contacts avec l'Amérique.

Dickson sembla soudain intéressé. Je vis une flamme passer dans ses yeux.

— Et pourquoi cela, Monsieur Landry?

— Il va répétant partout qu'il a subi de grandes pertes et qu'il est sur le point de faire banqueroute. Certains de ses navires ont été saisis, et il a perdu de nombreuses cargaisons qui ont été confisquées dans les ports. Il a décidé de ralentir, sinon d'interrompre provisoirement, son négoce avec les Antilles et l'Amérique. C'est pourquoi je ne vous ai pas contacté depuis quelque temps, car je n'avais pas d'informations utiles à vous transmettre.

Dickson fut-il convaincu? Je ne le sais. Mais c'était un homme de grande finesse et de grande intelligence. Il se tut quelques instants, puis me demanda à brûle-pourpoint:

— Et puis, Monsieur, avez-vous aimé votre séjour à Londres?

Je faillis, spontanément, faire oui de la tête. Je me repris au dernier instant:

— Londres, Monsieur? Mais je ne connais pas Londres, puisque je n'y suis jamais allé. Je dois toutefois vous dire que je connais beaucoup de gens qui ont visité Londres et qui ne tarissent pas d'éloges sur la ville, sa propreté et sa beauté.

Il resta impassible. Ma parade l'avait-elle convaincu? Je ne le crois pas: il m'avait bel et bien vu à Londres. Pourtant, il n'en montra rien. Après quelques autres banalités, il me quitta en m'assurant qu'il serait toujours heureux de recevoir de mes nouvelles, et surtout de celles de mon patron.

Je savais, moi, pourquoi il voulait avoir des informations. Le piège tendu par Beaumarchais à la marine britannique avait fonctionné à merveille. Les navires de guerre du roi George avaient arraisonné plusieurs bâtiments de commerce français en haute mer. Les marins anglais les avaient fouillés de fond en comble et n'y avaient trouvé que d'honnêtes marchandises, des tonneaux de sel, des barriques de vin, à la place des canons, des armes et des munitions qu'ils étaient convaincus d'y découvrir.

En France, on protesta fortement contre « cet acte de piraterie ». Lord Stormont, l'ambassadeur anglais, fut convoqué à Versailles pour se voir signifier l'extrême déplaisir du roi Louis. Par ailleurs, on lisait dans tous les salons les lettres envoyées à Paris par les premiers officiers français qui s'étaient engagés aux côtés des Américains. Les Parisiennes, en particulier, se pâmaient en pensant au jeune marquis de La Fayette; elles admiraient son panache et son courage. Partout, dans les salons, dans les cafés, à la cour, les cocottes comme les dames de bonne compagnie répétaient:

— Pensez donc, il est parti de Bordeaux et a déjoué les navires anglais. Il a séduit le Congrès à Philadelphie. Il est devenu l'adjoint du général Washington. Avec tout cela, il n'a pas encore vingt ans! Et puis, il est si beau!

Mon patron jouait sa partie dans cette clameur. En fait, il criait beaucoup moins que la plupart des nouveaux amoureux de l'Amérique, mais il agissait sans relâche.

Il assiégeait littéralement Monsieur de Vergennes, le ministre du Roi, pour le convaincre que Versailles devait déclarer la guerre aux Anglais. Un jour, il me dicta une lettre au ministre:

Monsieur le comte,

Le souci que j'ai du service de Sa Majesté et de l'honneur de la France m'amène à vous supplier encore une fois de convaincre Sa Majesté que nous ne pouvons rester neutres dans le conflit entre l'Angleterre et ses colonies d'Amérique.

Depuis un siècle, l'Anglais a voulu avoir des établissements sur toutes les mers; il se les est appropriés par droit de conquête. Il a voulu conquérir le Nouveau Monde et lui donner des fers. Heureusement pour la gloire des puissances et le bonheur des peuples, une grande révolution se prépare, et elle est déjà accomplie. La France doit se défendre contre les prétentions criantes d'un seul peuple, d'une seule puissance à la monarchie universelle des mers.

La cause de l'Amérique est à bien des égards la cause de l'humanité. Elle devrait donc être la cause de la France. Les insurgés américains sont résolus de tout souffrir plutôt que de plier et pleins d'enthousiasme de liberté.

C'est dans la conviction inébranlable que j'ai de m'adresser au défenseur des intérêts et de la gloire de la France, et au serviteur de Sa Majesté, que j'ose me dire, Monsieur le comte, de votre Excellence, le très humble et très obéissant serviteur,

Caron de Beaumarchais

*

Les jours qui suivirent l'arrivée impromptue de Marie en larmes dans ma chambre, je ne connaissais toujours pas l'exacte cause de ce bouleversement. Pourtant, même en l'absence d'explication, je décidai de répondre à la requête qu'elle m'avait répétée: « Tu m'as manqué. Ne me quitte plus. Je t'aime, Fabien, mais ne me quitte pas! Surtout, ne me quitte pas! »

Je résolus de recommencer à aller régulièrement dîner avec elle. Même quand mon patron me donnait une missive urgente à composer, ou que Monsieur Lecouvreur voulait que je compulse un ancien dossier, je m'arrêtais vers la fin de l'après-midi et je demandais à Jacques, le valet de Beaumarchais, de monter frapper à la porte de Madame de Willers, pour faire savoir à Marie que je l'attendais.

Ni Beaumarchais ni Lecouvreur ne s'offusquèrent de mon changement de rythme. Ils savaient tous deux que je me rattraperais dans la soirée, que la missive serait rédigée, et le dossier, annoté.

Quand je fis appeler Marie le lendemain de notre nuit de larmes et d'amour, elle sembla surprise. Mais quand, les jours suivants, elle comprit que nous allions revenir aux habitudes de jadis, elle retrouva son sourire, sa fraîcheur, sa vivacité. Au bout d'une semaine, je n'eus plus besoin de déléguer Jacques : elle descendait d'elle-même à cinq heures de l'après-midi et m'attendait dans l'antichambre des bureaux.

Nous revînmes au cabaret où nous dînions régulièrement, avant notre voyage à Londres. Le tenancier et les habitués nous connaissaient et nous accueillirent avec cordialité. Nous passions une heure ou deux ensemble. Elle me parlait de ses conversations avec Madame de Willers, des gazouillis d'Eugénie, des moments où Beaumarchais quittait son bureau et montait à l'appartement pour prendre sa fille dans ses bras, la cajoler et l'embrasser, tandis que sa maîtresse le regardait avec un air d'adoration sur le visage, avant de se renfrogner quand mon maître, pressé soudain par un rendez-vous, la quittait en hâte sans l'embrasser.

De mon côté, je revenais sans cesse au combat de Roderigue Hortalez en faveur des Insurgents. Je lui disais souvent que j'avais le sentiment que les choses changeaient très vite, et que nous ne tarderions peut-être pas, en chemin vers notre Acadie mythique, à partir pour cette Amérique que tout Paris maintenant chantait, une Amérique peuplée par des géants épris de liberté et par de bons sauvages qui vivaient tout nus dans ses forêts, à en croire les pamphlétaires et les guerriers de salon.

Au bout de quelques semaines, un changement dans l'emploi du temps de mon amie me surprit. Elle sortait moins souvent avec Madame de Gouges.

Elle allait aussi beaucoup moins souvent à son salon. Quand je le lui fis remarquer, elle me répondit :

— Puisque je t'ai, toi, qu'ai-je besoin du salon de Madame de Gouges?

Je rougis de plaisir, mais je continuais à pressentir, sans pouvoir le percer, un mystère derrière ces comportements. Je décidai d'en avoir le cœur net.

— Marie, lui dis-je, depuis quelques semaines, je te vois inquiète, fébrile, puis toute gaie. Qu'est-ce donc qui te préoccupe? Je sais que tu m'aimes, mais..., est-ce quelque chose que j'ai fait qui te rend quelquefois mélancolique?

Elle m'assura que non. Mais, maintenant que j'étais lancé, je ne voulais pas m'arrêter.

— Est-ce quelqu'un d'autre qui t'ennuie? Madame de Gouges?

Elle secoua énergiquement la tête en signe de dénégation.

— Est-ce quelqu'un qui fréquente son salon? Un homme?

À ces mots, Marie éclata brusquement en larmes. Elle semblait si malheureuse que j'hésitai à pousser plus loin l'interrogatoire. Je la pris dans mes bras pour la consoler.

Pourtant, cela me troubla. Pourquoi avait-elle réagi avec une telle émotion quand j'avais évoqué « un homme »? Je savais, ou plutôt je pressentais, que les hommes n'étaient pas insensibles aux charmes de Marie. Mais un homme en particulier? Se pouvait-il que...? Une souffrance soudaine me tordit le cœur. Avais-je été trop distrait? Avais-je des raisons d'être jaloux? Un gouffre s'ouvrait devant moi, que je n'osais sonder pleinement. Je me promis d'être plus attentif, mais dès le lendemain, je me retrouvai plongé à nouveau dans un tourbillon de tracas au bureau.

Quelques jours après notre visite chez Monsieur Franklin, Jacques, le valet, vint me dire qu'un Monsieur me demandait à l'entrée de l'hôtel.

C'était William, le petit-fils de l'ambassadeur américain, qui m'attendait, un sourire gêné sur les lèvres. Je lui serrai chaleureusement la main et le fis entrer.

Il m'avait aimé, me dit-il, au premier coup d'œil, d'autant plus que je faisais partie de « cette portion la plus noble du peuple français » qui venait en aide aux Américains. Il ajouta qu'il avait quelquefois de longs moments de liberté et qu'il espérait donc que, pendant ses loisirs, il pourrait me rendre visite. Il avait demandé à son grand-père l'adresse de nos bureaux.

Nous bavardâmes longuement. William Temple Franklin était un jeune homme charmant, simple, ouvert et sans malice. Il me parla longuement de son grand-père qu'il admirait et aimait. Je lui demandai si son père se battait avec les forces du général Washington. Il se rembrunit soudain. Après un long silence, et comme s'il s'arrachait les mots de la bouche, il finit par me dire :

— Mon père est à Londres. Il souhaite que les Anglais continuent à nous gouverner. Il faut, dit-il, rester loyal au souverain. À telle enseigne qu'il s'entoure à Londres de soi-disant Loyalistes.

Je n'osais rien dire. Il ajouta au bout de quelques instants :

— Il me semble que, s'il faut être loyal, c'est tout d'abord à sa patrie, et non pas à un souverain qui vit à des milliers de milles du lieu où nous sommes nés.

Il baissa la tête et dit dans un murmure :

— Je suis d'accord avec mon grand-père : notre

liberté est précieuse et nos liens avec la couronne britannique l'enchaînent. C'est pourquoi ni moi ni mon grand-père ne voulons revoir mon père.

Après un long silence, nous reprîmes la conversation, mais sans revenir sur ce sujet trop douloureux pour lui.

Il prit l'habitude de venir une fois par semaine passer une heure ou deux avec moi. Un jour, il arriva au moment où je m'apprêtais à quitter l'hôtel de Hollande en compagnie de Marie pour aller dîner. Nous l'invitâmes à nous accompagner.

Il semblait intimidé par Marie. Mon amie, pourtant, tâchait de le mettre à l'aise; elle lui souriait, lui disait comment le combat de son pays avait enflammé Paris, « à un tel point, dit-elle avec un sourire mutin, que Fabien en était arrivé à m'oublier ». Elle finit par le détendre, et nous dînâmes de bon appétit.

L'hiver s'avançait. William, Marie et moi formions maintenant un petit groupe uni. Notre nouvel ami venait souvent nous retrouver. Les dimanches, emmitouflés dans nos manteaux, nous partions nous promener dans Paris.

William nous invita à son tour à Passy, dans l'hôtel de son grand-père. Je vis passer là de nombreux Américains, certains vivant à Paris et d'autres venant d'Amérique avec des lettres, des messages et des instructions pour Monsieur Franklin. Le grand-père de notre nouvel ami nous accueillait toujours très cordialement et s'enquérait de mon patron.

Souvent, William nous emmenait en promenade dans la campagne environnante. Elle dormait, comme engourdie par le froid. Une brume basse enveloppait les champs et les arbres d'une ouate perlée, brouillait les formes, étouffait les bruits.

On se serait cru dans un pays enchanté, peuplé d'elfes. Nous avancions en silence dans les sentiers, heureux d'être ensemble.

Ces jours-là, Marie me rejoignait dans ma chambre. Je l'embrassais longuement; elle se serrait contre moi, le visage levé, les yeux ouverts. Je la caressais, et elle répondait à mon étreinte avec une allégresse, une exultation contagieuse. Une vague plus haute nous menait alors vers la pointe aiguë du plaisir.

Quand elle s'endormait et que j'entendais à côté de moi son souffle léger, je restais longtemps les yeux ouverts dans l'obscurité. Je méditais sur les dernières semaines et me réconciliais peu à peu avec moi-même. Comment avais-je pu négliger mon amie? Heureusement, je m'étais repris. La douceur et la force de mon amour pour Marie valaient bien tout le bruit, toute l'agitation, toutes les intrigues du monde.

Nous avions quitté les Huit-Maisons depuis maintenant deux ans, puisque nous étions déjà en 1778. Un matin du mois de février, William vint me voir. Je fus surpris. D'habitude, il arrivait vers la fin de l'après-midi pour ne pas me déranger.

— Je comprends, me dit-il en voyant ma mine étonnée, que vous soyez surpris de me voir ce matin. C'est que j'ai une proposition à vous faire. Mais, d'abord, dites-moi ce que vous pensez de toute l'agitation qui s'est emparée de Paris ces derniers jours?

— Agitation? De quelle agitation parlez-vous, William?

Ce fut au tour de mon ami de prendre une mine perplexe.

— Comment, vous ne savez pas? On n'en a pas

parlé autour de vous? J'aurais pourtant cru qu'à Roderigue Hortalez... Eh bien! il s'agit de l'événement qui occupe tous les salons, tous les esprits, toutes les conversations, et même jusqu'à Versailles : Monsieur de Voltaire rentre à Paris!

Maintenant qu'il le disait, je m'en souvenais : au bureau, tous les commis avaient commenté sur un ton passionné l'arrivée de Monsieur de Voltaire. J'avais même vu quelques larmes dans les yeux de Monsieur Lecouvreur, quand un commis le lui avait annoncé. Et Monsieur de Beaumarchais promenait partout, depuis ce jour-là, une mine réjouie, presque triomphante.

Mais j'étais occupé par mes écritures; et puis, je ne connaissais pas beaucoup Voltaire. Les commis autour de moi parlaient de son combat pour la liberté et pour la tolérance, mais comme je n'avais rien lu de lui, je ne participais pas à leurs conversations.

— Oh oui, bien sûr, j'ai appris son arrivée, répondis-je à William.

— La surprise pour tout le monde est d'autant plus grande, m'expliqua mon ami, que personne ne savait qu'il avait quitté son château de Ferney. Il était absent de Paris depuis une trentaine d'années, et hop! le voilà qui réapparaît sans crier gare.

Je souris :

— C'est merveilleux, William, de voir avec quelle flamme vous en parlez. Vous êtes américain : en quoi donc les mouvements d'un écrivain français peuvent-ils vous émouvoir à ce point?

— C'est que, mon cher Fabien, Monsieur de Voltaire n'a cessé, dans ses lettres et ses pamphlets, de soutenir la lutte de mon peuple. Et, comme vous le savez, la voix de Voltaire porte loin en Europe.

Je ne le savais pas, mais fis semblant d'acquiescer gravement.

— Notre délégation à Passy, ajouta William, lui est très reconnaissante de sa caution à notre lutte, surtout mon grand-père.

Un large sourire se peignit sur son visage.

— À telle enseigne que mon grand-père a décidé de lui rendre visite pour lui exprimer la reconnaissance des Américains. Et il nous a demandé, à Benjamin et à moi, de l'accompagner.

Mon ami semblait tellement heureux de cette perspective que je ne pus m'empêcher de lui dire :

— Mais, William, j'en suis absolument ravi pour vous!

— Ce n'est pas tout, Fabien, me dit-il avec un éclair de malice dans les yeux. J'ai demandé à mon grand-père s'il acceptait que vous veniez avec nous et il m'a dit : « Fabien? Bien entendu. J'aime beaucoup ce jeune homme, qui me semble droit et qui a l'esprit fin. Monsieur de Voltaire sera sûrement heureux de rencontrer de jeunes Français qui appuient notre cause. D'ailleurs, Beaumarchais admire sans réserve le grand écrivain. »

J'étais abasourdi. Je savais que, pour les Parisiens, Voltaire était un personnage immense, et voilà que le hasard allait m'amener à le rencontrer. Je serais l'un des rares privilégiés à le voir de près.

— Vous comprenez donc, Fabien, reprit William, pourquoi je suis venu vous voir ce matin.

— Je ne suis pas certain…

— C'est que mon grand-père a déjà envoyé un billet à Monsieur de Voltaire pour lui annoncer notre visite. Nous irons le voir demain matin. C'est pourquoi j'ai pensé qu'il serait utile de vous prévenir le plus rapidement possible.

Quand il me quitta, je me précipitai chez Monsieur Lecouvreur pour lui demander de m'accorder un congé le lendemain matin. Quand il sut pourquoi, ses yeux s'ouvrirent tout grands.

— Vous allez voir le grand homme, Fabien? Ah! Vous ne savez pas la chance que vous avez! J'en connais beaucoup à Paris qui vous envieront. Vous pouvez, bien entendu, vous absenter demain matin. Je ne me pardonnerais pas de vous faire manquer cette occasion.

Le bruit de ma visite au patriarche de Ferney, comme l'appelait Monsieur Lecouvreur, se répandit dans les bureaux comme une traînée de poudre. Les commis vinrent m'en féliciter. Je crus même déceler chez certains comme un étonnement un peu dédaigneux: comment se faisait-il qu'un jeune comme moi, qui n'était même pas un natif de la ville, avait le privilège inouï que recherchaient tant de Parisiens?

Même le patron vint me féliciter. Il me dit qu'il était content pour moi et m'apprit qu'il se proposait lui-même de rendre visite à Voltaire, « dont l'auguste voix prêche partout en Europe la tolérance et la fraternité des hommes ».

Le soir, quand j'appris à Marie ce qui m'arrivait, elle se serra contre moi.

— Et moi, me dit-elle, qui étais fière de fréquenter Monsieur de Rivarol ou Monsieur Marmontel… Toi, tu vas directement au sommet, et tu vas rencontrer le plus grand de tous. C'est ce que Madame de Gouges et tous les écrivains qui fréquentent son salon ne cessaient de répéter. À les entendre, Voltaire n'a pas d'égal, non seulement en France, mais dans toute l'Europe.

Le lendemain, je mis mon plus bel habit et je

me rendis rue de Beaune, tout près du quai des Théatins, devant l'hôtel de Villette où était descendu Monsieur de Voltaire. C'était là que William m'avait donné rendez-vous. En attendant son arrivée, j'admirai la Seine et les péniches dont l'étrave zébrait de longues traînées moirées son chatoiement lumineux.

Je vis bientôt arriver la voiture qui amenait Monsieur Franklin, William et le jeune Benjamin. Monsieur Franklin me salua avec aménité, mais nous entrâmes bien vite dans l'hôtel, car une bise aigre soufflait du fleuve.

Dans l'antichambre, j'eus un haut-le-corps: il y avait là une foule immense de visiteurs qui attendaient leur tour pour voir le grand homme. Les gens étaient tassés les uns contre les autres et la présence d'un aussi grand nombre de personnes dans cet espace réduit créait une chaleur étouffante, qui nous saisit après le froid du quai.

Heureusement, nous n'attendîmes pas longtemps. Quand le valet sut qui nous étions, il quitta la pièce immédiatement. Quelques instants plus tard, il nous faisait signe de le suivre. Il nous fit entrer dans un vaste salon précédé d'un boudoir qui l'isolait de l'antichambre. La pièce, par contraste, était vaste, vide et fraîche.

Une porte s'ouvrit à l'autre bout du salon, et une dame corpulente, qui avait peut-être soixante ans, entra. Elle se précipita vers nous.

— Ah! Monsieur Franklin, dit-elle en tendant la main à l'ambassadeur, qui se pencha galamment sur elle, que je suis heureuse de vous rencontrer! Mon oncle, quand il a su que vous étiez là, a porté la main à son cœur et n'a pu cacher sa joie. «Ah! Marie-Louise, m'a-t-il dit, je vais enfin rencontrer le représentant de ce peuple noble et courageux. » Il se prépare et ne tardera pas.

Elle poursuivit pendant encore de longues minutes son discours, d'une voix pressée et un peu haute. Monsieur Franklin souriait et tâchait, mais sans succès, de dire un mot par-ci, par-là, en la gratifiant de lénifiants « Chère Madame Denis ».

Elle était au milieu d'une phrase longue et alambiquée, lorsque la porte par où elle était venue s'ouvrit de nouveau, et Monsieur de Voltaire pénétra dans le salon.

J'avais tellement entendu parler du grand homme que je m'attendais à voir entrer un personnage imposant, peut-être même habillé en guerrier et entouré d'une espèce de halo majestueux, le visage impérieux, la mine altière, la démarche assurée et vive, semblable à ces héros de l'Antiquité dont me parlait quelquefois William. Quand je le vis, je restai bouche bée.

Voltaire était grand, squelettique et voûté. Il portait une robe de chambre, et un bonnet de nuit surmontait une grosse perruque à l'ancienne. Son visage était jaune, et sa peau, parcheminée. Il avançait lentement en s'appuyant sur une canne au pommeau en forme de corbeau. Mais quelque chose dans son regard, qui pétillait de malice et d'intelligence, compensait cette apparence décrépite. Et, dès qu'il ouvrait la bouche, on ne prêtait plus attention à ce corps décharné.

Monsieur Franklin le salua très cérémonieusement. Puis il présenta ses petits-enfants et me présenta à l'auteur. Voltaire nous sourit, mais se détourna vite. Il était clair que l'ambassadeur des Américains l'intéressait plus que nous.

Les deux hommes engagèrent une longue

conversation, que Madame Denis ponctuait de sourires, de vifs mouvements de la tête et de quelques « Ah ! C'est bien vrai ! », « Oh ! Que vous avez raison ! » et autres « Non ! Vraiment ? Ce n'est pas possible ! » Les deux interlocuteurs se tournaient brièvement vers elle, lui souriaient et reprenaient leur conversation.

Voltaire demanda à Monsieur Franklin des nouvelles de la guerre en Amérique. L'ambassadeur répondit en parlant du général Burgoyne et du général Washington, de la bataille de Brandywine et de celle de Saratoga. Comme Beaumarchais suivait attentivement les événements en Amérique, je savais déjà tout cela ; cependant, je prêtais une vive attention aux détails inédits que donnait Monsieur Franklin, à l'éclairage qu'il apportait aux mouvements des troupes anglaises et américaines, et surtout à l'importance qu'il accordait aux officiers français qui combattaient là-bas, notamment Messieurs du Coudray et La Fayette.

Voltaire répondit en affirmant à Monsieur Franklin qu'il était heureux de voir « l'esprit des Lumières triompher de la tyrannie en Amérique ».

Au moment où Madame Denis se levait pour signifier la fin de la visite, Monsieur Franklin se tourna vers Monsieur de Voltaire :

— Monsieur, puis-je vous demander la grâce de bénir mes petits-enfants ?

Voltaire leva la tête. Je crus voir dans ses yeux une vive émotion.

Benjamin, que son grand-père tenait par la main, s'avança le premier. Il s'agenouilla devant l'écrivain. Voltaire posa la main sur sa tête et dit, d'une voix forte : « *God and Liberty*[7] ».

---

7. « Dieu et Liberté ».

Puis William, à qui son grand-père faisait signe, s'apprêta lui aussi à s'avancer. Au dernier moment, il se tourna vers moi, me prit la main et m'entraîna avec lui. Nous nous agenouillâmes tous les deux devant Monsieur de Voltaire, qui répéta sa bénédiction.

Ce fut un moment de grande émotion. À son tour, Monsieur Franklin s'avança vers le patriarche de Ferney. Celui-ci, en le voyant qui s'apprêtait à s'agenouiller, fit un grand effort, s'extirpa du fauteuil dans lequel il était enfoncé et ouvrit les bras.

Jamais, jusqu'à la fin de mes jours, je n'oublierai cette scène. Voltaire serra Monsieur Franklin de ses deux bras, dans une longue étreinte. Les deux vieillards s'embrassèrent. On aurait dit qu'ils ne voulaient pas, qu'ils n'arrivaient pas à se détacher l'un de l'autre.

Quand, enfin, ils se séparèrent, je vis des larmes briller dans leurs yeux.

Chapitre XV

Depuis quelque temps, Fabien était tout heureux, tout guilleret.

Le lendemain de sa visite à Monsieur de Voltaire, il m'en parla longuement. Il était dans un état de grande agitation. Il me décrivit l'hôtel de Villette, où demeurait l'écrivain, dans ses moindres détails, et comment il avait pu, grâce à Monsieur Franklin, entrer sans attendre son tour. Il n'avait pas eu, me dit-il, à se mêler à la foule des curieux et des importuns qui attendait dans l'antichambre, et le ton qu'il prit pour me dire « la foule » avait un je-ne-sais-quoi d'infatué, sinon de légèrement condescendant.

Mais ce fut surtout quand il évoqua la bénédiction que lui avait donnée Monsieur de Voltaire qu'il s'excita. Tout son visage reflétait mille émotions. Jamais je ne l'avais vu si fier, si heureux aussi. Soudain, je me dis que cette visite chez Monsieur de Voltaire avait pour mon ami la même importance, qu'elle avait joué le même rôle que, pour moi, ma rencontre avec Madame de Gouges et mon entrée dans son salon où j'avais croisé certains des noms les plus en vue de Paris.

Ces événements nous avaient introduits dans la capitale, ils avaient fait de nous des Parisiens, et notre apprentissage accéléré des deux dernières années avait mis une distance vertigineuse entre nous et les Huit-Maisons. Je frémis: cette distance s'était-elle aussi creusée entre nous et nos parents? entre nous et nos grands-parents? entre nous et cet idéal que nous poursuivions depuis l'enfance, celui d'un retour en Acadie?

Fabien était heureux aussi parce que nous nous étions retrouvés, après les sombres semaines qui avaient suivi notre retour de Londres.

Nous dînions souvent ensemble. Malgré le froid intense de février, nous avions pris l'habitude de sortir de temps en temps, lui emmitouflé dans une houppelande fourrée et moi recouverte d'une cape chaude, dans les rues de Paris qu'un peu de givre faisait scintiller d'éclairs de lumière.

Quelquefois, William se joignait à nous. C'était un jeune homme enjoué et intéressant. Quand il nous parlait de son pays, cette Amérique qui voulait s'appeler les États-Unis, je sentais vibrer dans sa voix de l'admiration et de la nostalgie. Je me disais alors que ces forêts profondes et ces vastes plaines qu'il nous dépeignait étaient les paysages que je retrouverais quand ma quête du pays de mes parents aurait enfin abouti.

De temps en temps, Fabien me demandait, au détour d'une conversation, pourquoi j'allais de plus en plus rarement chez Madame de Gouges, et surtout pourquoi j'avais tellement sangloté un soir dans ses bras. Dans ses questions, qu'il tentait de formuler d'un ton dégagé, je sentais pourtant une tension, une véhémence qui transparaissaient quelquefois dans son souffle plus court. Une vague de bonheur me submergeait: Fabien était-il jaloux? Il me donnait là une autre preuve de son amour, qu'avait pendant longtemps voilé son obsession du travail.

Mais que pouvais-je lui répondre? Que les scintillements du salon de Madame de Gouges m'avaient aveuglée? Que le brillant des conversations, l'élégance des robes et des costumes, le luxe feutré de la maison, tout cela m'avait étourdie? Que le regard insistant de Monsieur de Liria, ses yeux si noirs, ses lèvres qui, en effleurant ma main, me faisaient frissonner, sa taille si martiale dans sa redingote étroite, tout en lui m'avait, un moment, troublée et enivrée?

Pouvais-je révéler à Fabien que la raison de mes larmes, en cette nuit que je ne suis pas près d'oublier, était due à la honte, aux remords et à l'humiliation? Que Monsieur de Liria venait de me jeter hors de son hôtel particulier, toute seule dans la nuit parisienne?

Quand il était entré dans le salon où je l'attendais, un mouvement impulsif, que je n'avais pas pu contrôler, m'avait jetée dans ses bras. Je vis alors passer dans ses yeux une lueur indéfinissable, peut-être de triomphe... Mais je n'eus guère le loisir d'y penser, car il s'était saisi avec autorité de mes lèvres, il m'embrassait avec patience, avec profondeur, avec sensualité. Son baiser, fait d'approches souples et caressantes et d'attaques soudaines, ressemblait au siège savant d'une ville qu'on est sûr d'emporter à force de manœuvres habiles ou brutales.

J'ai souvent réfléchi à ce qui s'était passé alors. Je me souviens encore de mon souffle court, de mon halètement sous la pression et les caresses de ses lèvres et de sa langue. Et je sais que le marquis aurait pu fort facilement achever sa conquête s'il n'avait pas été si pressé, s'il avait su mener son siège jusqu'au bout avec art, et surtout avec patience.

Il m'embrassait encore quand je sentis ses mains

qui tâchaient de soulever ma jupe, qui voulaient fouiller dans les plis de mes jupons pour caresser mes cuisses, qui écartaient avec impatience la tournure rembourrée sous ma robe, qui voulaient caresser ma chair intime et saisir ma croupe.

Soudain, dans le désordre de mes sentiments, une série de pensées me vint, s'imposa à moi: «Nous ne nous sommes pas dit un mot. Il ne m'a pas adressé la parole. Il ne m'a pas dit bonsoir. Il s'est littéralement jeté sur moi, sans me parler.» Et je trouvai soudain intolérable qu'il m'embrasse et me caresse sans même avoir demandé comment j'allais, sans avoir entendu le son de ma voix.

Je le repoussai fortement. Surpris, il me lâcha, me regarda avec étonnement. Je lui dis que j'avais à peine eu le temps d'enlever mon manteau. Nous pourrions peut-être nous asseoir, souffler un peu...

Son regard devint dédaigneux, mais il m'invita à prendre un siège, et sa voix, dont les roulements me semblaient jadis pleins de mystère et de séduction, avait pris un ton froid qui m'inquiéta.

Je tâchai de lancer la conversation sur le salon de Madame de Gouges. Je pris un ton gai, un peu mutin même. Il répondait par monosyllabes. Au bout de quelques minutes, il me demanda si j'étais bien reposée et si je voulais bien le suivre dans une autre pièce où nous serions plus à l'aise.

J'étais inquiète, mais n'osai refuser. Je me levai, et à nouveau je vis s'esquisser sur ses lèvres le sourire à moitié dédaigneux et à moitié triomphant qu'il avait eu en pénétrant dans le salon. Il m'invita à le suivre.

Il me précéda dans un court corridor, ouvrit une porte, et je pénétrai dans une petite pièce adorablement meublée. Seul le lit, dans une alcôve, était plongé dans la pénombre. De nombreux candélabres éclairaient les dorures des murs, les peintures d'angelots et de déesses aux seins nus du plafond, les commodes de bois précieux dans les coins de la chambre.

Je fus cependant surprise : il n'y avait ni chaise ni fauteuil dans la pièce. Je ne tardai pas à comprendre pourquoi : Monsieur de Liria estimait que tout préliminaire était inutile, qu'il s'agissait d'une perte de temps.

Il enleva sa redingote, et je ne pus m'empêcher d'admirer ses larges épaules qu'enserrait une chemise de lin fin, tandis qu'un jabot de dentelle blanche faisait ressortir l'éclat sombre de ses yeux noirs.

Il se tourna vers moi; il avait de nouveau ce sourire froid qui commençait à m'angoisser. Et, de nouveau, il se pencha sur moi sans dire un mot, comme au salon, prit mes lèvres entre les siennes, tandis que ses mains, avec une dextérité qui me surprit, défaisaient déjà les agrafes de ma robe par-derrière.

Je ne sais pourquoi, quand je vis ses yeux tout près des miens, je pensai soudain à ces moments que je vivais avec Fabien, ces moments qui précédaient l'amour, quand lui aussi s'approchait de moi, se penchait vers moi. En un éclair, je revis les yeux de Fabien, ces yeux pleins de tendresse; je me rappelai comment il prenait le temps de me regarder, de m'embrasser, de caresser mes cheveux, mes joues, mes lèvres avant de me déshabiller. Quand j'étais fatiguée, il suspendait ses caresses et ses baisers, nous bavardions alors et, souvent, c'était moi qui le relançais, émue par sa délicatesse, touchée par ses attentions, troublée par ce désir qu'il maîtrisait pour ne pas me brusquer.

L'image de Fabien, le visage de Fabien, le sourire de Fabien se dressaient maintenant devant mes yeux, s'interposaient entre moi et le sourire carnassier de Monsieur de Liria. Cette fois encore, je résistai à ses étreintes en balbutiant quelques mots d'excuse, en lui demandant un peu de temps.

Le marquis espagnol plein de suavité, de politesse, le marquis charmeur et enveloppant, se métamorphosa soudain devant mes yeux. Monsieur de Liria se redressa, s'éloigna de moi, et sa voix devint froide comme une nuit de janvier aux Huit-Maisons :

— Vous faites la coquette, Madame, et votre jeu est bien cruel. Pour moi, je n'ai guère le temps de me plier à vos caprices.

Et, se détournant, il tira sur un cordon de sonnette qui pendait le long du mur.

La porte s'ouvrit presque immédiatement. Le majordome parut. Le marquis lui dit :

— François, vous raccompagnerez Madame à la porte.

Et, passant devant moi, il disparut dans la pénombre du corridor.

Le ton de son maître, ou les mots qu'il avait utilisés, devaient avoir une signification particulière pour le majordome, car c'est d'un air goguenard et insolent qu'il me montra le chemin de la sortie. À peine avais-je franchi le seuil qu'il referma la porte derrière moi avec violence. Je compris alors que le marquis me faisait l'injure de me jeter dans la rue, la nuit, sans me faire raccompagner. Les larmes me montèrent aux yeux : je n'avais pas cédé à sa véhémence, je n'avais pas joué le jeu de l'amour à ses conditions, et il me rejetait avec dédain, presque comme une traînée.

Le retour à l'hôtel de Hollande se fit sans incident, malgré l'obscurité et les ombres inquiétantes qui m'entouraient de toutes parts. Arrivée dans ma chambre, je me déshabillai avec rage, avec frénésie, je rejetai loin de moi la robe bleue que j'avais revêtue si amoureusement à peine quelques heures plus tôt. Puis, poussée par une impulsion, j'enfilai une simple robe et je descendis chez Fabien.

Quand je vis mon ami si inquiet, si tendre, si amoureux, quand je l'entendis me demander de lui expliquer mes larmes, me supplier de me confier à lui, quand je sentis ses lèvres m'embrasser avec tendresse, quand, enfin, je me rappelai que, deux heures plus tôt, un autre homme me prenait impérieusement dans ses bras, m'embrassait avec violence, me caressait sans le moindre égard à mes sentiments ou même aux convenances, je compris à quel point je m'étais fourvoyée. Certes, Fabien n'avait ni le poli ni l'entregent de Monsieur de Liria; certes, il ne me faisait pas de discours fleuris et ne me baisait pas la main; certes, ses yeux n'étaient ni aussi noirs ni aussi brillants que ceux du marquis. Mais du moins, lui ne se pressait pas avec moi, il me regardait, m'écoutait, me parlait, bref, il m'aimait. Et mes larmes redoublaient d'intensité lorsque je songeais que j'avais failli céder au marquis et que j'avais presque oublié Fabien.

Je refusai de raconter ma mésaventure à mon ami; j'étais encore pleine de confusion et je ne voulais pas le plonger dans le chagrin. Mais plus mes remords augmentaient, plus mes larmes coulaient et plus montait en moi une exaltation que nourrissaient les caresses et les baisers de Fabien. Et cette nuit-là, quand il me fit l'amour, la lame qui déferla et m'emporta fut puissante, et mon plaisir, aigu et mordant.

Je compris encore plus l'amour que mon ami me portait quand je le vis changer au cours des quelques jours qui suivirent. Malgré son travail qui l'absorbait plus que jamais, il m'avait entendue, il avait répondu à mon cri de détresse. Il reprit l'habitude de dîner avec moi; nous retournâmes au cabaret où nous mangions jadis, et nos conversations recommencèrent à tisser entre nous un lien de douceur et de complicité.

Quelques jours après ma mésaventure avec le marquis de Liria, je retournai au salon de Madame de Gouges. Elle m'accueillit comme à son habitude, avec chaleur et amitié. Elle profita d'un moment où nous étions seules dans un coin pour me chuchoter, un éclair de malice dans les yeux:

— Eh bien! ma chère Marie, qu'avez-vous donc fait au marquis? Depuis votre rendez-vous, il n'a plus paru ici. L'avez-vous ensorcelé? L'amour qu'il vous porte en fait-il un reclus?

Elle éclata de rire, puis reprit d'un ton plus sérieux:

— Dites-moi, ma chère Marie, que vous êtes heureuse et que vous avez rendu le marquis heureux.

J'étais confuse et je ne savais trop quoi répondre. Heureusement, le majordome vint annoncer à Madame de Gouges l'arrivée de Monsieur de Rivarol, et elle se précipita pour l'accueillir.

Quand je retournai chez elle la semaine suivante, elle m'accueillit avec sa politesse coutumière, mais je notai tout de suite qu'elle n'avait ni sa spontanéité ni sa chaleur habituelles. Je ne tardai pas à en connaître la raison : dans le grand salon, je vis le marquis de Liria qui parlait au milieu d'un groupe de femmes qui bruissaient et s'agitaient autour de lui. Il me vit du coin de l'œil et se détourna ostensiblement. Je rougis sous la violence de l'affront; heureusement, personne n'avait remarqué son manège.

Quelques instants plus tard, Madame de Gouges me prit par le bras et m'entraîna dans un coin :

— Marie, me dit-elle, j'avoue que je ne vous comprends pas. Monsieur de Liria m'a raconté ce qui s'est passé entre vous.

Je ne répondis rien. Elle m'observait avec curiosité et reprit au bout de quelques instants :

— Vous ne vous rendez pas compte. Le marquis est l'un des hommes les plus beaux, les plus riches et les plus galants de Paris. Je ne connais guère de femme qui n'aurait tout donné pour être à votre place. Il m'a dit que vous l'aviez rejeté avec dédain.

Je sursautai :

— Ah non, Olympe! J'ai certes... repoussé le marquis, mais pas avec dédain.

— Alors, que s'est-il passé? Ne vous plaît-il pas? Quand vous aviez accepté son invitation, j'avais pourtant cru...

J'avais repris quelque peu mes esprits. Je décidai de jouer franc jeu avec Madame de Gouges.

— Certes, Olympe, le marquis est un fort bel homme et, pour tout vous dire, vous ne vous trompez pas : j'avais accepté son invitation parce que... je le trouvais séduisant. Mais...

— Mais quoi? insista Madame de Gouges.

— Mais... j'ai, comme vous le savez, un ami. Et je l'aime.

Je crus voir un sourire s'esquisser sur les lèvres d'Olympe.

— C'est fort beau, Marie, d'aimer votre ami. Il s'appelle Fabien, n'est-ce pas? Mais enfin, qu'a donc à voir votre amour pour lui avec le marquis de Liria?

Je ne répondis rien. Je ne savais pas comment lui expliquer. Elle reprit :

— Je vous comprends, Marie, ou du moins je crois vous comprendre. Mais votre... relation avec le marquis n'aurait pas duré éternellement. Elle n'aurait pas mis votre amour en danger.

Elle s'approcha tout près de moi et reprit, en chuchotant presque :

— Croyez-vous, Marie, que votre ami Fabien hésiterait, s'il croisait sur son chemin une jolie femme? Il n'aurait pas le sentiment de cesser de vous aimer. Mais je vous l'ai déjà dit : à nous, femmes, on s'évertue à nous faire croire que nous ne devons aimer qu'un seul homme à la fois.

Elle se tut encore et reprit dans un murmure :

— Nous avions déjà parlé de tout cela, Marie, et je croyais vous avoir convaincue. Pourquoi hésiterions-nous devant le plaisir? Nos amants hésitent-ils, eux? Nous devons aimer notre plaisir, c'est-à-dire notre corps. C'est ainsi que nous serons libres et que nous serons égales aux hommes.

Ce discours m'étourdissait. Égales aux hommes? Elle m'avait déjà tenu ce langage, elle avait répété cent fois devant moi ce qu'elle me chuchotait ce soir d'un ton passionné. Je ne savais que répondre. Heureusement, un couple, s'approchant de nous, interrompit notre aparté.

Les jours suivants, je ne cessai de penser à ce que Madame de Gouges m'avait dit maintes fois. Ses exhortations m'avaient semblé séduisantes jusqu'au jour où le marquis de Liria, qui avait savamment tissé ses filets autour de moi, m'avait violemment prise dans ses bras. À la dernière minute, j'avais refusé d'exercer cette liberté qu'exaltait devant moi Madame de Gouges.

Comment pouvais-je lui expliquer cela? Comment lui faire comprendre que je n'avais pu me résoudre à aimer Fabien et à coucher avec le marquis? Moi-même, je ne me l'expliquais pas trop, mais je savais qu'une forte impulsion, venue du plus profond de mon être, m'avait retenue.

Madame de Gouges s'intéressait beaucoup aux nègres et elle déplorait le sort qui leur était fait et l'esclavage auquel on les soumettait. Elle en parlait souvent dans son salon, et beaucoup de ses amis la regardaient alors avec indulgence en hochant la tête.

Ce qu'ils ne savaient pas, c'est ce qu'elle disait quelquefois dans des cercles restreints de femmes, les amies proches auxquelles elle faisait confiance.

— Nous, les femmes, nous sommes comme les nègres. Nous ne sommes pas libres, les hommes ont tout pouvoir sur nous, comme leurs maîtres ont tout pouvoir sur les nègres et, comme eux, nous ne serons libres que lorsque nous briserons les chaînes qui nous entravent.

Elle précisait alors que ces chaînes, c'était l'obligation de n'appartenir qu'à un seul homme. Elle nous chuchotait qu'elle aimait bien Monsieur de Rozières, son amant attitré, mais qu'il y avait à Paris tant d'autres hommes séduisants que c'eût été péché de les ignorer. Puis elle éclatait de rire, et ses amies souriaient en se cachant derrière leurs éventails.

Quand je réfléchissais à tout cela, je n'arrivais pas à me convaincre que mon amour pour Fabien me condamnait à porter des chaînes, et qu'il fallait, pour les briser, me jeter dans la couche du marquis. Je le savais, et surtout, je le sentais, mais je ne savais pas – ou je n'osais pas – le dire à Olympe.

Après cet échange où elle m'avait parlé du marquis et de ma dérobade, j'hésitai à retourner chez elle. J'espaçai mes visites à son salon. Elle me recevait avec affabilité, mais sans les marques d'amitié qu'elle me prodiguait autrefois. J'en vins à ne plus tellement apprécier ces soirées dont je découvrais de plus en plus le clinquant, et je ne me décidais à y retourner que parce que la conversation de gens comme Monsieur Marmontel, Monsieur Mercier ou Monsieur de Rivarol me semblait toujours fascinante et meublait mon esprit de mille connaissances, de mille pensées nouvelles.

Même Fabien remarqua mon refroidissement à l'égard de Madame de Gouges. Il m'en demanda la raison, mais je restais évasive. J'avais aussi décidé de ne pas lui raconter ma mésaventure avec le marquis de Liria. J'avais été tout près de ce qui me semblait à présent un gouffre, mais je n'y étais pas tombée: pourquoi alors chagriner mon ami?

Nous étions vers la fin du mois de mars, et la chape de froid qui emprisonnait Paris commençait à se fissurer. Un soir, Fabien m'aborda avec un petit air mystérieux et guilleret que je lui connaissais: il avait quelque chose à m'annoncer.

— Sais-tu où nous serons lundi soir prochain?

La question me sembla saugrenue, mais je décidai d'entrer dans le jeu de mon ami.

— Eh bien, ma foi, au cabaret, comme d'habitude, pour manger un bon ragoût.

— Nous mangerons plus tôt, ce jour-là, me dit-il, car, le soir, nous irons à la Comédie-Française.

Je n'étais jamais allée au théâtre. L'annonce de Fabien me surprit:

— Et... pourquoi ce lundi?

Malgré son calme, mon ami semblait trépigner intérieurement. Il finit par me dire avec un grand sourire :

— Ce soir-là, les comédiens vont jouer *Irène*, de Monsieur de Voltaire, en présence de l'auteur. Monsieur de Beaumarchais a loué une loge et nous a invités à l'accompagner.

Je comprenais enfin son excitation : Fabien allait revoir le « grand homme » que tout Paris adulait.

Le lundi suivant, je montai en carrosse en compagnie de Monsieur de Beaumarchais, Madame de Willers, Monsieur de La Brenellerie et Fabien. Le patron de mon ami avait en effet décidé d'inviter sa « ménagère » à l'accompagner au théâtre et, toute la journée, ma maîtresse avait été dans une vive agitation. L'invitation de son amant à l'accompagner en dehors de l'hôtel de Hollande, un événement rarissime, l'avait profondément bouleversée.

Dès le matin, elle avait sorti ses robes et les avait étalées sur son lit, sur des sofas, partout dans son appartement. Elle essayait l'une, puis l'autre, puis une troisième, revenait à la première, avant de se précipiter de nouveau vers sa garde-robe et d'en ramener une autre encore.

Elle me demandait mon avis, fouillait dans ses rubans, tâchait de les assortir à ses tenues, puis, quand elle semblait enfin satisfaite, elle s'effondrait quelques instants plus tard dans un fauteuil, les larmes aux yeux, car, affirmait-elle, « ni cette robe ni ce ruban ne mettront suffisamment en valeur mon teint, qui est bien trop pâle ».

Elle finit par choisir une robe de percale ivoire rehaussée de rubans d'un bleu très doux. Je passai une bonne partie de l'après-midi à la coiffer en un échafaudage savant, entremêlant des perles à ses cheveux. Il était presque l'heure de partir quand elle me laissa enfin aller me préparer.

— Tu as l'avantage et la fraîcheur de la jeunesse, m'avait-elle dit en guise d'excuse, et n'importe quelle robe t'ira très bien.

En approchant des Tuileries, où se trouvait le théâtre, notre carrosse ralentit souvent et finit même par s'immobiliser pendant de longs moments. Impatient, Monsieur de Beaumarchais écarta le rideau. Partout, des dizaines de carrosses et une foule énorme de piétons convergeaient vers le théâtre.

— Décidément, dit Monsieur de La Brenellerie, Paris veut faire la fête au patriarche de Ferney.

Le carrosse nous déposa devant l'entrée du théâtre, sur l'un des côtés du palais, et nous dûmes nous frayer un chemin à travers une cohue bruyante et gaie.

La loge était petite, et nous étions serrés les uns contre les autres, mais cela n'était rien en comparaison de la multitude grouillante qui se pressait dans le parterre. Des centaines d'hommes et de femmes étaient écrasés les uns contre les autres et, malgré le froid du dehors, le théâtre était suffocant de chaleur, et je vis la sueur qui commençait à perler sur le front de ma maîtresse, si longtemps et si savamment maquillé.

Une énorme clameur jaillit soudain de toutes les poitrines. Je tournai les yeux vers l'endroit que tous regardaient. Il s'agissait d'une loge dont on venait d'écarter le rideau. Deux dames y pénétrèrent, l'une jeune et jolie, et l'autre plus âgée et corpulente. Cette dernière, toute souriante, saluait à droite et à gauche. Monsieur de Voltaire entra à son tour dans la loge.

Je sus immédiatement que c'était le grand homme, car, à sa vue, la clameur redoubla. Je ne l'avais jamais vu et, malgré la poussière que soulevait le trépignement de la foule du parterre, je regardais avec intensité pour mieux apercevoir l'objet de cette adoration. Le spectacle qui s'offrit à mes yeux me surprit.

Un homme long, mais si voûté qu'il en semblait petit, s'avançait dans la loge. Il portait une perruque d'une sorte que je n'avais jamais vue, toute noire et entrelacée de rubans gris.

— C'est le modèle qui était en vogue il y a quarante ans, souffla Beaumarchais à l'oreille de La Brenellerie.

Voltaire portait un habit rouge doublé d'hermine et s'appuyait sur une canne au bec recourbé. D'une maigreur extrême, il avait l'air d'un véritable squelette.

Mais le squelette souriait, se tournait à droite et à gauche, saluait de la main, qu'il mettait ensuite sur son cœur, comme pour nous dire qu'il allait défaillir devant un tel accueil. Mais la clameur, les vivats, les cris et les applaudissements se poursuivirent encore pendant vingt bonnes minutes, et il fallut encore un long moment pour que la foule se taise, même après le lever du rideau.

La pièce commença enfin. Je n'en comprenais pas grand-chose, à cause des applaudissements qui interrompaient les acteurs à tout bout de champ. Je saisissais vaguement qu'il s'agissait d'un empereur dont la femme, l'impératrice Irène, aimait un officier de l'armée. Elle se lamentait en longs vers douloureux sur son dilemme, incapable qu'elle était de choisir entre son mari et la raison d'État, et le bel officier et la raison d'amour.

Mais le public réagissait surtout à certains vers. Quand un acteur dit avec emphase : *L'intérêt de l'État, ce prétexte inventé/Pour trahir sa promesse avec impunité* ou encore : *ces rumeurs soudaines/Vont préparer Byzance aux révolutions,* la foule trépignait, les applaudissements se prolongeaient, et le public ne cessait de crier que lorsque Monsieur de Voltaire, se levant de son fauteuil et sortant de la pénombre de sa loge, apparaissait de nouveau au premier plan et recommençait à saluer le public.

Sans être versée en théâtre, je comprenais que ces ovations n'étaient peut-être pas dues seulement à la qualité des vers du poète. Quand on parla de révolutions à Byzance, je me souvins de propos enflammés dans le salon de Madame de Gouges et me demandai vaguement si la révolution qu'on appelait de ses vœux sur la scène n'était pas surtout une révolution en France.

Avec toutes ces interruptions, la pièce dura longtemps. Une fois le rideau tombé, je crus que nous allions partir et je vis même Monsieur de Beaumarchais quitter son siège. Soudain, un rugissement de la foule nous cloua sur place. Le rideau venait de se relever; les comédiens avaient apporté sur scène un buste à l'effigie de Monsieur de Voltaire.

Les cris et les bravos reprirent de plus belle. On couronna le buste de lauriers, et les acteurs et les actrices s'avancèrent à tour de rôle pour embrasser le bronze grimaçant.

Après plusieurs heures de cette frénésie, nous étions tous épuisés. Quand Voltaire quitta sa loge, il fallut quasiment le porter tellement il semblait terrassé par tous ces honneurs. Dans la rue où la nuit était tombée, la foule l'attendait encore et escorta son carrosse aux cris de « Vive le défenseur des opprimés! » Nous dûmes attendre qu'il s'éloigne enfin avant de pouvoir retourner nous aussi à notre voiture.

Quelques jours après cette mémorable soirée, je compris que Monsieur de Beaumarchais n'était pas seulement un adroit négociant, un habile courtisan ou un ami des Insurgents américains. Il était surtout et avant tout un auteur qui savait, plus que quiconque, amuser son public.

Je savais qu'il avait déjà créé une pièce, *Le Barbier de Séville*, qui avait obtenu un vif succès. Dans le salon de Madame de Gouges, on faisait état de rumeurs qui couraient à Paris: devant l'éclatante réussite de son coiffeur espagnol, l'auteur envisagerait de donner une suite à sa pièce. Je découvris un soir que c'était plus qu'une rumeur, et que le patron de mon ami avait décidé de marier son barbier.

Un soir donc que nous devions sortir dîner ensemble, Fabien s'excusa. Il devait recopier d'urgence un gribouillage que venait de lui donner Monsieur de Beaumarchais. Je crus qu'il s'agissait encore d'une lettre à un correspondant de Bordeaux ou à un armateur de Nantes.

Fabien m'invita à rester avec lui pendant qu'il recopiait deux ou trois pages de sa belle écriture penchée. Quand il eut fini, il me tendit les feuillets dont il venait de sécher l'encre. Comme il ne m'avait jamais donné à lire les correspondances d'affaires, son invitation, et surtout son sourire mystérieux, m'intriguèrent.

Il s'agissait d'une conversation entre un certain Figaro et une certaine Suzanne. Ledit Figaro, dont je compris tout de suite qu'il était le barbier, disait à la jeune fille qui lui montrait son chapeau: « Oh! que ce joli bouquet virginal, élevé sur la tête d'une belle fille, est doux, le matin des noces, à l'œil amoureux d'un époux! » Puis il s'affairait autour d'un lit qu'il mesurait de long en large en se demandant « si ce beau lit que Monseigneur nous donne aura bonne grâce ici ».

Je lus le reste. Manifestement, ce Figaro était amoureux de Suzanne qu'il s'apprêtait à épouser, mais celle-ci, tout amoureuse qu'elle fût de son ami, voulait organiser la cérémonie selon son humeur et non pas selon les raisonnements de son promis. Ses répliques me rappelèrent certains propos de Madame de Gouges... Décidément, Suzanne et Olympe agissaient à l'égard des hommes bien différemment de moi à l'égard de Fabien. Cela me troublait. Je me dis pourtant que j'avais commencé à changer, que Fabien s'en était aperçu et que nous tentions tous les deux de nous habituer à cette transformation de notre vie et de nos comportements. Soudain, je me rappelai ma mère, ma grand-mère, mes sœurs, toutes les femmes des Huit-Maisons: jamais elles n'auraient agi comme moi, jamais elles n'auraient même osé imaginer qu'elles pourraient agir comme moi à l'égard de leurs hommes. Étaient-elles heureuses? Oui, elles l'étaient, d'une certaine façon. Mais moi j'avais vécu autre chose à Paris, et j'étais, moi aussi, heureuse, d'un bonheur plus conscient, même s'il était quelquefois plus agité.

Ma méditation fut interrompue par mon ami, qui me disait:

— Beaumarchais m'a confirmé qu'il voulait finir sa pièce au plus vite. Le public l'attend, et les gens aiment bien son barbier. Notre soirée au théâtre avec Monsieur de Voltaire l'a inspiré. « Fabien, m'a-t-il dit, rien de tel que le théâtre pour éduquer le peuple. »

— Et comment s'appellera cette pièce?

— Oh! Il n'en est pas encore là, mais il n'a cessé de répéter devant moi qu'il voulait tout centrer autour du mariage de Figaro.

Les semaines suivantes, mon ami fut bien occupé à recopier les scènes de la pièce que composait Beaumarchais. Un soir que nous devions sortir ensemble, je le vis dans les bureaux qui avait l'air grave. Je crus qu'il allait s'excuser de ne pouvoir m'accompagner. Cependant, l'agitation autour de lui me surprit. La plupart des commis étaient encore là, longtemps après l'heure habituelle de leur départ; des groupes se formaient, et on semblait discuter avec véhémence.

Fabien me prit par le bras et m'entraîna à l'écart. Il me dit:

— Marie, notre sort va peut-être changer plus vite qu'on ne le pense.

— Que veux-tu dire par là? Que se passe-t-il donc?

— La France vient de reconnaître l'indépendance des États-Unis d'Amérique.

— Mais c'est merveilleux! Tu dois être heureux, et surtout Monsieur de Beaumarchais, puisque c'est ce qu'il voulait depuis longtemps. C'est ce combat que tu mènes avec lui depuis deux ans.

— Tu as raison, Marie, nous sommes fort heureux, mon patron et moi. Mais...

— Mais?

— Mais la France vient aussi de déclarer la guerre à l'Angleterre.

Chapitre XVI

Marie était en larmes, et j'étais bouleversé de la voir sangloter si fort.

Tout autour de nous, sa mère et ses sœurs pleuraient, tandis que son père et ses frères restaient silencieux et graves, mais le frémissement de leurs lèvres trahissait leur émotion.

Devant nous, dans leur ferme des Huit-Maisons, le grand-père de Marie gisait dans un lit dressé dans la grande salle. Il venait de mourir, et ses narines pincées, sa peau jaune et parcheminée disaient ses souffrances des dernières semaines.

On avait appelé le chanoine Belleau à son chevet. Quand la respiration rauque du malade s'était arrêtée, il avait entrelacé un grand chapelet autour des mains du grand-père, rassemblées sur sa poitrine.

Cela faisait quatre jours que nous étions aux Huit-Maisons. Les deux hommes, moitié valets et moitié gardes, qui nous accompagnaient depuis Paris grommelaient sans cesse et se plaignaient d'être perdus dans un trou.

Nous devions quitter Paris deux ou trois semaines plus tard, au début d'avril, pour nous rendre à La Rochelle, première étape de notre mission, mais un message du chanoine Belleau nous avait informés que le grand-père de Marie était tombé gravement malade. Au ton de sa lettre, nous avions compris que la fin était proche.

Marie me supplia alors d'accélérer notre départ, afin de faire un détour par les Huit-Maisons. J'en parlai à Monsieur de Beaumarchais; pour nous permettre de partir plus tôt, il écrivit des billets impérieux à ses fournisseurs et à ses correspondants, qui tardaient à lui envoyer la marchandise qu'il avait commandée et que nous devions convoyer. Il leur intimait l'ordre de s'exécuter dans les plus brefs délais.

Monsieur de Beaumarchais n'était pas le seul à se démener pour tout organiser à temps. Nous aussi, nous avions mille choses à faire, mille questions à régler, mille personnes à rencontrer. Le rythme de nos dernières semaines à Paris devint alors frénétique.

C'est que nous quittions la capitale pour de bon. Le rêve que nous caressions depuis longtemps, celui de retourner dans le pays de nos parents, cette Acadie lointaine, tentatrice et mythique, commençait à se concrétiser.

Nous étions au printemps de l'an 1779. Cela faisait un an que la France avait reconnu l'indépendance des colonies américaines. Elle avait déclaré de ce fait la guerre à l'Angleterre, et le cabinet de Londres, furieux, avait décidé de tout faire pour humilier la France, et tout d'abord sur les mers et les océans.

L'état de guerre changea du jour au lendemain la situation de Monsieur de Beaumarchais. Dorénavant, mon patron pouvait afficher publiquement ses choix; il n'avait plus besoin de cacher ses appuis aux Insurgents américains, que l'armée anglaise continuait de harceler. Il n'avait plus besoin d'embarquer de nuit les armes et les munitions sur ses navires, de feinter, de louvoyer, d'afficher à

Versailles un visage de sphinx et en ville un visage innocent tout en tirant les fils d'une machinerie complexe.

Mais, s'il était libre de trafiquer à sa guise avec les Américains, mon patron s'exposait directement à la marine anglaise. Ses bateaux étaient poursuivis, arraisonnés ou coulés. Il fallait les faire partir en secret, déjouer la vigilance des espions, des bâtiments de guerre anglais et des corsaires à la solde de Londres, risquer de tout perdre sans jamais être assuré d'être payé par des clients qui se trouvaient à plusieurs semaines de navigation de la France.

Bref, les mois qui suivirent ce printemps de 1778 furent frénétiques. Monsieur de Beaumarchais se dédoublait, se multipliait, frappait à mille portes, rieur, exalté, sémillant, généreux, toujours de bonne humeur, plein d'une énergie qui nous épuisait tous. Il avait engagé de nombreux commis et l'hôtel de Hollande était devenu une ruche bourdonnante. Monsieur de La Brenellerie et Monsieur Lecouvreur l'aidaient à ordonner cette chorégraphie incessante, ce va-et-vient d'agents, de commis, de militaires et d'Américains.

Je m'étonnais d'autant plus de la vitalité de Beaumarchais que j'étais le seul, ou du moins l'un des très rares parmi ceux qui le côtoyaient, à connaître ses activités nocturnes. Il partageait équitablement son temps entre Madame de Godeville et l'écriture de sa nouvelle pièce.

Je retrouvais ainsi chaque soir, en recopiant les feuillets froissés qu'il me remettait dans la fièvre, Figaro et Suzanne, le comte Almaviva et sa femme, l'accorte Marceline et l'angélique et traître Chérubin, amoureux de toutes les femmes. Je me délectais de leurs aventures et m'étonnais de voir mon patron oser se moquer si ouvertement des grands de ce monde.

Les mois passaient ainsi. Marie et moi ne cessions de nous aimer d'amour tendre. Elle comprenait que je ne puisse me libérer davantage, à cause de l'urgence dans laquelle se trouvait mon patron, et me pardonnait avec indulgence. Elle avait repris sa vie tranquille auprès de Madame de Willers et de sa fille Eugénie. Elle voyait parfois Madame de Gouges et se rendait même de temps en temps à son salon. Mais quelque chose avait changé entre elles et je n'arrivais pas à percer le secret de ce refroidissement. Marie m'assurait que tout allait bien, mais qu'elle préférait, tout compte fait, passer plus de temps avec moi qu'avec les beaux esprits qui fréquentaient le salon de son amie.

Nous recevions de temps en temps une missive des Huit-Maisons. Écrite par le chanoine Belleau, elle nous donnait des nouvelles plutôt brèves de nos parents. Nous devinions, derrière le laconisme du chanoine, que la vie se poursuivait comme avant en Poitou, et que nos parents continuaient à travailler comme des bêtes de somme pour mettre en valeur le domaine du marquis des Cars.

Cependant, ces nouvelles étaient, pour Marie et moi, l'occasion de nous rappeler nos grands-parents. Ce souvenir ramenait à notre esprit notre désir – notre intention? – de retourner en Acadie.

J'avoue que, au plus profond de moi, j'étais moins pressé, maintenant, d'y aller. Pour tout dire, j'étais heureux à Paris et je savais que l'Acadie ne serait pas Paris. J'aimais mon travail, j'aimais mon patron qui me traitait maintenant comme un jeune frère ou un fils aîné. Marie vivait avec moi dans la même maison, nous pouvions nous voir presque chaque jour, et j'avais trouvé en William Temple Franklin un ami plaisant, jeune, mais déjà plein d'expérience et de connaissances.

J'en venais même à deviner, à certains indices, que Marie n'était pas loin de partager mon avis. Elle aussi aimait Paris, elle devenait coquette et se rendait, avec ou sans Madame de Gouges, dans la boutique de Mademoiselle Bertin pour chiffonner mille tissus et robes. Elle aimait se promener avec moi pour admirer l'église Sainte-Geneviève, dont on venait d'achever la construction, l'immense place Louis-XV ou les hôtels particuliers qui poussaient dans le nouveau faubourg Saint-Germain.

Nous n'avions, cependant, jamais parlé ensemble de nos hésitations. Bien au contraire, nous continuions à nous assurer mutuellement que le retour en Acadie était toujours notre projet.

Ce furent les événements qui nous obligèrent à trancher.

Le commerce de Monsieur de Beaumarchais avec les Antilles et l'Amérique avait pris une ampleur extraordinaire. À un moment donné, pas moins d'une quarantaine de ses navires sillonnaient l'océan, faisaient escale dans les ports ou attendaient dans les radoubs qu'on les répare. L'entreprise devenait gigantesque, même pour un homme aussi énergique que lui.

Il se plaignait particulièrement de ne pas avoir de représentants fiables de l'autre côté de l'océan. Ses correspondants ne lui envoyaient ni suffisamment de lettres ni suffisamment de détails sur les transactions qu'ils effectuaient en son nom. Je l'entendais souvent dire à Monsieur de La Brenellerie que, s'il n'était pas si occupé à Paris, il se rendrait lui-même en Amérique pour mieux mesurer l'ampleur des besoins des Insurgents.

Il était vrai que la guerre se poursuivait de plus belle. On suivait à Paris avec attention, enthousiasme ou désespoir, selon la teneur des nouvelles reçues, les mouvements des troupes du général Washington, de Monsieur de La Fayette et des autres volontaires français. L'armée anglaise restait redoutable, et l'issue de la guerre était en suspens. Beaumarchais se démenait comme un diable dans l'eau bénite.

— C'est le moment ou jamais, répétait-il tout le temps, de leur envoyer des armes, des munitions, des tuniques, des bottes, des canons, bref, tout ce qu'il leur faut pour rabaisser quelque peu l'arrogance anglaise.

À force de l'entendre insister sur la nécessité d'avoir en Amérique des hommes en qui il pouvait avoir confiance, une idée s'insinuait peu à peu en moi: et si j'étais précisément cet homme de confiance qu'il voulait voir convoyer ses armes de l'autre côté de l'océan? Ne voulais-je pas partir en Amérique? Est-ce que, de l'Amérique, il ne serait pas possible d'aller en Acadie?

Je débattais ces idées en moi et m'apercevais que l'Acadie n'était plus la seule raison de mon désir grandissant de partir de l'autre côté de l'océan: j'étais moi-même graduellement saisi par l'agitation, la fébrilité, le bouillonnement qui emportaient Paris et les Parisiens en faveur de la cause américaine.

Des centaines de jeunes nobles se pressaient dans les ports pour aller combattre aux côtés des Insurgents. Les poètes et les écrivains chantaient un grand pays vierge, un peuple sain et sans vices.

Je me mettais à rêver à de profondes forêts, à des fleuves vastes comme la mer et à des colons simples qui peuplaient ce nouveau paradis terrestre. Toute l'Amérique prenait à mes yeux l'allure d'une vaste Acadie.

Je finis par parler à Marie de mes ruminations. Par une complicité d'esprit qui ne m'étonnait plus, ses pensées avaient suivi les mêmes méandres que les miennes. Elle craignait, certes, l'aventure que ce voyage pouvait représenter, mais sentait aussi que l'occasion était propice pour suivre le chemin que nous nous étions tracé.

Je m'ouvris donc à Monsieur de Beaumarchais de mes réflexions. Sa réaction – je n'oublierai jamais ce moment – me surprit et me combla. Il se tourna vers moi en s'exclamant:

— Comment, Fabien, tu veux me quitter? N'es-tu pas heureux ici? Te manque-t-il quelque chose? Tu sais que tu peux me demander n'importe quoi.

Je devinai, derrière ces questions de mon patron, une véritable émotion. Soudain confronté à la perspective de ne plus me voir, il me dévoilait ainsi l'affection qu'il me portait. Les larmes me vinrent aux yeux.

Je lui rappelai ce que je ne lui avais jamais caché: mon amie et moi voulions depuis toujours retrouver le pays de nos ancêtres. Je pensais donc faire d'une pierre deux coups, mettre enfin les pieds en Amérique et rendre en même temps service à mon patron en lui faisant un portrait exact de la situation dans les Antilles et en Amérique, et en vérifiant pour lui le travail et l'honnêteté de ses correspondants là-bas.

Beaumarchais était un homme intelligent et pratique. Il saisit immédiatement l'intérêt de ma proposition. De plus, le moment lui sembla particulièrement propice à l'acceptation de mon offre de services.

Nous étions en effet à la fin de l'hiver 1779. Beaumarchais voulait frapper un grand coup; il avait rassemblé à La Rochelle douze navires de commerce remplis tout autant de marchandises que d'armes. Comme il craignait la marine anglaise, il avait transformé l'un de ces navires, le *Fier-Roderigue*, en vaisseau de guerre armé de soixante canons de bronze.

Il accepta donc, quoique à contrecœur, de me voir partir. Nous pourrions, Marie et moi, monter à bord de l'un de ses navires à destination de l'Amérique. Il me remettrait, à mon départ, des instructions précises. Et il tira d'un tiroir une bourse fort garnie, qu'il me remit en me disant de ne rien épargner pour bien me préparer.

Bientôt, le bruit de notre prochain départ se répandit dans les bureaux et dans les cercles que nous fréquentions. La Brenellerie et Lecouvreur me témoignèrent beaucoup d'amitié et m'assurèrent qu'ils me regretteraient. Monsieur de Beaumarchais avait beau assurer tout le monde que mon absence serait temporaire, quelques mois, un an ou deux tout au plus, il n'abusait personne, et surtout pas moi. Je savais qu'à moins de circonstances extraordinaires, ce départ de Paris et de la France serait définitif.

Marie me raconta que Madame de Gouges fut fort surprise de sa décision de me suivre en Amérique, mais la perspective de la séparation semblait avoir rapproché les deux amies. Elles reprirent de plus belle leurs sorties dans Paris et dans les boutiques du Palais-Royal. Marie se décida aussi à fréquenter plus régulièrement le salon d'Olympe.

Les habitués furent tout aussi étonnés d'apprendre son départ imminent, car à Paris, malgré les dithyrambes pro-américains, peu de gens – à part les jeunes officiers avides d'aventures et de promotions – auraient pensé à abandonner le confort douillet de la capitale, les plaisirs de ses théâtres et de ses salons, la proximité de la cour à Versailles, pour se lancer dans des expéditions lointaines, malgré les poèmes exaltés et les récits épiques sur les forêts vierges, les colons sains et les bons sauvages.

Sur ces entrefaites, un messager nous remit un jour un billet de la chevalière d'Éon. Elle nous invitait, Marie et moi, à la rencontrer chez des amis qu'elle visitait à Paris.

Nous n'avions revu la chevalière – qui s'habillait maintenant toujours en femme – qu'à deux ou trois reprises depuis notre retour de Londres. Son invitation nous surprit.

Nous nous rendîmes, un dimanche après-midi, dans un petit hôtel particulier de la rue Saint-Antoine. Un valet nous fit pénétrer dans un salon. Des pas se firent entendre dans le corridor, la porte s'ouvrit et la chevalière entra.

La chevalière? Plutôt le chevalier, car Monsieur ou Madame d'Éon avait mis, ce jour-là, sa plus belle tenue de dragon. Une épée traînait à son côté, et son visage était martial.

Il nous parla longuement: il avait appris notre départ de Paris et nous enviait. Il se plaignit du Roi, qui ne lui permettait pas de prouver au monde entier son courage. Il aurait aimé être à notre place pour aller en Amérique combattre aux côtés de Monsieur Washington et du marquis de La Fayette, pour « donner à Messieurs les Anglais une leçon qu'ils n'oublieraient pas de sitôt ».

Marie et moi restions silencieux, fascinés par ce

numéro d'esbroufe. Monsieur d'Éon nous demanda de lui écrire d'Amérique. Quand vint pour nous le moment de le quitter, il s'attarda longuement sur la main de Marie.

Je faillis tout raconter à Beaumarchais, mais Marie me convainquit du contraire : la chevalière avait mauvaise presse auprès de la Cour, car elle insistait pour reprendre ses habits d'homme et le Roi s'y opposait formellement. Il valait donc mieux ne pas raviver le souvenir de Monsieur d'Éon chez Beaumarchais, pour lui éviter tout faux pas à Versailles.

Nous devions donc partir en avril. La lettre du chanoine Belleau sur l'état de santé du père de Marie, reçue au début de mars, accéléra notre départ. Nous quittâmes Paris le 15 mars, par une radieuse matinée d'un printemps précoce. Le soleil brillait dans le ciel et le contraste entre ce firmament radieux et la tristesse de nos adieux fut cruel.

Marie avait peine à s'arracher à Madame de Willers, qui la serrait dans ses bras. Eugénie, l'enfant de Beaumarchais, effrayée par les larmes et les sanglots, se réfugiait dans les mille plis de la robe de mon amie et s'accrochait à sa jambe.

Beaumarchais m'accompagna à la porte de l'hôtel de Hollande et me serra lui aussi dans ses bras. Un convoi de charrettes transportant des marchandises attendait devant la porte. Nous devions l'escorter jusqu'au port et nous assurer de l'embarquement des barriques de sel, de vin et d'eau-de-vie, et des caisses de drap, de toiles, de chaussures et de marchandises sèches.

Nous suivions les charrettes dans un carrosse de Roderigue Hortalez et Cie. Beaumarchais avait jugé utile de nous adjoindre deux sbires à cheval pour assurer la sécurité de son convoi.

À notre arrivée aux Huit-Maisons, nous trouvâmes le grand-père de Marie à l'agonie. Il nous reconnut cependant, et ses yeux s'éclairèrent quand il vit sa petite-fille.

Malgré mon chagrin – je supportais mal de voir Marie si bouleversée –, je ne pus m'empêcher d'être surpris par l'accueil qu'on nous fit au village.

Les gens nous regardaient avec des yeux ronds comme si nous étions des revenants. Nos habits, notre conversation, notre assurance, notre carrosse et les charrettes qui attendaient à l'orée des Huit-Maisons, tout leur semblait merveilleux. Je crus même voir dans leurs coups d'œil furtifs une certaine crainte. Comment avions-nous fait pour nous transformer ainsi? N'étions-nous pas les enfants de Landry et de Guillot?

C'est surtout devant ces regards que je pris pleinement conscience de la métamorphose qui s'était opérée en Marie et en moi. Ces trois années avaient mis un monde entre nos parents, nos frères, nos sœurs et nous. Et notre départ pour l'Amérique allait encore plus creuser cette différence.

Deux jours après les funérailles du Père Guillot, nous reprenions la route. Avant notre départ, nos parents nous rassemblèrent une dernière fois avec la famille. Le père de Marie m'adjura de prendre soin de sa fille. Je devinais, derrière sa maladresse et son embarras, ce qui le préoccupait. Je lui jurai que je la protégerais comme la prunelle de mes yeux et que je l'épouserais dès que les circonstances le permettraient.

Mes parents et ceux de Marie n'attendaient que cela. Ils nous serrèrent dans leurs bras, et les deux pères nous donnèrent leur bénédiction. Je me dis à cet instant que, malgré mes habits, mon accent et mon vernis parisien, j'étais toujours l'un d'eux. Puis je me ravisai : non, ce n'était plus vrai. Je les aimais, d'un amour sincère, instinctif et charnel, mais je n'étais plus l'un d'eux. Le Fabien de Paris était devenu un autre homme que le Fabien des Huit-Maisons.

Sur le chemin, je retrouvai encore une fois les paysages de la Charente et de la Vendée que j'avais déjà parcourus. Nous arrivâmes enfin à La Rochelle. Les charrettes s'arrêtèrent dans une ferme à l'entrée de la ville, tandis que Marie et moi trouvions une chambre dans une auberge près de la Grosse Horloge.

Je me rendis au port avec un sieur Garneault, correspondant de Beaumarchais à La Rochelle. Les navires du convoi étaient presque tous à quai; je rencontrai quelques capitaines, puis montai à bord du *Fier-Roderigue*.

C'était un beau et grand vaisseau sur lequel s'affairaient des centaines d'hommes. En montant sur la passerelle, je vis la gueule des canons de bronze qui pointaient des écoutilles.

Monsieur de Montaut, le capitaine du *Fier-Roderigue*, m'accueillit avec urbanité. Je lui demandai à quel moment la flotte devait appareiller.

— Incessamment, me dit-il. Monsieur de la Motte-Picquet, qui commande ici les unités de la marine, m'informe qu'il est sur le point d'appareiller. Nos navires vont le suivre.

— Fort bien, Monsieur, lui dis-je. Vous savez que nous avons apporté des marchandises. Quand allons-nous pouvoir les embarquer?

— Quand il vous conviendra, Monsieur. Puis-je cependant vous suggérer de le faire de nuit? La guerre avec les Anglais a multiplié ici les yeux indiscrets.

À mon retour en ville, je fis appeler les deux gardes que Beaumarchais avait mis à notre service. Je les informai que le lendemain, au crépuscule, nous irions chercher les charrettes pour les conduire au port, les décharger et monter la marchandise à bord de l'*Andromède*, le navire sur lequel nous allions voyager, Marie et moi.

Le lendemain matin, j'emmenai Marie au port pour qu'elle puisse voir le spectacle vivant et coloré des navires qui entraient dans la rade ou en sortaient, et des marins qui se pressaient sur les ponts ou dans les tavernes qui longeaient les quais.

Je m'approchai de l'un d'entre eux, un homme aux cheveux grisonnants :

— Pardon, lui dis-je, pourriez-vous m'indiquer où se trouve l'*Andromède*?

Il se tourna vers Marie et moi et nous regarda avec curiosité.

— Et pourquoi, Monsieur, cherchez-vous l'*Andromède*?

La question était indiscrète, mais l'homme souriait de toutes ses dents. Je répondis :

— Eh bien, c'est que ma sœur et moi allons voyager sur ce navire.

— Mademoiselle sera sur l'*Andromède*? s'exclama-t-il. Alors, le voyage sera moins long!

Nous continuâmes à bavarder pendant quelques instants. Il nous apprit qu'il était marin sur l'*Andromède*, qu'il s'appelait Ambroise et qu'il avait déjà traversé l'Atlantique une dizaine de fois. Il se réjouissait d'avoir des voyageurs sur son navire.

— Surtout une jeune fraîcheur comme Mademoiselle, ajouta-t-il avec un sourire.

L'homme chaleureux nous plut d'emblée.

Le soir, les deux gardes vinrent me prendre pour aller chercher les marchandises. Marie devait m'attendre à l'auberge.

Quand nous arrivâmes à la ferme où les charrettes nous attendaient, nous y trouvâmes les cochers qui s'étaient préparés à partir. La nuit était presque complètement tombée.

Au moment où la dernière charrette franchissait la barrière de la ferme, un bruit soudain m'alerta. Quatre ombres, sorties de nulle part, se jetaient à la tête des chevaux et bondissaient sur les cochers pour les faire tomber. Ils avaient déjà réussi à jeter à terre deux d'entre eux, et j'étais encore paralysé par la surprise lorsque les deux gardes qui fermaient le cortège se lancèrent dans la mêlée.

L'un des deux tira un coup de pistolet en l'air. La détonation soudaine effraya les agresseurs, qu'elle semblait avoir pris par surprise. Ils s'attendaient à avoir affaire à quelques cochers rustauds, et voilà que leur tombaient dessus deux gaillards armés et déterminés.

L'un des attaquants, plus rapide que les autres, dégaina un pistolet et tira dans la direction des deux gardes, mais il manqua son coup. Il s'apprêtait à recharger lorsqu'il fut pris à revers par les cochers qui, encouragés par la fermeté des gardes, s'étaient saisis de gourdins et tentaient de résister à leurs attaquants.

L'échauffourée ne dura pas longtemps. Un cocher assena un coup par-derrière à l'homme qui avait tiré. Il s'écroula. Un autre assaillant fut entouré par deux cochers qui l'empêchèrent de fuir jusqu'à ce que l'un des gardes les rejoigne et entrave les pieds et les mains du prisonnier avec des cordelettes. Les deux derniers agresseurs réussirent à s'enfuir dans l'obscurité.

L'homme assommé portait un habit sobre, mais élégant, tandis que son comparse, celui que l'on avait enchaîné, était habillé de vieilles hardes et portait un bonnet puant. Les gardes voulurent le rudoyer, mais je les écartai pour l'interroger.

Je comprenais mal ce qu'il me disait, car il s'exprimait en patois, mais avec l'aide des gardes et des cochers, je pus reconstituer son histoire.

Il vivait à La Rochelle de mendicité et de quelques larcins, pour nourrir, ajoutait-il d'un ton larmoyant, ses enfants infortunés. Un jour qu'il se promenait sur le port, en quête d'une victime, un homme, celui qu'on venait d'assommer, l'avait approché. Il lui avait proposé deux livres – une somme énorme pour le misérable – s'il l'aidait à récupérer des biens qu'on lui avait volés. L'homme avait accepté sans demander plus de détails. Rendez-vous lui fut donné au crépuscule près de cette ferme à l'orée de la ville. Quand il y arriva, il trouva l'homme qui l'avait recruté en compagnie de deux autres Rochelais aussi mal nantis que lui.

Le gueux n'avait manifestement été qu'un infime rouage dans l'attaque dont nous venions d'être victimes. L'homme assommé – qui commençait à reprendre ses esprits en gémissant – était l'auteur de cette machination. Qui était-il? Pourquoi nous avait-il attaqués?

On le ligota. Quand il finit par reprendre ses esprits, je lui demandai son nom. Il me regarda avec dédain et ne répondit rien. J'avais beau insister, poser mille questions, il restait muet comme une carpe. Les gardes voulaient lui délier la langue à coups de cravache ou en lui tapotant la rotule à coups de crosse de pistolet, mais je m'interposai.

— Fouillez-le plutôt, leur dis-je.

Je compris à un imperceptible tressaillement de l'homme que j'avais visé juste.

Les gardes le déshabillèrent sans ménagement. Ils finirent par trouver, au fond d'une chausse, une lettre cachée dans une doublure du cuir. Ils me la remirent.

La lettre était brève et rédigée en anglais. Elle était adressée au *Foreign Office* à Londres. L'auteur informait le Ministre de Sa Majesté le roi George que Monsieur de Beaumarchais, profitant de la déclaration de guerre, redoublait d'efforts pour armer les traîtres des colonies américaines. Heureusement, des mesures avaient été prises pour intercepter son principal chargement.

Un billet plus court demandait au correspondant auquel il était destiné – et dont on ne voyait le nom nulle part – de surveiller l'arrivée de quelques charrettes venant de Paris et de se saisir impérativement de leur chargement, qui devait être ensuite caché jusqu'à réception de nouvelles instructions. L'auteur de la lettre me décrivait ensuite avec suffisamment de détails pour qu'on puisse me reconnaître aisément et bien repérer le convoi. On mentionnait même la présence de Marie à mes côtés.

Le court billet n'était pas signé, mais la lettre au *Foreign Office* l'était. La signature, que je déchiffrai péniblement, me plongea dans la plus profonde stupéfaction. En lettres presque illisibles, on pouvait déchiffrer : E. Bancroft.

Je connaissais ce Bancroft. Je l'avais rencontré à plusieurs reprises à l'hôtel de Valentinois, à Passy, la demeure de Monsieur Franklin. C'était l'un des meilleurs amis et conseillers de l'ambassadeur américain. Bancroft était constamment à ses côtés, il participait à toutes les conversations de Beaumarchais avec Franklin, quand mon patron se rendait chez l'ambassadeur pour l'avertir de nouveaux chargements ou lui fournir des détails sur ses navires qui devaient quitter les ports de l'Atlantique à destination de l'Amérique.

J'étais sidéré. Ce Bancroft, qui était au courant de toutes les intrigues, de tous les complots, de toutes les initiatives prises à Paris pour aider les Insurgents, était donc un espion!

Je me souvins alors d'une ou deux fois où Franklin raconta en détail à mon patron, en présence de Bancroft, les conversations qu'il avait eues avec le ministre du Roi, Monsieur de Vergennes. Tout s'éclairait pour moi, tout s'illuminait d'une clarté aveuglante et sinistre: même les secrets les plus importants du gouvernement du Roi à Versailles parvenaient dans leurs moindres détails au gouvernement de Londres.

J'étais effondré. Je découvrais, à ma stupéfaction et à mon horreur, que les espions proliféraient partout, à Paris comme à Londres, et que les plans les mieux ourdis, les généraux les plus courageux, les ministres les plus subtils pouvaient être défaits par un espion bien placé.

Je dus me secouer. Je fis libérer le gredin rochelais, qu'on renvoya dans l'obscurité à coups de taloche, après l'avoir soulagé de ses deux livres malgré ses gémissements. Quant à l'homme qui portait sur lui la lettre de Bancroft, que je soupçonnais d'être un Anglais, je le fis monter à bord d'une des charrettes, sous la garde de mes hommes. Le lendemain, je le fis livrer à la maréchaussée du Roi en affirmant aux officiers qu'il s'agissait d'un espion des Anglais.

Le soir de cette échauffourée, le convoi arriva au port. Avec l'aide des cochers et de deux ou trois marins que j'avais payés grassement pour qu'ils nous aident tout en restant discrets, nous embarquâmes notre chargement à bord de l'*Andromède*, et tout fut rangé à fond de cale. Je chargeai mes deux gardes de surveiller de près les marchandises, jusqu'au départ du navire. Je demandai également à Ambroise, le marin dont j'appréciais de plus en plus le caractère, de les aider dans cette tâche.

Ce fut trois jours après cette aventure que nous embarquâmes enfin; les navires devaient appareiller le soir même. Monsieur de la Motte-Picquet voulait en effet profiter de l'obscurité pour déjouer les navires anglais qui rôdaient au large.

Le capitaine du navire, un certain Viger, qui avait reçu une lettre de Monsieur de La Brenellerie annonçant notre arrivée, nous accueillit avec politesse. C'était un homme taciturne: je ne crois pas l'avoir entendu dire dix mots pendant la traversée, à part les ordres qu'il donnait à ses marins. Mais c'était un homme fort habile, et ses matelots lui obéissaient promptement.

Quand le navire quitta la rade, Marie et moi étions sur le pont. Les lumières de La Rochelle s'éloignèrent peu à peu et, dans les dernières lueurs du jour, la ligne sombre de la côte finit par se confondre avec la mer. Mon amie et moi étions fort émus. Nous quittions la France, le seul pays que nous connaissions, le seul pays où nous ayons vécu depuis notre enfance, et nous partions à l'aventure.

Marie se blottit contre moi. Je comprenais son trouble, et j'entourai ses épaules de mon bras.

Avions-nous raison d'être là, sur la vaste mer? N'aurions-nous pu vivre heureux à Paris? Ne poursuivions-nous pas une chimère? Avions-nous raison de quitter nos parents et nos amis? Cette Acadie qui était le prétexte de notre départ n'était-elle, au fond, qu'un rêve? Dans la brise fraîche qui gonflait maintenant les voiles, nous nous sentions pleins de mélancolie et d'appréhension.

À la demande de Monsieur de La Brenellerie, le capitaine nous avait réservé l'une des deux seules cabines de son navire, l'autre étant la sienne. Cabine est d'ailleurs un bien grand mot pour désigner un réduit de quelques pieds, avec un lit recouvert d'un matelas rembourré, un coffre de bois vissé à la paroi et deux chaises. C'était peu, mais c'était beaucoup, car cela nous permettait, à Marie et moi, d'avoir un peu d'intimité.

L'équipage tout entier et les quelques autres passagers dormaient en effet dans des hamacs ou sur des paillasses dans l'entrepont ou dans la cale. Le sort de Marie, s'il avait fallu qu'on se joigne à eux, aurait été intolérable.

Marie était en effet la seule femme à bord. Je ne la quittais guère, d'autant que la douzaine d'autres passagers étaient essentiellement de jeunes nobles en route pour combattre aux côtés des Américains.

La vue de Marie, sa fraîcheur, la beauté et l'harmonie de ses traits, tout en elle les émoustillait. Quand ils apprirent que je n'étais pas noble, ils se crurent autorisés à avoir avec elle quelque familiarité, d'autant plus que le voyage était long et monotone. Mais ma présence à ses côtés, et aussi celle d'Ambroise, à qui j'avais demandé discrètement de m'aider, réussirent à décourager même les plus entreprenants.

La traversée de l'océan fut pour nous une rude épreuve. Dès que le navire s'aventura en haute mer, Marie et moi sentîmes un étrange bouillonnement dans nos intestins, et il nous fallut courir vers le bastingage pour rendre dans la mer le bon repas que nous venions de prendre à l'auberge. Ce mal curieux qui nous remuait les entrailles et nous soulevait le cœur d'une irrésistible nausée se répéta souvent. Les marins qui avaient longtemps voyagé riaient de nous voir la mine pâle et les mains sur la bouche.

Nous mangions peu : le matin, quelques biscuits, à midi et le soir, un potage de fèves ou de pois dans lequel trempait un morceau de lard. Quelquefois, les cuisiniers du navire tordaient le cou à l'une des poules, ou égorgeaient l'un des porcs ou des moutons parqués sous le gaillard d'avant. Notre ordinaire se trouvait, ces jours-là, grandement amélioré.

Nous nous promenions souvent sur le pont pour admirer les voiles du convoi qui emplissaient l'horizon. Je jouais aux cartes ou aux échecs avec Marie, avec le capitaine et avec trois passagers plus polis que les autres et qui n'avaient jamais tenté d'être discourtois avec mon amie.

Les jours, puis les semaines traînèrent ainsi. Heureusement que Marie et moi avions emporté dans nos bagages quelques livres, quelques romans, quelques contes qui nous distrayaient.

Au bout d'un mois et demi, la température se mit à changer graduellement. Le froid et les brumes des premières semaines de navigation furent remplacés par un soleil généreux et une tiédeur qui remplit de joie tout le monde à bord.

— Nous approchons des Antilles, m'expliqua le capitaine.

Marie et moi soupirâmes d'aise. Nous touchions au but.

Nous devions commencer par aborder à Saint-Domingue et laisser à Cap-Français, la capitale de la colonie, une partie de notre chargement avant de poursuivre notre navigation jusqu'à Charlotte, en Caroline ou, si les vents étaient contraires, à Boston.

Hélas! Le sort, qui s'acharnait sur nous, changea nos plans.

Notre convoi suivait les vaisseaux de Monsieur de la Motte-Picquet, mais il était surtout sous la protection du *Fier-Roderigue*, le navire de guerre privé de Beaumarchais. Un matin, on vit le *Fier-Roderigue* déployer soudain toutes ses voiles et s'éloigner de nous. Une grande agitation s'empara des marins de l'*Andromède*. Le capitaine Viger criait des ordres, un marin gimpa à la vigie, au sommet du mât principal, et se mit à déployer de petits drapeaux qu'il agitait dans tous les sens. Je remarquai que, sur tous les navires du convoi, les vigies aussi agitaient des drapeaux.

Tous les navires changèrent de cap. Nous allions jusqu'alors droit vers l'est, mais nous nous dirigions à présent vers le sud-est. Le capitaine m'expliqua brièvement:

— On a repéré une flotte anglaise nombreuse. L'amiral d'Estaing, qui commande notre marine dans les colonies, a ordonné aux navires de Monsieur de la Motte-Picquet et au *Fier-Roderigue* de le rejoindre en prévision de la bataille.

— A ordonné?

Pour la première fois, je vis l'ombre d'un sourire sur le visage de Monsieur Viger.

— Ces petits drapeaux que la vigie agite, m'expliqua-t-il, envoient des signaux, et nous pouvons ainsi communiquer.

Je réfléchis un instant.

— Monsieur d'Estaing peut bien réquisitionner les navires de Monsieur de la Motte-Picquet, puisque ce sont les vaisseaux de Sa Majesté. Mais le *Fier-Roderigue*?

— Vous avez bien raison, Monsieur Landry. Le *Fier-Roderigue*, qui a été acheté et armé par Beaumarchais pour défendre ses navires marchands, devrait continuer de nous convoyer. Mais l'amiral d'Estaing a donné des ordres très clairs; les soixante canons du *Fier-Roderigue* lui sont nécessaires pour la bataille qui s'en vient, et Monsieur de Montaut, le capitaine du *Fier-Roderigue*, a dû s'incliner.

— Mais cela veut dire que nous sommes dorénavant sans la moindre protection.

— Encore une fois, vous avez raison, me dit-il d'un air sombre. C'est pourquoi nous changeons de direction. Il n'est plus question d'aller au Cap-Français. Nous devons rejoindre l'île la plus proche pour nous y réfugier jusqu'à l'issue de la bataille.

Il n'y avait rien à ajouter. Je le quittai et rejoignis Marie sur le pont.

*

Les navires du convoi filaient maintenant à vive allure toutes voiles dehors, leurs étraves traçant dans l'océan des traînées de lumière. Au bout de quelques heures de cette course, la vigie cria:

— Terre à l'horizon.

Ambroise, qui tirait un des haubans du grand mât, cria:

— Grenade! C'est Grenade!

À peine un vieux marin, tout près de moi, avait-il eu le temps de grommeler «Grenade! Il était temps...

Ses négresses sont parmi les plus appétissantes des Antilles! » qu'un grand cri jaillit de partout. Je tournai les yeux vers l'horizon que montraient du doigt les marins. J'y vis deux ou trois voiles qui grandissaient à vue d'œil.

— Ce sont les Anglais, me dit Ambroise. Ils vont fondre sur nous.

Il avait raison. À l'est, la côte se rapprochait avec une désespérante lenteur, tandis qu'à l'ouest, les navires anglais grossissaient à vue d'œil. Quand les vaisseaux anglais furent suffisamment proches, ils commencèrent à nous bombarder.

Marie et moi, qui n'avions jamais, de toute notre vie, entendu de coups de canon, sursautâmes quand un bruit étouffé se fit entendre au loin. Quelques instants plus tard, une grande gerbe d'eau jaillit à quelques encablures du navire. Ambroise se tourna vers moi pour me chuchoter:

— Dieu nous protège! Pourvu que leurs boulets n'atteignent pas les tonneaux de poudre dans les cales. Si l'équipage savait qu'à bord se trouve de la poudre, il la jetterait par-dessus bord, et vous avec!

Les cris du capitaine se confondirent bientôt avec les salves de l'artillerie des Anglais. La vigie, là-haut, se décrochait les bras en une danse de Saint-Guy frénétique. Je compris bientôt les messages, car tous les navires du convoi commencèrent à s'éloigner les uns des autres. Comme nous n'avions pas de canons et ne pouvions pas nous défendre, il était effectivement plus sage de s'éparpiller sur l'océan pour disperser les navires ennemis.

Un vaisseau anglais semblait nous avoir pris dans sa mire, car il fonçait droit sur nous. Il était maintenant si proche que la canonnade était devenue assourdissante. Paralysé par la peur, je voyais maintenant les flammèches jaillir de la gueule de ses canons et une petite fumée blanche s'élever au moment où les boulets tombaient autour de nous.

Un boulet atteignit le haut du grand mât et le scia en deux: la vigie tomba de plus de trente pieds de haut. L'homme s'écrasa dans un bruit mat sur le pont. Au moment où je m'élançais vers lui avec deux autres hommes, je vis, en une fraction de seconde, une énorme boule de feu qui soulevait la poupe du navire. Je trébuchai, perdis l'équilibre et sombrai dans un grand trou noir.

*

Quand j'ouvris les yeux, la première chose que je vis, ce fut le visage de Marie qui se penchait vers moi. Elle me caressait le visage et repoussait de mon front une mèche de cheveux mouillés:

— Ne t'inquiète pas, Fabien, me murmurait-elle à l'oreille en me serrant dans ses bras. Tout va bien aller! Tout va bien aller maintenant!

DISTRIBUTEURS EXCLUSIFS

Distributeur pour le Canada et les États-Unis
LES MESSAGERIES ADP
MONTRÉAL (Canada)
Téléphone : (450) 640-1234 ou 1 800 771-3022
Télécopieur : (450) 640-1251 ou 1 800 603-0433
www.messageries-adp.com

Distributeur pour la France et autres pays européens
DISTRIBUTION DU NOUVEAU MONDE (DNM)
PARIS (France)
Téléphone : 01 43 54 49 02
Télécopieur : 01 43 54 39 15
Courriel : libraires@librairieduquebec.fr

Distributeur pour la Suisse
(À l'usage exclusif des librairies)
SERVIDIS / TRANSAT
GENÈVE (Suisse)
Téléphone : 022/342 77 40
Télécopieur : 022/343 46 46
Courriel : transat-diff@slatkine.com

Dépôts légaux
Bibliothèque nationale du Canada
Bibliothèque et Archives nationales du Québec, 2013
Imprimé au Canada

Imprimé sur du papier Silva Enviro 100% postconsommation
traité sans chlore, accrédité ÉcoLogo et fait à partir de biogaz.